산 사람은
살지

산 사람은
살지

김종광 소설

교유서가

차례

당신이 떠나기 전에

터 기(基) 가루 분(粉), 기분은 뜸하게 글을 썼다.

처녀 적 공들여 쓴 일기는 혼례 전날 태웠다. 친정집에 놔둘 수도 없고, 시아주버니댁에 가져갈 수도 없고. 신랑이 볼까 겁났다. 남자는 별거 아닌 얘기도 쩨쩨하게 오해한다니까. 애달팠지만 불사르고 말았다.

20대는 거의 못 썼다. 허구한 날 앓고 병원 다니고, 와중에 애는 셋이나 낳고, 안 해본 농사일도 벅차지, 윗동서들이 툭하면 불러 종처럼 부리지, 남편 성화도 받아야지, 누가 돈 준다고 해도 쓸 겨를이 없었다.

딸애 국민학교 다니면서 좀 썼다. 남편이 갱도를 기는 기나긴 밤에 이모저모 끄적거렸다. 그나마 덜 아프고 그나마 팔팔했을 때니까.

제과점에 청소일 다니던 6년간—반나절짜리 직장이었지만 눈코 뜰 새 없었다—은 가계부 적바림에 버거운 심경을 덧붙이고는 했다.

언젠가 공책을 아궁이 속에 던져버렸다. 몹시 속상한 날이었겠지. 이따위 신세타령 다시 보기 싫다, 욱하는 맘에.

그 신변잡기들이 불쑥불쑥 아스라했다. 가끔 펼쳐 넘기면 뭐랄까, 인생의 자취라도 새겨놓은 듯한 안도감 같은 게 있었다. 잠시의 울화를 못 이기고 아예 없애버리다니 백번 후회할 짓이었다.

2010.1.1.

무엇을 했는지도 모르게 세월이 가버렸어요. 예순셋이라는 나이를 먹는 새해가 되었네요. 큰아들네 딸네가 왔었답니다. 저희가 사 온 찬거리로 해 먹고 나는 해준 게 없네요. 자식들이 있는 순간은 행복합니다. 내 사촌동생네도 오고 친동생도 오고 반가운 인연들이 모인 날 지나고 나니 또 허전해졌지요. 저녁부터는 눈이 내립니다.

한동안 안 쓰다가 2010년에 실컷 썼다. 꼭 9년 전이었다. 인생에 남길 것은 글자밖에 없다는 깨달음이라도 얻은 사람처럼.

공책을 때때로 사진첩 바라보듯 했다. 글자가 과거를 비추었다. 측은한 기억들이 짠했다.

2010.1.3.

무척 추웠어요. 물이 떨어지는 대로 얼고 있어요. 스물두 살처녀 시절. 형제간 우애 있다는 한 가지 조건으로 딸을 시집보내신 우리 아버지. 형제 우애가 혼자만의 힘으로 되지 않는다는 걸 많은 부엌일 하면서 알게 됐지요. 그 우애들, 이제 조카들 세대가 되고 보니 먼 얘기가 된 것 같습니다.

평생을 병과 싸우며 부처님께 기도하며 조상님께 매달리며 죽을 고비도 여러 번 넘기고 자살하려고 세 번씩이나 시도했는데 죽지 못했습니다. 약을 먹고 죽는 것도 팔자 속이라고 되새기며 이제는 다부지게 살지요.

자식들, 새엄마 손에 구박받을까 참고 또 참았지요. 내겐 너무도 힘든 젊은 시절이었지요. 가슴에 멍이 든 내 지난 시절 하늘이나 알겠지요.

자살하려고 세 번이나 시도했다? 두번째 세번째는 어렴풋하다. 무슨 약을 먹으려고 했었나?

첫번째는 똑똑히 기억난다.

40년 전. 남편이 한 달째 말을 하지 않았다. 아내가 얼마나미우면 저럴까. 떠나야 할 때가 되었다. 정말 오늘은 가자. 어차피 죽을 목숨, 한 푼이라도 덜 낭비하자. 서울 대학병원에서도 모르겠다면 답이 없는 거다. 그냥 죽을병인 거다. 그간 없앤 병원비만 해도 논 두어 마지기 값은 되겠지. '고약쟁이 짠돌이' 남편, 내색하지 않지만 오죽이 아까울까.

잠든 딸을 바라봤다. 겨우 세 살. 아픈 엄마는 없는 게 나아. 아빠가 건강한 새엄마를 들여오겠지. 시름시름 앓다가 갈 친엄마보다 씩씩한 의붓어미가 나을 거야.

윗방으로 넘어갔다. 큰애가 여덟 살, 작은애가 다섯 살.

얘들아, 미안하다. 너희가 싫고 미워서가 아니야. 엄마가 되게 아파. 머릿속에 돌덩이가 들어 있어. 가슴속에는 시커먼 짐승이 똬리를 틀고 울어대. 엄마는 살아 있어도 죽어 있어. 그래서 가려고 해. 여동생 잘 챙겨야 한다.

유서랄 것까지는 없지만 종이 한 장이라도 남겨야 하지 않을까. 큰애 공책 한 장을 찢어 나왔다.

여보, 미안해요.

우리 애들 잘 부탁해요.

좋은 새엄마 얻어서 잘 키워주세요.

농약을 마시기는 싫었다. 지독히 아플 거다. 아픈 것까지는 참아도 까딱 잘못해서 죽지 못한다면, 병신이 될 거다. 까닭 모를 병신에 속병신까지, 절대 안 돼.

목을 매다는 것도 못하겠다. 상상만 해도 무서워.

낫으로 목을 그어버릴까.

작두에 손모가지를 집어넣고 잘라버릴까.

신작로 풀숲에 숨었다가 차가 달려올 때 뛰어들까.

끔찍한 궁리를 하느라 미친년처럼 걸었다. 어느새 저수지였
다. 그래, 여기밖에 없어. 뛰어들기만 하면 돼. 한순간일 거야.
헤엄도 못 치니까 되살아날 방법은 없어. 들어가자, 들어가자.
수없이 다짐했지만 쉽사리 들어가지 못했다. 우두망찰하는 사
이에 별빛의 시간이 반짝반짝 흘렀다.

2010.1.4.

월요일부터 오기 시작한 눈이 소복이 쌓이고 쌓여 온 세상을
눈의 세계로 만들어줬답니다. 교통이 불편해 우리 아들 출근
하기가 고생스럽겠네요. 많이 낳지도 않았는데, 걱정 안 되
는 자식이 없네요. 도움이 안 되는 엄마지만 걱정하느라 밤
잠을 설친답니다. 언제쯤 작은아들 결혼시켜 새살림 차리고,
큰아들 박사과정 마치고 대학교수 될까. 그날이 언제일까.

저 빛 때문에 사는 거지. 남편은 집을 밝히는 한 점 빛에 환
해졌다. 아내는 남편 귀가 전까지 마루의 백열전구를 끄지 않
았다. 남편은 전기세, 전깃값이 아까울 때도 있었지만 싫지 않
았다. 오늘은 꼭, 내가 정겨이 무슨 말을 해야지. 먼저 사근사
근 말 붙여올 아내가 아니잖아. 10년을 겪고도 몰라. 우선 내

가 마음을 풀어야지.

아내가 보이지 않았다. 안방에도 없고 윗방에도 없다. 뒤꼍 장독대에도 바깥마당에도 텃밭에도 없다. 마루에 우두커니 앉았다. 4월 밤은 음산하고 으스스했다.

벌떡 일어나 큰(둘째)형님네로 달려갔다. 조카들 방문을 벌컥 열고 물었다. "작은엄니 안 왔냐?" "안 오셨는듀."

셋째형님네로 뛰었다. 형님 내외는 창고방에서 가마니를 짜고 있었다. "형님 안녕하슈. 형수님, 우리 마누라 안 왔슈?" "안 왔는디요."

넷째형님네로 건너갔다. 거기에도 없었다. 어디 갔다가 돌아왔겠지. 집으로 달렸다. 없었다. 대체 어딜 간 거야?

이제 가볼 데는 딴 동네 사는 막내(다섯째)형님네밖에 없었다. 내리달았다. 원자울까지 뭐러 간 거야? 형수가 또 집 나갔나? 애들 밥 먹여달라고 형님이 불렀나? 형님 내외가 물고 뜯는 소리가 들렸다. 옳거니 싸움 말리러 왔구나.

"형님, 우리 마누라 어딨대유?" 정신없는 부모들을 대신해서 조카가 답했다. "안 오셨는듀."

집으로 돌아왔을 거야. 아니면 면소재지 시경리 친정에 갔나보지. 이래서 친정이 멀어야 해. 친정이 가까워놓으니 툭하면 가지. 아닌데, 아닌데, 피치 못할 일이 아니면 가지 않는데. 암튼 돌아왔을 거야.

집에는 아내 대신 조카들이 붐볐다. "작은엄니 왔냐?" "안 오셨슈. 근디 작은아버지 이거 보셨슈." "뭘 봐, 뭘?" 박사조카(넷째형의 장남)가 종이 한 장을 내밀었다. 아내의 글씨였다. "이게 뭐여!" 남편은 털썩 주저앉았다.

"작은아부지, 별일 없을규. 서낭당 가보셨슈?"

재건국민운동 때 당집—토지와 마을을 지켜준다는 서낭신을 모셔두는 집—은 사라지고 돌무더기 사이에 늙은 상수리나무 한 그루만 기이했다. 동네 사람들은 그 나무를 산신령 깃든 서낭으로 우러렀다. 돌을 얹고 가는 이는 흔했고, 헝겊까지 매달며 비손하는 이도 심심찮았다. 아내가 서낭 가지에 목이라도 매단 섬뜩한 모습을 상상했다.

멍청아, 무슨 헛생각이야.

고맙게도 없었다. 남편은 털썩 주저앉아 윽박질렀다. "서낭님, 똑똑히 들어유. 우리 마누라 잘못되면 불 싸질러버릴 겨. 내가 말여, 서낭님이 하필이면 우리 밭 사이에 딱 있어 아주 괴로워 미치려고 했는디, 확 베버리려다가 동티날까봐 꾹 참았는디, 마누라가 고사떡 갖다 바치는 것까지 꾹 참았는디, 우리 마누라 잘못되기만 해봐. 당신 죽고 나도 죽는 겨."

박사조카가 다른 조카들에게 찾아볼 데를 나눠주었다. "작은아부지, 지는 혹시 모르니께 저수지에 가볼게요. 작은아버지는 또 짚이는 데가 있으면⋯⋯"

그래, 저수지가 있었다!

"내가 갈 겨!" 남편은 줄달음쳤다. 개 한 마리가 짖자 곧 육경면 역경리 모든 개가 짖어댔다. 물골 큰집 조합이사(나중에 조합장이 된다)는 거의 날아가는 사람을 보았다. 뒤이어 달려오는 범골 청년들을 보고 물었다. "또 혁명이라도 난 겨?"

저수지 둑 아래서부터 남편은 "기분아, 기분아!" 소리질렀다. 조카들도 따라오면서 "숙모!"와 "작은엄니!"를 불렀다.

2010.1.7.
파마하려고 안녕 시내를 갔지요. 길이 아주 미끄러워 조심스럽게 다녔지요. 마당이 빙판이 되어 무척이나 불편하네요. 언제쯤 날씨가 풀릴지 모르겠어요.

기다리던 소리가 들렸다. 이윽고 불빛이 달려오는 게 보였다. 기분은 기다렸다는 듯이 풍덩 뛰어들지는 못하고 슬그머니 들어갔다. 민물은 시리고 시렸다. 한 발 한 발 나아갔다. 그래, 죽는 거 별거 아니다. 물이 허벅다리를 넘어 허리를 넘어 가슴까지 올라왔다. 플래시 불이 물을 휘저었다.

물이 부서졌다. 한순간 가라앉았다.

남편은 물에 뛰어들었다. 물에서 질주했다.

아내를 끌고 나온 남편은 정신없이 인공호흡을 했다. 재건청년회교육 때 이런 걸 배워 뭐에 쓰나 했는데, 배워둬서 쓸데없는 건 없었다.

박사조카가 훈수를 두었다. "숨은 돌아오신 것 같유. 얼른 따뜻한 데 눕혀야쥬."

남편은 아내를 번쩍 안고 거의 날았다.

큰집 조합이사가 질렀다. "동창이, 자네가 무조건 잘못했다고 빌어. 마누라는 살리고 봐야지."

안방에 뉘었다. 젖은 옷을 벗기고 주물렀다. 자식들은 세상모르고 잠들어 있었다. 제 어미가 죽을 뻔했는데 이 어린 새끼들은.

아내는 눈을 꼭 감은 채 뇌었다. "미안해유. 죽지 못해서."

아이구, 이걸 그냥. 남편은 손바닥을 높이 들었다가 내리치지 못하고 부들부들 떨었다.

조카들이 충충하게들 서성거렸다. "욕들 봤다. 오늘 일은 없었던 거다. 입 밖에 내는 놈은 결딴날 줄 알어. 얼른들 가." "이미 동네 소문 다 났을규. 작은아버지가 얼마나 방정맞게 뛰어다니고 소리소리 질러댔게유." "니들만 아무 말 안 하면 뎌. 남아일언 중천금 알지? 소문나면 쪽팔려 이 동네 못 산다."

기분은 죽지 못한 것이 다행스러우면서도 한스러운 한편, 남편이 때릴까, 하다못해 쌍스러운 욕지거리라도 퍼부을까 겁먹고 오들댔다. 죽고는 싶어도 얻어맞거나 욕먹기는 싫었다.

남편은 말문이 막혔다. 자식이 셋이나 있는 어미가 어떻게 죽을 염을 낼 수 있단 말인가. 염에 그치지 않고 실지로 저수지에 뛰어든단 말인가. 내가 바람을 피웠나? 패기를 했나? 돈을 못 벌어다 줬나?

잘해준 것만 명징하고 못해준 건 플플했다*. 문득 아내가 무서웠다.

부부는 전전반측했다.

2010.1.10. 흐림.

추운 날씨는 매우 포근해졌네요. 지저분한 걸 싫어하는 나는 애들 방 베개 홑청을 빨고 새것으로 바꾸어놓고 또 망설인답니다. 이불이 얇아 행여나 설에 오면 추울까. 하나를 살까. 생활비를 아껴 써야 하는데. 요새 너무 편하게 산답니다. 밥해 먹고 텔레비 보고 자고. 남편이 팔자가 늘어졌다고 놀리지요.

아침에 기분은 아무 일도 없었다는 듯이 밥을 했고 상을 차렸다. 남편은 아무 일도 없었다는 듯이 밥을 먹고 광산으로 출근했다.

남편은 탄광회사 사무실에서 펜대 돌리는 처남을 찾아갔다.

"야, 나 간 오그라들어서 못 살겠다. 네 동생 데려가."

"왜 또 어디 픽 아퍼?"

"병든 건 내가 고쳐주겠다고. 근데 자진하겠다는 여자랑 워찌 살아? 나랑 사는 게 죽기보다 싫다 이거잖아. 데려가. 나도

---

* 플플하다: (충청 방언) 기억이 잘 나지 않다.

나랑 살다가 죽었단 얘기는 듣고 싶지 않으니까. 장인이 없으니께 네가 책임져. 데려가서 병을 고치든 새 시집을 보내든 알아서 해."

2010.1.13.
그 어려운 시절 넘기고 힘이 나게 하는 내 자식들. 작은며느리 아직 보지 못해 앙금이 짠하게 걸려 있습니다.

오빠가 벌건 대낮에 기분을 찾아왔다.
"오빠랑 어디 좀 가자."
"어디 가는데요?"
"부처님한테."
"내가 절이라고 안 가봤겠어요."
"사람마다 맞는 절이 있대."
"부처님이 다 똑같지 뭐."
"아니래. 사람마다 자기에게 맞는 부처님이 계신대."
오빠랑 영험하다는 사찰로 가던 길에 우연히 붉은 깃발을 보았다. 끌려가듯 가보니 '오서암'이라는 암자였다. 그 암자의 주지는, 여승이 아니고 소위 전냇마누라*였다. 호랑이를 본 적은 없지만 여인(오서댁)이 호랑이처럼 보였다. 절로 움츠러들

* 전냇마누라: 신위를 모시고 길흉을 점치는 여자.

었다.

여인이 범처럼 무서운 안광으로 쏘아보았다. "왜 이제 왔어?"

암범이 어흥 하는 소리로 들렸다.

스물세 살 때 신내림을 받았다는 오서성님이 모시는 부처님·산신령들께 비손하노라니 머릿속의 바윗덩이가 으깨졌다. 가슴속에 들어앉은 시커먼 짐승이 자그맣게 줄었다.

오서성님을 만난 후로도 시난고난했지만, 죽고 싶을 정도로 아프지는 않았다. 버스를 두 번이나 갈아타고도 한참 걸어야 하는 오서성님네 절 같지 않은 암자를 무시로 찾았다. 부처님·산신령께 기대고 오서성님께 의지했다.

오서성님은 집으로 찾아와 불경을 읊어주기도 했다. 정월대보름에는 맡아놓고 왔다. 기분은 어느 해인가 이렇게 적었다. '조상님밖에 모르던 남편도 부처님을 믿고 오서성님을 신뢰하게 되었다.'

남편은 발뺌했다. "내가 누굴 믿어? 나는 아무도 안 믿어. 나 자신만 믿어. 그냥 마누라가 안 아프다니까. 푸닥거리 안 해주면 또 저수지로 풍덩 할 거 아녀."

2010.1.17.

오랜만에 날씨가 맑음이네요. 햇살이 반갑고 정겹습니다. 들깨 털어 널고 빨래하고 동치미 한 단지 담갔지요.

사위가 안부전화했습니다. 환이가 감기에 걸렸다네요. 빨리 나아야 할 텐데.

어제는 며느리가 안부전화했어요. 기차표를 예매했으니 신경쓰지 말라고 하네요. 설에 어떻게 오나 걱정하실까봐 말씀드린다네요.

작은아들 이삿짐을 언제 옮길 건지 모르겠어요. 아무 도움도 못 되는 엄마가 추궁하는 꼴 같아 자꾸 물어보기가 민망해요. 자식이지만 어려운 생각이 들어요.

열 손가락 깨물어 안 아픈 손가락 없다지만, 그해엔 작은애 속앓이로 동이 트고 놀이 졌다. 어쨌거나 큰애와 딸애는 꾸린 가정을 그럭저럭 건사했다. 작은애를 장가보내지 못해 지긋지긋한 자식농사의 마침표를 못 찍었다.

2010.1.18.

요새는 꿈자리가 뒤숭숭해 잠을 깨고는 하지요. 오늘은 절에 가서 부처님께 기도했지요. 오서성님은 건강해 보이셨습니다. 나의 한결같은 기도. 자식들과 하늘 같은 우리 대주 살펴주시고, 금년엔 작은아들 꼭 백년언약 만나게 해주세요.

남들은 봄에 관광 갈 의논인데 나는 안 가기로 결정했답니다. 돈도 없고 몸도 불편하고 그냥 집에 있는 게 좋을 성싶네요. 남에게 폐를 끼쳐서는 안 되지요.

며느리한테 미안합니다. 내 약값을 내거든요. 넉넉지도 못한데 내 병원비를 대니 편하지 않네요. 평생 먹어야 하는 약. 그 돈을 감당하려면 내가 얼마나 죄책감이 들어야 할까요. 스물두 살에 결혼해 지금까지 약으로 사는 나는 남편한테도 자식들한테도 죄인입니다. 죽을 때까지 죄인이겠지요.

죽을 때까지 먹어야 하는 약은 심혈관약이었다. 숨쉬는 게 힘들었다. 아니나다를까 심장 혈관이 비좁아진 상태였다. 평생 가슴 콩닥거리며 살았으니 핏줄이 안 좁아질 수 있나. 혈관에 뭔가 집어넣는 수술을 받는 사람도 숱하다는데, 수술 없이 평생 약만 먹어도 된다는 황감한 처분을 받았다.

여섯 달 치 약값이 30만 원쯤. 며느리는 그 정도는 약값 축에도 못 든다고 너스레를 떨었지만 돈 제대로 못 버는 큰애 때문인가 매일 먹는 약이 옴팡지게 썼다. 남편이 병원비·약값 신용카드를 만들어주었다. 비로소 약을 편히 삼킬 수 있었다.

2010.1.19.

화장실 청소 등 잔일하고 나니 작은아들이 안부전화했어요. 보일러가 고장이 난 걸 알고 행여 우리가 추울까봐 걱정하네요. 네가 걱정이지 우리는 잘 먹고 잘 있다고, 걱정하지 말라고 당부했지요.

오후엔 타령댁과 화장댁이 놀러왔답니다. 따끈한 차를 대접하고 작은아들이 사 온 과일도 먹었답니다.

요새는 내가 생선을 사지 않으니 반찬이 없어요. 반찬값 줄이고자 시장을 보지 않았거든요. 남편한테 생활비 달라는 말이 정말로 하기가 어렵거든요. 결혼해서 지금까지, 내가 남의 집 청소하던 6년을 빼고는, 생활비를 타서 쓰지요.

소녀 시절부터 마음대로 결정하는 습관이 없이 살아온 늙은 할머니랍니다. 똑똑하지도 알뜰하지도 못한 보잘것없는 할머니지요.

타령댁은 타령을 참 잘했다.

화장댁은 화장품 방문판매원을 10년간 했었다.

할머니 운운한 건 과장이 아니었다. 9년 전 63세는 에누리 없이 할머니였다. 지금 63세는 팔팔 청춘이다. 지금은 72세도 할머니라고 부르면 성낼 만큼 펄펄한 여인이 쌔고 쌨다.

2010.1.20.

작은아들이 퇴근하고 집에 왔어요. 엄마 잘 먹는 고기, 음료를 사서 안개 낀 밤길을 달려왔답니다. 날씨도 나쁜데 왜 왔느냐고 했지요. 속으로는 반가웠으면서도. 해준 게 없어 짠하고 미안한 엄마지만 자식들은 이 엄마를 소중히 생각한답니다.

오래전부터, 무수한 존재가 기분의 꿈을 찾아왔다. 사람이 아닌 것들도 왕림했고, 죽은 지 오래된 사람, 산 사람, 곧 죽을 사람 가릴 것 없이 무시로 내방했다.

동서·시누이 형님들 발길이 남달리 잦았다. 더불어 부대낀 세월이 한없으니 그럴 만도 했다. 산 형님도 죽은 형님도 할말이 수두룩했다. 막내 기분은 소문난 먹꾼*답게 그저 들어줄 수밖에 없었다.

2010.1.22.

만덕댁이 팥죽을 쑤었다고 먹으러 오래요. 맛있게 먹고 이런저런 얘기들을 나눴지요. 기억댁이 많이 아파 고생을 했답니다. 활달하고 거침이 없는 성격, 똑똑한 두뇌로 계산이 빠르기로 유명한 사람이지요. 이 세상 모든 이들이 건강하게 살아갈 수 있으면 좋으련만. 건강이 제일 중요하다는 걸 이 할머니는 뼈저리게 느낀답니다.

만덕댁은 본명이 곧 별호였다. "우리 할아버지가 저어기 제주도 출신이잖어요. 조선 때 제주도에 겁나게 돈 많이 번 여자가 있었댜. 김만덕이라고. 그분 이름을 땄다는 겨."

기억댁은 범골의 '살아 있는 역사책'이라 불릴 만큼 기억력

---

* 먹꾼: 이야기를 들어주는 사람.

이 비상했다.

넷째동서가 요양병원에 들어간 지 다섯 달째였다. 오래도록 못 가봤다. 남편은 차마 뵐 수가 없다고 가기 싫다고 했다. "알아보지도 못하는 데 뭐하러 가."

작은애랑 다녀왔다. 병실에서 봤을 때는 눈만 멀뚱멀뚱, 한마디도 못하던 형님. 꿈에서는 말이 한없이 길었다.

자네는 참 헤퍼. 세 살 버릇 여든 간다더니, 시집온 날부터 칠순 넘어서도 헤프고만. 자네 시집온 다음 날 쌀 안치는 거 보고 내가 기겁을 했네. 식구가 많기는 많았지. 큰아주버님(둘째시숙)네 식구만 열댓이었으니까. 보리 잔뜩 섞어 한 됫박이면 될 걸, 흰 쌀로만 두 됫박이나 안치다니. 집안 말아먹을 사람 들어왔나 싶었네.

자네가 딴살림을 나고도 정신 못 차리는 걸 보고 아찔했네. 자네는 시경리 방앗간집 딸이니 잘 먹고 살았겠지. 친정아버님이 십장*도 하셨다지. 일꾼들 밥 먹이는 데 아낌없는 분이었다고. 자네가 여남은 살 때부터 일꾼들 밥해주다가 손 큰 버릇이 생겼다는 거 알아. 허나 자네 서방은 고아나 다름없이 커서 형들이 떼어준 논 서너 마지기로 겨우 살림 난 처지였는데, 안살림 하는 사람이 그리 손이 크면 어쩌자는 건지.

---

* 십장(什長): 일꾼을 직접 감독하는 우두머리.

2010.1.27.

보름 넘도록 배가 쓰려요. 안녕내과에서 위내시경, 항문검사, 초음파검사, 심전도검사 등을 했어요. 한순간도 건강한 몸으로 살지 못하는 모진 인생. 아무것도 할 수가 없어 그냥 누워버렸어요.

넷째형님은 새벽마다 찾아오기로 작정했나.

내가 애 다섯 딸린 청상과부 된 게 마흔 살 때였네. 형님네들이 표나게 한 번 도와준 적이 있나? 내가 인색하다, 경조사 때 부조도 제일 적게 한다, 시댁붙이 것들이 흉보는 거 아는데, 그때 당한 게 하도 억울해서 그러네. 내가 받은 게 없는데 내가 왜 형님네들 자손 일에 필요 이상으로 돈 써야 하나?

내가 자린고비로 살지 않았으면 애 다섯을 다 키워냈겠나? 가르칠 만큼 가르치기까지 했네. 그때 중학교까지 가르치면 다 가르친 거 아닌가? 10원짜리 한 닢에 벌벌 떨고 밥 한 톨에 울며불며 안 하고 그게 가능했겠나?

2010.1.28.

술밥도 찌고 청소도 하고 용기를 내서 부지런히 돌아다녔지요. 추위에 마늘밭이 엉망으로 얼어 있네요. 오후에는 딸아이가 전화했어요. 적은 월급으로 요리조리 생활하기 힘들다고, 물가가 너무 비싸 돈 쓸 게 없다고 맥없는 목소리네요. 어느 자식 하나 넉넉하지 않으니 하늘이 원망스러워요.

막내서방님은 농사짓고 소 키우고 탄광 다녔네. 자네는 밭
농사도 짓고 품팔이도 다니고 빵집에도 다녔네. 두 사람 다 늘
뭔가 해서 돈 벌었네. 서방님에 대면 게을렀던 일개미씨는 땅
100마지기 부자가 되었네. 누가 보더라도 서방님은 큰 부자가
돼야 했어. 자네가 시난고난 안 아플 때가 없어서 병원에 갖다
바친 돈, 자식 셋 다 대학 가르치느라 들어간 돈 때문에 부자가
못 되었다?

아니야, 아니야, 내가 보기엔 자네 씀씀이가 대단히 헤퍼서
그래. 다른 집에서는 김치랑 소금이랑 뭇국으로 먹고살던 시
절에도 자네 집은 상다리가 부러질 만큼 푸짐했네.

음식 대접하는 걸 왜 그렇게 좋아한단 말인가?

시주받으러 온 스님은 그렇다 쳐도, 생선 팔러 온 여편네,
뭐 고치러 온 사람, 소 수정꾼, 사료 배달꾼, 전기세 받으러 온
사람, 그 누구라도 오면 밥해주고 차비 주고 이게 제정신 가진
사람들인가. 서방님이 그러면 자네라도 그러지 말아야지.

남자가 아무리 그래도 여자가 못한다, 배 째라 하면 못 해. 자
네가 부창부수로 잘 차려주니까 서방님이 더 했던 거 아닌가.

2010.1.29.

빨리 가는 세월. 살기가 팍팍하지요. 어젯밤 꿈자리가 뒤숭

승하더니, 아침 일찍 아는 동생으로부터 돈 부탁을 받았어요. 내가 무슨 돈이 있다고 3백이나 되는 돈을. 나는 생활비를 타 쓰기 때문에 돈이 없다고 거절했지만 편하지 않았어요.

며느리가 안부전화했습니다. 힘없는 말소리, 무거웁게 느껴졌지요. 물가는 오르고 살림하기가 힘들어서 어쩌느냐고 했지요. 큰애가 대학원 등록금 때문에 더 힘든 것 같아요. 자식들 힘들게 사는 게, 제가 덕을 베풀지 못한 죄인가봐요.

머릿속이 심란해 공주댁한테 마실을 갔답니다. 자식들이 돈을 많이 보내주어서 시계도 사고 반지도 샀다고 자랑하네요.

넷째동서, 또 왔다. 불길했다.

동네 사람들 죄다 불러 생일상 차리는 것도 서방님이 제일 먼저였지. 다른 집은 말 그대로 생일상인데, 자네는 거의 환갑상으로 차렸네. 내가 생신 때마다 자네를 야단쳤잖아. 잘 얻어먹고 할 소리는 아니었지만 이렇게 헤퍼 무슨 돈을 모으냐고! 나처럼 수전노 소리 들을 만큼 짜게 살지는 못하더라도 제발 적당히 좀 차리라고 훈계했네. 다음번에 가면 똑같아!

자네 주특기 술 얘기 좀 더하자면 내 자식들도 막내작은어머니 술 먹는 맛에 명절 쇠러 온다고 하네만, 그 술 담그는 데 들어가는 쌀이 얼마인가? 명절만 담갔나? 서방님 생신은 안 담글 수 없다 쳐. 얼굴도 못 본 시부모 제삿날에 시숙들 생신날에 시제 때에. 조선시대 때는 곡식으로 술 담그면 감옥 가는 법이 있었다네. 그때 태어났으면 자네는 평생 징역 살았을 거야.

애들한테도 그래. 애들이 공부를 잘해서 책 사주는 건 그렇다 치는데 오만 잡것을 다 사줬잖아. 자네 큰애는 자네 서방이랑 똑같구만. 명절 때마다 지 친구 열댓 명씩 불러 음식을 거덜냈잖은가. 내 자식이었으면 보리타작해서 쫓아냈을 거네.

2010.1.29.

안방 전기매트가 고장나서 추운 밤을 지새웠습니다. 15만 원짜리 전기매트와 꽃게·생선 만 원어치를 샀습니다. 저녁을 콩쥐할머니 팔순잔치에서 맛있게 먹었어요. 깔끔하고 정갈한 음식이었어요.

넷째동서, 아직도 야단칠 게 남으셨나.

젊을 때는 약지 못해 그렇다 쳐. 나이가 들어서도 어쩌면 그렇게 똑같은가. 뭘 해도 두 곱절 세 곱절이잖은가. 자네 애들 결혼시킬 때도 기함을 했네. 어차피 예식날 식당서 먹을 건데 전날은 국수나 말면 되지 뷔페 차리나.

자네 집에서 얻어먹은 사람들이 좋은 말 하고 다닐 줄 아는가? 헤프다고 손가락질해. 잘 얻어먹고 욕하는 게 사람 짐승이네. 억울하지 않나? 뭐, 하나도 안 억울해? 베풀어야 자식들이 복 받어? 심성 참 고와. 전생에 빌어먹고 산 거지였나? 못 먹여 평생 안달하다니.

참 신기하더군. 자네 큰며느리 말이네. 개도 손이 무지 크더군. 자네 판박이야. 시장 보고 음식 하는 거 보면 자네 친딸이라고 하겠어.

2010.1.30.

일요일이 빨리 돌아오는 건 세월이 속히 가는 탓이겠지요. 정리하고 청소하며 시간을 보냈답니다. 동네 돈으로 저녁에 오리백숙을 먹었어요. 다들 맛있게 드셨다네요. 원래 나 보고 준비를 하랬는데, 돈 가진 사람한테 하랬지요. 늙어서 하기가 싫어요. 현이 할머니도 세월이 다 간 것 같네요.

넷째동서가 어울리지 않게 자신을 탓했다.

실은 나도 자네처럼 살아보고 싶었네. 부러워서, 더 야단쳤었나봐. 나는 그렇게 못 사니까. 30년 전부터는 나도 헤프게 살 수 있었어. 자린고비 수전노 여편네 소리는 안 듣고 살 수 있었어. 애들 다 자수성가했으니, 나만 살면 되었잖아. 그만 아끼고 살아도 됐다고. 아끼는 것이 빼도 박도 못하는 버릇이 되었더만. 자네 헤픈 것이 고질병이 된 것처럼.

부처님은 나를 별로 안 좋아할 거야. 나는 부처님 찾아뵐 때도 짜게 놀았잖나. 백만 원어치 빌면서 시주는 천 원짜리 달랑 한 장 했지. 자네는 만 원어치 빌면서 10만 원씩 시주하고.

농담으로도 그런 농담은 말게, 이미 구십을 살았는데 뭘 더 오래 살라는 건가.

반년 전까지만 해도 그토록 정정했던 내가 요양원에 식물인간으로 누워 있네. 몸뚱이는 꿈쩍 못하겠고 어진혼만 치매 노인네처럼 헤매고 다니네. 차라리 죽을 날을 알면 덜 억울하겠어. 죽은 건지 산 건지 모르게 나자빠져서 저승사자를 기다리는 거 고역이야.

자네가 병문안 왔다가 하얗게 질려 쓰러지는 바람에 나도 식겁을 했네. 자식이 와도 못 알아보는데 자네 얼굴은 알아보겠더군. 그럴 만도 해. 자네랑 동고동락한 세월이 자식새끼들 얼굴 보고 산 세월보다 기니까. 자네는 진짜 헤퍼. 와준 것만도 고마운데 10만 원은 왜 놓고 갔어. 늙을수록 돈을 허투루 쓰면 안 돼!

돈 얘기가 나왔으니 말인데, 아까워 미치겠네. 나 한 달 누워 있는 동안 들어가는 돈이 180이랴, 180. 옛날에 고려장을 한 까닭이 다 있었다고. 10원짜리 한 닢에 벌벌 떨며 살아온 인생인데, 180만 원이라니. 사실 내가 정신이 돌아오고 기력을 차릴 뻔도 했었어. 180이란 얘기 듣고 도로 넋이 나가버린 겨. 자식들 꿈속에 가봤더니 내 병원비 때문에 잠을 못 자더라고. 저승사자님이 간절히 그립네.

2010.2.2.

몹시 추운 날씨네요. 소식이 끊겼던 동생한테 전화가 왔네요.

잘 있다고, 잘 산다고, 보고 싶다고. 언니 그 은혜를 죽을 때까지 못 잊는다고. 똑똑하고 활달한 성격이 남들로부터 사랑을 받을 거예요. 무척 반가웠습니다. 잘 있다니 다행입니다.

사돈댁네 명절선물을 보내드리기도 했어요. 명절이 되면 신경이 쓰이네요. 자식을 나누어 가진 사돈지간은 어렵고 친숙한 사이지요. 얌전하신 우리 사돈어른 건강하시고 오래 사시길 빌어봅니다.

사람이 은혜를 모르는 짐승이라지만, 은혜를 아는 사람도 있었다. 그 은혜를 죽을 때까지 못 잊겠다니. 무슨 은혜를 베풀었기에. 생생한 기억이 없다. 사고무친하여 식모처럼 얹혀살던 16촌아우였다. 기분이 눈칫밥 한 번 안 주고 다정다감하게 챙겨줬던 것만은 틀림없다.

2010.2.3.

매서웁게 추운데 첫차로 병원엘 갔어요. 약을 타고, 농협에 들러 며느리한테 약값 20만 원 부치고, 우체국에서 보험 배당금도 받고, 분주했네요.

생선댁에게 공주 마곡사 근방 사돈댁에 꽃게를 보내달라고 했더니, 오늘 못 들어가서 냉동보관 한다고 전화가 왔네요. 배달원한테 갑자기 사고가 났대요. 어쨌거나 싱싱한 꽃게를 냉동시킨 건 좀 잘못이지요. 애들 아버지가 알면 혼이 날 텐데. 나는 하는 일마다 잘되지를 않아요.

생선댁이 보상해주겠다고 또 전화하는 통에 애들 아버지가 알고 말았어요. 화를 낼까 무서워요. 아무튼 보상한다니 믿어보지요.

기분은 딱 한 생선장수랑 거래했다. 무려 50년 동안.

기분보다 댓 살 더 먹은 생선댁은 젊은 시절엔 광주리에 생선을 가득 담고 온 동네를 순례했다. 범골에서 생선을 가장 자주, 많이 사주는 집이 기분네였다. 생선댁이 안녕 시내 상설시장에 가게를 낸 이후 기분은 첫 단골이자 평생 단골이 되었다. 별반 더 싸게, 더 얹어주는 것도 아닌데, 기분은 꼭 그 집에서 샀다. 아는 집 두고 딴 데 못 가는 성격이기는 했다.

보상을 받았는지 받았다면 어떻게 받았는지는 희미하고 일기에도 안 적혀 있다. 다시는 생선댁과 거래하지 않는다, 이참에 거래처 바꾼다, 분해하던 건 생생했다.

시방까지도 생선댁네만 간다. '생선댁이 오지랖댁(기분의 별명)을 아주 호구로 안다'는 소문이 자자했지만, 이상하게 다른 집으로 발길이 가지지 않았다.

2010.2.6.

보일러가 또 고장이 났어요. 올해 겨울은 보일러가 속을 많이도 썩이네요. 생각지도 않게 돈이 많이 들었다고 궁시렁거리네요. 저녁에 기술자 아저씨가 고쳐주고 갔어요. 그 아저씨 오늘이 자기 생일인데, 밥도 못 먹었다고 한탄하네요. 먹고 사는 직업이 다 그런 거지요.

작은애는 휴직중이라 근래 잦게 본다. 밥도 자주 같이 먹는다. 큰애가 늘 시름이다. 비정규직도 못 되는 자유직. 일거리가 생겨야 돈을 벌 수 있다. 제때 밥도 못 먹으며 일 다니는 수리 기사가 낫지, 허구한 날 일거리가 없어 괴로워하는 것보다야. 밥이 목구멍을 제대로 넘어가겠냐고.

2010.2.7.
동창 모임이 있는 날이에요. 파전집서 식사했지요. 총무를 넘겨주는 날이에요. 돌아가면서 하기로 했는데 이번에는 내가 하게 되었네요. 잘할 수 있을까. 돈이란 게 참 다루기 힘든 물건이지만 잘해서 2년을 넘겨야 할 텐데.
집에 돌아오니 애들 아버지가 화가 나 있네요. 시경리 조카가 제사를 안 지냈다고 전화했대요. 나는 진작부터 알았는데 마음이 상한 모양이에요. 하긴 내 마음도 짠한데.

기분도 중요한 사람인 적이 있었다. 국민학교 동창 열다섯 모임의 총무를 차례가 돼서 맡았을 때 얘기가 아니다.
범골 아낙네들도 70년대에 부녀회를 조직했다. 기분은 총무를 15년이나 도맡았다. 기분이 더는 못 하겠다고 내놔도 소용없었다. 하겠다는 사람이 나서면 그 사람을 두고 패가 갈려 부녀회가 두 쪽 세 쪽 날 판이었고, 아무도 안 나서면 부녀회가 깨질 판이었다. 오지랖 넓은 기분이 다시 총무를 맡으면 분란은 수그러들고 다시 화합했다.

2010.2.8.

화장댁 막내딸이 어린이집을 개원한다고 해서 그곳에서 범골 부녀 모임을 가졌지요. 기반이 잡혀 어린이집까지 개원하는 옥이가 부러워 보였어요.

총무 하면 자동으로 떠오르는 울화통 잔혹사가 있었다.

총무의 주요 업무 중 하나가 관광버스 대절이었다. 15년 동안 관광버스를 불러댔으니, 자기나 남이나 버스 부르는 데 선수인 줄 알았다. 박사조카가 계약금을 얼마 주면서 제 여동생을 시집보낼 때 관광버스를 불러달라고 부탁했다. 뭐 어렵겠는가, 계약해주었다. 한데 며칠 뒤 박사조카가 취소해달란다. 식장에 가겠다는 사람이 적어 15인승 봉고차를 부르기로 했다고.

직접 다녀야 일 처리가 되던 때였다. 하필 그 관광버스 사무실이 3층이었다. 고질적으로 다리가 션찮은 기분에게 3층은 험난했다. 해약하러 또 한번 계단을 올랐다.

사장은 말로만 알았다고 했다. 기분은 계약금을 돌려달라고 했다. 그간 거래한 정도 있고 당연히 돌려줄 줄 알았다. 사장은 현금이 없다고 나중에 준댔다. 미심쩍어 그럼 해약서라도 써달랬다. 사장은 자기를 못 믿냐고 했다. 안 써준다는 걸 어쩌랴.

결혼식날 관광버스도 오고 봉고차도 왔다. 남편은 동네 사람들 다 보는 데서 기분을 야단쳤다. 쌍욕까지 섞었다. 기분이 남편에게 제일 섭섭했던 순간 중 하나였다. 남편에게 갖은 수모를 당하며 관광버스를 돌려보냈다. 두번째 자살을 기도한 날이 그날 밤이었을 거다. 창피해서 살고 싶지 않았다.

2010.2.10. 비

시경리형님께 너무 서운하다. 온종일 울화가 치밀어올라 진정하느라 고생했다. 내게는 소중한 아들이다. 그런 내 자식을 중신한다고 말하는데 어이가 없다. 이름도 모를 희귀한 병으로 다 죽어가는 엄마가 딸을 빨리 시집보내려 한다는 그런 집 아가씨. 찬밥 더운밥 가릴 처지가 아니라고 해도 너무한 말이다. 어찌 그런 집에 장가보내고 싶을까. 밤잠이 올지 모르겠다.

남편은 동네 사람들 앞에서 아내를 천치로 만든 것도 모자라 계약금을 받아다가 박사조카에게 돌려주라고 날마다 닦달했다.

관광버스 사장도 지독했다. 다리도 안 좋은 아줌마가 그 계단을 낑낑 올라와서 눈물 찍어가며 사정하면—한두 번도 아니고 일고여덟 번이나—돌려줄 법도 하건만, 다 못 주겠으면 절반, 아니 삼분의 일이라도 토해냈을 법한데 철판가슴이었다.

결국 받지 못했고, 기분의 다리만 더 나빠졌다. 기분은 관광버스 부르는 일, '총무'에 정나미가 떨어졌고 때려치웠다. 부녀회가 깨지든 갈라지든 신경 안 썼다. 그뒤 마늘댁이란 훌륭한 총무가 등장했고, 마늘댁이 비명에 간 후로는 전도댁(기분의 조카며느리 큰면질부)이 총무를 도맡았다. 전도만 안 한다면 오지랖댁을 능가하는 총무라는 평판이었다.

기분은 하늘이 무너져도 그 관광회사 버스는 안 탈 각오였다. 세상일이 뜻대로 되지 않았다. 다섯째시숙의 외아들(시경리형님의 의붓아들)이 관광버스를 부렸는데, 하필이면 그 관광회사 소속이었다. 관광조카가 그 회사 버스로 범골 김씨 가문의 모든 경조사 대절을 도맡은 것은 불문가지. 기분은 그 회사 버스를 안 탈 도리가 없었다.

2010.2.12.

딸네가 일주일 만에 가고 나니 집안이 텅 빈 것 같다. 환이와 정이가 재롱을 피워서 일주일 동안 행복했다.

나는 운명이랄까 사주팔자를 모질게 타고난 것 같다. 대장암 검진을 다시 받으라니 심란하다. 무서워서 어떻게 할지 모르겠다. 죽지 않으면 살기지. 해보자.

넷째동서가 숨을 거두었다. 끝내 집에 돌아오지 못하고 요양병원 침상에서. 아무도 임종을 지키지 못했다고.

발인 끝나고, 남편이 방정맞은 소리를 했다.

"다음은 네 차롄가?"

"당최 그런 소리 말아요. 아무것도 아닐 거유."

2010.2.28.

정월대보름이네요.

오곡밥에 갖은 나물에 푸짐한 식사를 하는 날이지요. 식구가 많아야 맛이 있는 거지, 둘이서 무슨 맛이 있겠어요. 무나물· 시래기를 준비하고 행여 오려나, 작은아들을 기다려요.

일기에는 안 적었지만, 작은애 결혼 근심에 고수레떡을 했을 정도였다.

어느 밤, 기묘하게 생긴 분들이 떼로 나타나 하소연했다.

나는 주방채신이네. 나야 별로 할말이 없는데 이분들 말 좀 들어봐.

나는 대문신이네. 바람 몰아칠 때나 닫힐까, 사시사철 낮밤으로 활짝 열려 있어도 대문은 대문 아닌가. 자네 남편이 처음 집 지었던 1970년도 사립짝 시절부터 나는 있었네. 자네도 다 기억 못하게 대문이야 무수히 바뀌었지만, 대문 자리 지키는 나는 언제나 나였네. 자네가 병원 다니기 바쁜 거 잘 아니까 참고 참았네만 참다못해 찾아왔네.

나는 서낭신이네. 원래는 역경리 전부를 지켜주었지만, 동네 것들이 나를 개무시한 다음부터는 제일 가까운 자네 집만 바라보네. 자네는 도대체 언제까지 밭을 매려고 그러는가? 불쌍해서 못 보겠네. 그냥 놔두었다가 풀약이나 뿌리고 말지, 쯧쯧. 그렇게 편찮은 데가 많다면서 밭만 잘 매는 걸 보고 섭섭하지 않을 수가 없었네.

2010.3.1.
올 사람도 없는데 나는 누구를 기다리나요. 요새 들어 자식이 적다는 생각을 자꾸만 해요. 종일 쓸쓸하게 오지도 않는 누구를 기다린답니다. 아마 내가 늙었다는 증거인가보지요. 내일은 정신을 차려야겠지요.

나는 외양간신이네. 자네 부부가 큰댁 암송아지 한 마리를 얻어다가 키우기 시작한 것이 1982년이지. 그때부터 무수한 소가 자네 집에서 나고 자랐네. 1990년도에 자네 남편이 광산을 그만둔 다음부터는 평균 스무 마리씩이었지.

외양간도 여러 번 크게 변했지. 젊은 사람들 신식 축사에 비하면 헛간 푼수지만. 소수정예로 키우는데다가 자네 남편이 청소 하나는 칼같이 하니까. 소똥 치우는 거 하루쯤 쉬어도 되는데 하루도 쉬는 걸 못 봤어. 청소 기계야, 청소 기계. 자네도 뭐 아직 쌩쌩하더만. 소 물 주고 사료 주는 거 보니께.

2010.3.2.
나 혼자라면 이대로 죽는대도 아까운 일이 아닐 거예요. 63년이나 살았으니. 남편이 아프기라도 할까봐, 자식들이 잘못될까봐 올해도 치성을 드리기로 마음먹었습니다.

이 친구들 말고 헛간, 바깥변소, 장독대, 텃밭, 지붕 지키는 애들도 다 온다는 걸 내가 말렸어. 자네가 요사이 신경쓰는 일이 삼태기라 한꺼번에 들이닥치면 큰일 치를 수도 있다고 겁줬지. 이 동무들은 막무가내라.

정녕 우리가 왜 찾아온 줄 모르겠다는 건가? 우리가 왜 섭섭해하는 줄 모르겠어? 자네 그렇게 안 봤는데 참 경우 없는 사람이었구만. 우리가 오죽하면 왔겠는가? 없는 듯이 있던 우리가 왜 이렇게 왔겠어?

그래, 바로 그거네. 옛날엔 우리가 심하게 대접받았네. 자네가 툭하면 빈다고 떡을 했잖아. 우리가 들어줄 수도 없는 걸 자꾸 비니까 미안해서라도 고만 빌라고 우리가 빌고 싶었을 정도네.

아네, 알아. 세상이 변했지.

그치만 비는 거 하루도 멈춘 적이 없잖아. 누구한테 비는 건가? 부처님? 오서산 바위신령? 그분들이 떡도 안 하고 빌면 좋아할까? 성의가 없어 뵈지? 옛날처럼 메떡이든 찰떡이든 백설기든 떡을 좀 하고 빌어야 비는 것 같지 않나?

그래야 우리도 떡 좀 얻어먹는데, 떡 얻어먹은 지 하도 오래돼서 우리가 삐졌다는 얘기네. 잡신 체면에 그런 거 갖고 행패 부리기 부끄러워 꾹 참았는데, 올해도 그냥 넘어가자는 건가?

자네 집만 그런 거 아니고, 이 동네 모든 집이 다 안 빌고, 빌어도 떡 같은 거 안 하고 비는 건 아네. 그 집들은 원래 떡 잘 안 했고 해도 조금 해서 나눠 먹을 것도 없었어. 자네만큼 통 크게 해서 집마다 돌리는 집이 있었나? 다른 집 잡신도 자네 집 떡만 기다렸단 말일세. 시방도 기다려.

우리가 되우 바라는 것도 아니네. 옛날처럼 한 달이 멀다 하고 해달라는 거 아냐. 한 해에 한 번이라도 어떻게 좀 안 되겠나?

고맙네, 고마워. 역시 자네는 멋진 여성이야.

그것 봐, 우리가 부탁하면 들어줄 거라고 했잖아.

자, 이기분씨 잠 좀 자게 물러가세. 마음 바뀌기 전에.

그런 개꿈을 꾸고 어떻게 떡을 안 할 수가 있겠나. 간만에 고수레떡 하고 오서성님을 모셨다. 오서성님은 고희도 훌쩍 넘어 출장 푸닥거리 그만둔 지 오래였지만 특별히 와주었다.

2010.3.4.

내일은 대장내시경 하는 날이에요. 오늘은 종일 물만 먹어야 한대요. 배가 고파요. 과일도 먹고 싶고요. 비는 내리고 기운도 없고 종일 누워 있었어요. 연속극만 보았어요.

어젯밤에 작은아들이 다녀갔지요. 사촌형이 소개해준 아가씨를 만나고 왔대요. 글쎄 아가씨 부친이 안 계신다네요. 나는 사돈 없는 게 제일 싫은 사람이에요. 아가씨가 딱지를 논 모양이에요. 키 안 크고 인물도 없다고. 아버지가 안 계셔서 나도 마음에 들지 않아요.

아들은 결혼하면 내 아들이 아니고 며느리 남편이란 말을 실감하네요. 손자가 잘못될까봐 많이 아플까봐 밤잠을 설쳤는데, 내가 나 좋아서 하는 일도 아닌데 큰아들이 서운하게 하네요. 며느리한테 사정하면서까지 할 수도 안 할 수도 없는 이 일을 어찌할까요.

큰며느리는 부친을 일곱 살에, 모친을 열두 살에 여의었다. 그 얘기를 들었을 때 기분은 기절할 뻔했다. 우연의 일치로 남편과 똑같았다. 드라마에 나오는 시어머니처럼 자식 결혼에 반대하고 싶었다. 다른 이유 없었다. 다 괜찮았지만 고아라는 게 꺼림칙했다. 남편은 동병상련인지 개의치 않았다.

"그런 게 뭐 상관이야? 내 자식이지만 큰애 하는 꼬라지 봐. 어디서 그런 참한 애를 다시 만나?"

며느리 자신도 기억 못하는 사돈부부는 기분의 꿈에 나타나 여식을 부탁하는 소리를 했다. 오서성님은 푸닥거리 처방을 내렸고, 기분은 초상난 것처럼 울어대는 큰며느리랑 치성을 드렸다. 후로 10년이 지나 이번엔 장손자가 숨을 제대로 못 쉰다는 것이었다. 또 푸닥거리할 참이었는데, 큰애가 자기 아내를 절대로 굿판에 보내지 않겠다며 통고하듯 했다. 그럼 지들 아들 아픈 것 티를 내지 말든가. 그때가 큰아들부부에게 으뜸 속상했을 때였다.

사위의 부친은 스물셋인가에 별세했다. 딸애는 시집가서 지독한 불면증에 시달렸다. 사위 아버지도 기분의 꿈에 나타났다. 오서성님은 또 푸닥거리 처방을 내렸다. 사위는 마땅치 않아 했지만 치성을 따라주었다.

작은애만큼은 참말이지 아버지 어머니 강녕한 여자와 결혼하기를 비손했다. 꿈에서 돌아가신 사돈을 뵙고 싶지 않았다.

2010.4.27.
꽃샘추위가 대단합니다. 애들 아버지 관광 갔는데, 가는 날이 장날이군요.
시경리 다섯째시숙이 너무 고생하시네요. 긴 병에 효자 없다고 노인병원에 모셔 간다고 조카가 전화했네요. 우리 훗날 모습이에요. 짠해요.

늙은이가 기동 못하게 되면, 요양병원 가는 것이 아무렇지도 않게 된 지 이미 오래였다. 장사 되는 데는 요양병원밖에 없다잖은가. 한번 들어가면 죽기 전엔 못 나오는 것도 기정사실이었다. 다섯째시숙은 요양병원에 죽어도 들어가기 싫었던지 입원 예정일 새벽에 작고했다.

2010.5.18.
종일 비가 내려요. 작은아들, 출근하자 금방 야근이래요. 많이 힘들겠지요. 편하게 살았으면 좋으련만 작은아들은 운명적으로 고달픈 삶인가. 요즘은 시도 정해서 낳는다는데, 옛날에는 엄마 뱃속에서 나오는 시간이 제가 타고난 시였지요. 시대를 잘못 타고났는지, 결혼도 안 되고 정말로 딱하네요.

작은애는 호랑이띠였고 새벽에 태어났다. 호랑이가 굶주린 배를 움켜쥐고 사냥 다닌다는 시간. 자식이 안 풀리니 별게 다 죄스러웠다. 하긴 그게 다 엉뚱한 소리다. 큰애는 돼지띠였는데 돼지가 배부르고 편안하다는 저녁에 내놨어도 신산스럽기는 매한가지다.

2010.10.2.
작은아들 지난달 21일, 선을 보고 와서 색시가 마음에 든다고 했어요. 예쁘장하고 단아하며 착하게 생겼다고, 잘되면 매주 고향에 올 수 있겠다고. 이 엄마는 기대하고 두 주를 기다렸지요. 한데 또 잘되지 않았다네요. 나이도, 직업도 마음에 들었다는데, 우리 아들 또 충격받았겠네요.

도대체 무엇 때문에 안 될까요. 서른일곱이라는 나이가 엄마 가슴을 타게 해요. 왜 나는 결혼시키면 아들을 빼앗긴다는 속설을 무시하고 장가를 못 보내 안달할까요.

저는 또 '헛된 돈'을 쓰고 말았네요.

'헛된 돈'이 아니고 뭔가. 오서암을 비롯해 영험하다는 절 찾아다니며 부처님께 시줏돈 바치고 촛불이나 등잔불 켜놓고 온 게 백 번도 넘을걸. 비손한 보람 맛보게 통 크게 이루어진 일이 하나라도 있었냐고.

2010.11.30.
작은며느리를 보겠다는 내 꿈이 산산이 부서진 채 한 장 남은 달력을 원망해보네요.

인연은 따로 있다는 그 말이 꼭 맞았다. 작은애는 이듬해 아버지 어머니 다 건강한 여자를 만났다. 그 아가씨는 농협 정규직이었고 시내 세탁소집 딸이었다. 작은애가 연애하는 동안 또 엎어질까 몹시 떨었다. 무사히 결혼했지만, 반년을 주말부부로 지냈다.

작은애가 시내 토박이 직장인과 결혼한 것은 크나큰 축복이었다. 큰애처럼 수도권 아가씨랑 결혼했으면 작은애도 계속 수도권에서 살았을 테다. 작은애가 이웃 고장에 발령받아 고향에 정착한 게 8년쯤 되었다. 그때부터 작은애는 기분·동창 부부의 의지가지나 다름없었다. 15분밖에 안 떨어진 시내에 살며 부모를 모시다시피 했다.

"모시긴 뭘 모셔?"

"다 그만두고 작은애 내려온 뒤로 우리가 기차 타본 적 있슈? 고마우면 고맙다고 말해주면 되지 꼭 딴소리를 해요."

"어떻게 자식한테 고맙다는 말을 해. 지극정성으로 키워줬으니께 그 정도 효도는 받을 수 있지."

남편은 삼계탕 먹고 오리 뼈 내미는 소리를 해댔지만 속내는 아내와 다를 바 없었다. 작은애는 부부의 공짜 택시였고 심부름센터였고 믿는 구석이었다.

작은애는 작년 추석 때부터 육아휴직한다고 깝죽거렸다. 작은애는 한 5년 처가살이하다가 제집 마련하고 딴살림을 차렸다. 초등학교에 입학할 아들과 유치원에 들어갈 딸 뒷바라지를 제대로 해보겠다, 애엄마는 아빠보다 더 바빠 장인·장모가 아이들을 키우다시피 했는데 1년만이라도 아빠가 키워보고 싶다, 쉬면서 못 해본 취미생활을 해보고 싶다, 뭐 그런 소리를 해대면서 들떴다.

"돈 더 벌 궁리를 해야지, 돈 덜 벌고 돈 쓸 궁리는 잘도 한다니께."

남편은 아침밥 먹을 때마다 구시렁구시렁했다.

아닌 게 아니라 그게 취미생활인지는 몰라도 활도 쏘고 그랬다. 신우대밭 지키는 까마득히 높은 은행나무 가지에 헌 이불을 과녁이랍시고 걸쳐놓았다. 몇 번 쏘더니 화살을 잃어버렸다고 틈틈이 찾으러 다녔다. 하도 못 찾아서 부부도 찾았다. 보물찾기가 따로 없었다. 넉 대는 잊어버렸다는데 한 대도 안 보이니.

"도대체 얼마나 하기에 애달피 찾니?"

"신우대로 만든 화살 같은 거면 안 찾죠. 한 대에 만 원이라고요."

"지우 만 원? 난 또 10만 원은 하는 줄 알았다. 내가 돈 줄 테니께 사라."

"우리 엄니 통 많이 커졌어."

끝내 한 개도 못 찾았다.

작은애 육아휴직이 1월부터였는데, 제 아들딸과 보내는 시간보다 아버지랑 보내는 시간이 더 길었다. 남편이 목구멍에 뭔가 있다며 식사를 표나게 불편해한 게 세밑이었다. 시내 이비인후과에서 큰 병원으로 가보라고 했다. 설 쇠고, 서울 강남 종합병원에 검사받으러 다닌 게 열 번. 왕복 예닐곱 시간 길.

식도암 3기 판정을 내려준 의사가 가로되, 당장 항암치료에 들어갈 수가 없다, 몸에 아무런 이상이 없어야 항암제를 맞을 수 있다, 우리 병원은 염증 고쳐 오기 전에 주사 못 드린다.

남편이 예전 치질 수술 받았을 때 아주 작은 구멍이 생겼고 그 구멍에 염증이 남아 있다는 거다. 그 염증 제거 수술은 언제 가능하냐고 했더니, 추가로 뭣 검사해야 하고 항문 담당 의사랑 일정 잡아야 하고, 또 한 달은 기다려야 한단다.

남편 성깔에 한다고 하겠나. 안 한다고 훌닦아세우지. 남편 그 비위를 혼자 다 받아준 게 작은애였다. 서울에서 치료해준다고 했어도 난감했을 거다. 왜 입원을 안 시켜준다는 겨. 수원 큰애 아파트서 머무를 수도 없고. 작은애 차로 날마다 왕복할 수도 없고. 병원 근처 여관을 잡는대도 방사선치료는 잠깐이라는데 나머지 무한정한 시간을 어쩔 거냐고.

작은애가 다시 알아본 익산 원광대병원에서, 암덩어리가 너무 크다, 곧 식사를 아예 못하게 목구멍을 틀어막을 거다, 염증이 무서워 치료를 늦추는 것은 위험하다는 말을 들을 때까지 남편과 둘째는 왕복 서너 시간 길을 다섯 번 왕래했다. 서울 길의 절반이라는 게 고작 위안이었다.

작은애는 아버지 방사선치료를 위해 18일을 왕복했다. 항암주사 맞는다고 세 차례 입원했을 때도 작은애는 하루도 빼지 않고 가서 뵈었다. 두 번 다녀오는 날도 잦았다. 작은애가 없었다면 치료받을 엄두도 못 냈을 거다.

짐짓 궁금했다. 남편이랑 작은애랑 차에서 그 숱한 시간을 보내면서 무슨 얘기를 했는지.

"똑같아요. 별 얘기 안 하셔요. 피곤하시니까 대체로 주무시고. 농사일 있으면 간단히 뭐해라 알려주시는 정도."

기계화 영농시대답게 기계들이 벼농사 다 짓는 듯했다. 트랙터가 논 갈고, 이앙기가 모 심고, 드론이 농약 뿌리고, 콤바인이 벼 베고, 베일러가 짚 묶으니 농사꾼은 기계 수발이나 드는 꼴이다.

아직 기계보다 사람 손을 더 필요로 하는 일이 남아 있다. 특히 못자리. 일이 세세하고 번다했다.

전날 모판(플라스틱 상자)에 흙(상토)을 담는다. 남편은 평균 일반벼 400여 상자, 찰벼 100여 상자를 마련했다. 물을 뿌려준다. 물을 머금은 모판은 몇 배로 무거워진다. 500여 판을 쌓았다가 펼쳤다가 두 차례를 한다. 남편이 칠순이 넘어서는 기진맥진하는 게 역력해 자식 하나라도 미리 내려오기를 간절히 바랐다.

다음 날 그 모판에 볍씨를 담는다. 볍씨파종기는 기계라고 하기도 민망하다. 자동식은 있을 것 같지도 않고, 수동식이다. 위쪽으로 두 개의 투입구가 있다. 작은 쪽은 소독 소금물에 담가 뒀던 볍씨를 넣고, 큰 쪽은 부엽토(퇴비 흙)를 넣는다.

그러니까 물 먹은 상토가 담긴 모판을 나르는 사람, 그 모판을 받아 파종기에 투입하는 사람, 복토와 볍씨를 쏟는 사람, 기계 손잡이를 돌리는 사람, 볍씨와 부엽토까지 담긴 모판을 빼내어 경운기·트럭에 싣는 사람이 필요하다.

따로 며칠 쌓아둬 싹을 틔운 다음 못자리를 하는 게 더 좋단다. 그치만 자식들 도움이 절실하니 며칠 뒤를 기약할 수 없고 당일에 해결한다. 이제 모판 한 개의 무게는 5킬로그램은 된다. 못자리 논으로 이동한다.

못자리 논바닥은 도로 가까이 고른다. 미리 갈아 판판하게 마름질해놓는다. 경운기·트럭에서 모판을 내려 마름질한 논바닥에 하나씩 놓는다. 두 줄로 길게. 마지막으로 부직포를 덮는다. 대나무 오리를 둥글게 꽂고 그 위에 비닐을 덮어씌우던 시절에 비하면 말도 아니게 수월해졌다.

모판 준비부터 부직포 귀퉁이에 흙덩이를 띄엄띄엄 올려놓는 데까지가, 말로는 참 쉬운 못자리다. 이게 한두 사람으로 될 일인가. 기계 하나 가지고 뚝딱 해치울 수 있는 일인가. 아무리 별게 다 나오는 세상이라지만 못자리를 일사천리로 다해주는 기계까지 나오려나.

물론 기계가 없어도 손쉬운 방법은 있다. 육묘를 전문적으로 하는 사람에게 맡기는 것. 범골 노인네들 태반이 시경리 육묘씨에게 못자리를 맡긴다. 허나 움직일 힘이 남은 농부에겐 못자리는 마지막 줏대나 다름없었다.

"기계꾼이 다 농사짓는 세상에 못자리까지 남에게 맡기면 그게 농사인가. 농사꾼 체면에 못자리만큼은 직접 해야지. 꼭 돈이 문제가 아니라 농민의 자존심이라는 게 있잖아." 남편이 하던 말이었다.

남편과 죽이 맞았던 동무 만덕씨, 그리고 박사조카와 오래도록 못자리를 함께 했다. 세 집이 합치면 남정네만 여덟아홉이었다. 만덕씨가 돌아가신 뒤에도 울력을 유지했다.

올해, 남편은 농사를 지은 이후 처음으로 못자리를 하지 않았다. 못자리는 어떻게 한다 해도 모가 자라는 동안 돌볼 대책이 없었다. 방사선 쬐러 다니고 항암치료 받느라 몇 번 입원까지 해야 하는 사람이 가능한 일이 아니었다. 할 수 없이 육묘씨에게 맡겼다.

모가 싹을 틔우고 자라는 동안, 논을 갈고 로터리를 쳐야 한다. 웬만한 농사꾼은 트랙터 가진 사람에게 맡긴 지 오래되었다. 남편은 돈이 아쉬워서인지 농사꾼의 자존심인지 호락질* 했다. 경운기 대가리—엔진부가 앞쪽에 달렸다—에 쟁기를 부착해 소처럼 갈았고, 로터리를 매달고 판판하게 쳤다.

올핸 도리 없었다. 남편은 과수원 사장 겸 기계꾼 열부씨에게 맡겼다. 열부씨가 트랙터를 몰고 와 남편이 경운기 대가리로 일주일 걸리던 일을 한나절 만에 해치우고 갔다.

이러구러 모내기 때가 되었다.

---

* 호락질: 남의 힘을 빌리지 않고 가족끼리 농사를 짓는 일.

사위와 작은애가 육묘씨네 못자리 논에 가서 모판 500개를 떼서 실어 왔다. 열부씨가 승용이앙기에 모판을 가득 얹고 나아갔다. 남편은 논둑에 쭈그리고 앉아 모가 심기는 것을 바라보았다.

그렇게 처량해 보일 수 없었다.

모내기가 끝났다고 끝난 게 아니었다. 땜빵을 해야 한다. 기계가 못 심고 지나가버린 자리, 모가 하룻밤을 못 견디고 둥둥 떠버린 자리, 그런 자리를 찾아다니며 일일이 새 모를 꽂아주어야 한다. 며칠이 걸리더라도 다섯 마지기에 모 뜬 자리 하나 없도록 땜빵에 철저했던 남편, 이번에 논바닥에 들어가지도 못했다.

올해는 큰애가 내려와서 땜빵을 했다. 남편은 큰애가 땜빵하는 것을 멀거니 바라본다. 자식을 바라보는 건지 논을 바라보는 건지. 쉰 살이나 먹은 자식을 불러 땜빵시키는 것이 좋을 리 없고, 논바닥을 밟고 다녀야 마땅할 자신이 허수아비처럼 된 것이 기가 막힐 테다.

기분은 믿어 의심치 않았다. 이듬해 봄에는 매년 그러했듯이 남편이 못자리하고, 논을 갈고, 모내기 조수를 하고, 모 땜빵을 할 것임을. 남편은 농사꾼이니까. '농민의 자존심'을 지켜야 하니까.

육칠월 해로가

남편이 검진 결과를 들으러 가는 날이 글피다. 식도에 달라붙었던 암덩어리는 사라졌을까. 남편 소원대로, 싹 없어지지 않았더라도 밥 삼킬 때 아프지 않을 만큼만 줄어 있으면, 아니 죽이라도 통증 없이 넘길 수 있게 되면 원이 없겠다.

2010.1.3.

우리 남편 조실부모하고 둘째형님 손에 컸어요. 중학교 졸업 후, 자기가 벌어 사는 고달픈 인생살이가 시작되었답니다. 스물아홉에 스물두 살인 나를 만나 삼남매를 두었지요. 단 하루도 집을 마음놓고 떠나지 못하는 우리 남편, 병원과 한의원 문턱을 셀 수 없이 드나드는 아내를 고치느라 돈도 모으지를 못했지요.

농사일에 광산일에 고달픈 인생을 살면서 나를 이렇게 살아 있게 했답니다. 그 정성과 노력으로 벌어들이지 못했으면 살기가 팍팍했겠지요. 다행히 자식들이 마음고생시키지 않고 잘 성장해주어서 고맙습니다. 죽을 때 자식들 짐이 되지 않았으면 하네요. 어느 날 부부가 함께 갈 수 있으면 하지만 그건 마음대로 되지 않는 일이랍니다.

10분에 한 번씩 남편을 살펴보았다. 아무것도 못 먹고 넋이 나간 것처럼 누워만 있던 사람이 아침나절에 예초기를 돌리고 왔다. 모내기 때, 모 땜빵 때 오토바이 타고 나가 구경하고 온 것과는 차원이 다른 행동거지였다.

점심때가 지나서였다. 남편이 쇠약한 목소리로 문득 입바른 소리를 했다. "나 아직 안 죽었어……. 회관 청소 언제 했어? 돈 공짜로 받아먹으면 안 되는 겨."

남편이 항암주사 맞으러 병원 가고 없는 집에서 혼자 우두커니 있기도 뭐해서, 마늘밭 실컷 매고도 남은 힘으로다가 경로당을 반질반질 대청소했다고, 새집처럼 꾸며놨다고 몇 번이나 소리쳤다.

남편이 기어이 청소를 가라고 했다. 하도 재촉해서 넘겨짚었다. 아하, 마을 회관에 나가려는구나. 7년째 육경면 역경리 노인회장인 남편이 자기집처럼 돌보던 경로당을 숫제 못 가본 게 두 달 어간이었다.

회관에서 돌아오니, 남편냄새 대신 피냄새가 물씬했다. 남편 두 콧구멍에서 흘러나온 피. 남편의 부릅뜬 눈.

황망하게 전화 두 통을 걸었다. 119와 작은애한테. 이미 남편이 떠난 걸 알면서도 "우리 영감 좀 살려주쇼!" "네 애비 살려내라!" 억지를 질렀다.

아무도 남편이 숨 놓는 순간을 보지 못했다. 자식 한 놈 지켜보지 않는데, 50년을 부비고 산 아내도 곁에 없는데, 어쩌자고 그냥 갔나. 유언 한 마디 남기지 못하고 속절없이 갈 수 있나. 허망하네, 참 허망하네요. 기분의 울음소리가 온 동네를 울렸다.

이웃집 공주댁이 뛰어들어왔다. 기분을 껴안고 같이 울었다. "이 일을 워쩐댜, 워쩐댜!"

기분은 자책하고 또 자책했다. 대체 왜 청소를 간 거냐고! 밥만 못 먹지 말짱해진 걸로 오산한 내가 죄인이다! 암덩어리는 사라졌을지 몰라도 몸뚱이에 땀만 나도 위험한 사람이었던 것을. 백혈구라는 것도 가뭇없어져 면역력이 달랑달랑하다는 얘기를 귀에 딱지가 붙도록 들었건만.

남편은 자신과의 약속을 지켰다. 죽을 때 자식들에게 짐이 되지 않겠다는 다짐.

9년 전 일기에 썼듯이 '어느 날 부부가 함께 갈 수 있으면 하지만 그건 마음대로 되지 않는 일'이었다.

아이구, 무정한 양반아. 아버지 살리겠다고 무지 애쓴 둘째를 봐서라도 살았어야지. 1년만이라도 더 살고 갔어야 자식이 보람이 있지. 제일 못 먹이고 못 해준 자식이 제일 효도한다더니만, 하필이면 낳아놓고 어미가 맹장 터지는 바람에 젖도 못 먹고 큰엄마가 끓여준 암죽 먹고 큰 자식, 형만 사주고 해주고 동생이라 안 사주고 덜 해준 자식, 어지간히 때리고 구박한 자식, 그 자식한테 곡진히 효도받았으면 살아야지, 그다지 맥없이 가버리면 쓰나요. 으이구, 불쌍한 자식 같으니라고, 효도는 원 없이 했으니 효도 못한 한은 없으려나.

울다가 까무러쳤다가 하느라고 자세히 헤아리지는 못했지만 올 사람은 다 왔다. 화환도 스무 개는 되었다.

다들 물어봐서 자식놈들이 쩔쩔맸다. 갑자기 왜 돌아가셨냐고. 돌연 별세하면 둘 중 하나지 굳이 물어볼 것도 없는데. 교통사고 아니면 암인 거 뻔하잖아. 하기는 문상 온 사람도 아무 말 안 할 수 없으니 그냥저냥 물어보는 거지. 누군 뭐 에멜무지로 안 물어봤나.

"암이셨는데, 아무한테도 소문내지 말라고 하셔서. 항암치료도 받으시고 괜찮아질 줄 알았는데 갑자기 무리하게 일하셨어요."

큰애 대답에 어떤 노인네가 어깃장을 놓았다. "이순신 장군여? 아무한테도 안 알리게."

다 늙은 입이라지만 상주 맞절하면서 꼭 그딴 소리를 해야 하나.

오륙 년 전에 간 만덕씨도 아픈 걸 숨겼다고, 말 많은 여편네들이 만덕댁을 되우 뒷말했다. 시방은 내 욕 하겠네. 기분은 뒤통수가 막 간지러웠다. 동네방네 암이라고 소문내면 욕 안 하나? 타령댁은 타령씨 돌아가시기 1년 전부터 오늘내일하는 걸 자랑하고 다니듯 했다고 욕, 양동이로 먹었다. 이래도 욕먹고 저래도 욕먹고.

남편은 속시원히 사라졌지만, 살아 있는 기분은 어쩔 줄을 몰랐다.

남편 사십구재(四十九齋) 올릴 절 때문에 시끄러웠다. 오빠랑 남동생이―남편이 영 안 미더워한 처남들이―자기네가 모시는 큰 절이 영험하댔다. 절 밝히기로 둘째가라면 서러운 사위도 잘 아는 신묘한 절이 있댔다. 큰아들은 어머니가 다니기 좋게 무조건 가까운 절로 하겠다.

역시 작은애가 마땅한 말을 해줬다. "엄니가 원하시는 절로 가야죠."

"네 아버지가 가시던 절이 있잖냐. 오서성님이 구순이 내일모레라 근력도 없구 그렇지만 해주신다면야 그분이 해주시는 게 좋지. 아주머니가 우리집에 드나들고, 네 아버지가 아주머니네 찾아다닌 게 40년은 되어간다. 내가 이 병원 저 병원 다녀봐도 살 수가 없다는 말을 들었을 때, 아주머니가 해준 치성을 받은 뒤부터 나아졌다. 그때부터 아버지가 아주머니를 생명의 은인처럼 알고 수양모마냥 모셨는데, 아주머니한테 의당 먼저 여쭤봐야지."

기분이 주장한 대로 되었다.

자식들이 상여를 메느냐고 물었다. 기분은 딱 부러지게 대답했다.

"네 아버지 그런 거 좋아하시잖냐."

남편은 제일 비싼 꽃상여를 탔다. 범골 어귀(버스정류장)부터, 상여꾼들—범골 청년회원만 갖고 되나, 역경리 늙은 청년들이 다 왔다—이 '이제 가면 언제 오나, 오실 날을 알려주오, 딸랑딸랑'을 불렀다. 20년째 상엿소리 매기는 해로씨 선창, 유가족으로 쫓으며 들으니 미어졌다.

동네 사람들이 다 구경했다. 기분은 남편이 상여를 타서 좋을 거라고 믿었다.

무덤도 남편이 원하던 딱 그 자리. 남편이 큰누님한테 "여기 묏자리로 참 좋지유?" 자랑하던 바로 그 자리. 지관이 딱 거기로 잡아줬다. 박사조카가 여기를 작은아버지가 봐뒀으니까 가급적 여기로 해달라고 신신당부한 보람이기도 하지만, 지관이 그 자리가 된다고 했으니까 된 거다. 지관이 트집 놔서 친히 잡아놓은 묏자리에 못 들어간 사람이 한둘인가.

큰면조카(셋째시숙의 둘째아들) 혼자 묏자리에 있었던 두충나무 30여 그루를 벴단다. 사람 하나라도 불러 같이 베야지, 저 많은 걸 혼자 다 벴다니. 이장사(이웃집 공주댁의 남편) 때문에 괴로웠다고. 발바리처럼 얼쩡거리니—딴은 도와주겠다는 거지만—구십 줄 노인네 다칠까 기계톱질을 맘대로 못했다. 집에 돌아갔다가 그 양반이 안 뵈면 또 와서 베고 그랬단다. 두충나무가 짐작과 다르게 자기 쪽으로 엎어져 몇 번 죽을 뻔도 했다고. 큰면조카 다쳤으면 숙부가 조카까지 잡았다고 더아니 말이 끔찍했을까.

은행나무는 도무지 벨 수 없었단다. 두충나무보다 열 배는 굵고 단단하니 전문가도 아닌 큰면조카가 엄두를 못 냈겠지. 지관이 하필이면 관머리를 은행나무 가까이 바짝 붙게 했다. 아래쪽이 벌판이고만 그 은행나무 밑에까지 왜 올라가냐고. 포클레인 기사가 최대한 끊었다지만 은행나무 뿌리가 좀 그악스럽냐고.

틀림없이 남편은 떠날 줄 알았나보다. 아니, 작정했나보다. 남편이 그 무겁고 살벌한 예초기를 들고 풀 깎은 자리가 하필이면 포장 친 데였다. 남편이 풀을 깨끗이 깎아놔 장례식장 음식 트럭이 들어오는 데 아무 문제 없었다. 동네 사람들 일사병, 풀독 우려 없이 산역 잘 하고 잘 먹고 갔다.

덥기는 더웠다. 더우면 좀 어때. 죽은 사람도 있는데 산 사람이 좀 더우면 어때.

남편이 10년 전부터, 화장은 안 된다, 꼭 묻어달라고 신신당부했다. 그런 남편이 이해가 안 됐었다. 화장이 좋지, 흙속 갑 갑하기만 하지 뭐가 좋아.

남편이 묻히고 나니 알겠다. 남편 넋이 어디에 있든 남편 몸 뚱이는 이 무덤 속에 있다. 무덤 속에서 아내를 지켜본다. 들판 을 바라보고 지나가는 동네 사람을 바라보고 자식들 절도 받 는다. 무덤이 없었다면 못 그랬겠지.

무조건 화장해야 한다는 분들한테는 송구스럽지만, 매장도 나쁘지 않겠다. 해서 매장이 안 없어지는구나. 무덤 쓸 땅 없는 사람은 어쩔 수 없어도 묻을 데 있는 집은 계속 무덤 쓰겠구나. 화장해달라고 큰소리 뺑뺑 치다가 묻어달라고 하기가 거식 할 뿐.

어떤 녀석 말인지 걸작이었다. "나중에 아버님이랑 합장시 켜드릴 테니까 오래도록 열심히 사세유."

기분은 화들짝해서 큰애에게 다짐 두었다. "내 무덤 안 써도 되는데, 굳이 써야 하겠다면 저쪽에다 따로 써줘라. 밭도 넓은 데 뭐가 끌탕이냐. 네 아버지랑 50년 한방 썼으면 됐지, 죽어 서까지 한방 쓸 게 뭐 있냐. 살짝 떨어져서 서로 바라보는 것만 으로도 충분하다."

확실히 해줘야 한다. 정녕 내일 마감할지 모르는 게 인생이 었다. 그렇게 덧없는 게 인생이라는 거 남편 가는 거 보고 여실 히 깨달았다. 섭섭해요? 저승에서도 각방 씁시다.

그것도 유산이라고 집터랑 논 세 다랑이, 밭 여덟 두락*을 두고 애들이 다툴까 조마조마 전혀 안 했다면 거짓말이다. 장례식장에서부터 자식들이 상속 때문에 싸우는 경우를 한두 번 봤나. 부조금 가지고도 대판 싸우는 집도 흔하다. 애들은 조금도 안 다퉜다.

장례식비는 남편 손님 봉투로도 얼추 되었단다. 그럴 수밖에. 남편은 경조사 인사가 확실했다. 쉰 명 넘는 조카들 혼사는 물론이고 조카의 자식들 혼사까지 꼬박꼬박 챙겼다. 조카들만 다 와도 장례식비 절반이야 우습지. 안 온 조카들은 그렇게 살면 안 된다. 작은아버지가 해준 게 있는데!

나머지 비용은 세 자식이 똑같이 보탰다. 큰애, 작은애, 사위 다 몇백씩은 남았나보다. 갚으려면 큰일났다고 엄살들 떤다만, 섭섭하지 않을 만큼은 남았다니까 요행스럽다. 남편이 자식들한테 목돈까지 챙겨주고 간 셈이다.

엄마 거 건드리지 않는 것으로, 상속세가 얼마가 되더라도 집이고 논밭이고 무조건 다 엄마 앞으로 하는 걸로 바로 공론이 되었다. 배우자는 상속세 안 내도 된단다. 살다보니 안 뜯어가는 법도 있었다.

---

* 두락(斗落): 한 두락은 볍씨 한 말의 모 또는 씨앗을 심을 만한 넓이로, 지방마다 다르나 논은 약 150~300평(496~992㎡), 밭은 약 100평(330㎡) 정도이다.

자식들이 남편의 흔적을 살폈다. 안방 텔레비전 밑 서류함 속에 50여 개의 통장, 각종 영수증, 노인회 관련 서류, 여러 행사 사진 등이 각별하게 담겨 있었다.

"아버지가 미리 정리를 해놓으셨네요."

"네 아버지가 정리벽이 유난했잖냐."

남편이 결혼하기 전에 쓴 잡기장 두 권도 있었다. 남편이 죽자고 펜팔 편지 썼던 여자가 있었다는 얘기를 박사조카한테 들은 기억이 있다. 딱 그 편지를 연습한 공책 같았다.

큰방 책들 사이에도 두툼한 서류 봉투가 끼어 있었다. 애들 상장, 애들 성적표, 애들 대학 다닐 때 들어간 돈 명세. 큰애는 별걸 다 차곡차곡 모아놓으셨다고 혀를 끌끌 찼다.

남편 것도 있었다. 55년도 국민학교 졸업장, 58년도 중학교 졸업장, 63년도 재건국민운동 육경면 재건위원회 수료증. 속된 말로 고릿적 종잇장이었다.

왜 이제야 왔소? 참말로 오래 기다렸소. 죽을죄를 지었응께 빌라고 기다렸소. 당신이 그렇게 가버린 거, 암만해도 내 죄요. 그때 내가 망로당 청소만 안 갔어도 당신이 그리 허무히 가지는 않았소. 그깟 청소가 뭐라고. 곧 죽을지도 모르는 남편 놔두고 걸레질하러 간 미친 여편네가 다 있었소. 영 거시기하더라니께. 가슴이 펄쩍펄쩍 뛰는 게. 그러면 걸레 집어던지고 집에 달려갔어야지 조금만 더, 조금만 더 하다가.

딸애한테 그랬다면서요?

5년을 더 살 수도 있는데 대신 거의 앓아누워 있어야 된다. 조합장처럼. 16년간이나 조합장 해먹은 어르신이 계시다. 그분이 논 물꼬 보러 갔다 쓰러졌는데 2년째 식물인간으로 요양병원에 누워 있다. 한 달에 250만 원이랴. 그 돈 대느라고 자식들끼리 원수지간 되었댜. 나는 그 꼴 못 본다. 막바로 가면 하나도 안 아프게 갈 수 있댜. 혀서 지금 가는 거니께 그만 울어라.

왜 나한테는 이제 나타난 거요? 나보다 딸이 더 불쌍했소? 딸애야 지 남편이 있잖소. 남편도 없이 혼자 살아야 하는 내가 더 불쌍하지.

당신 상 치르고 벌써 여남은 날이 흘렀어요. 애들도 다 집에 가고 짜장 나 혼자 남았다고요. 애들이 자기네 집에 가자고 진정인지 건성인지 졸랐지만 안 따라갔어요. 당신을 놔두고 어딜 가요. 아파트서 답답해서 어떻게 살아요. 내 집이 좋아요. 애들이 아무리 가자고 해도 내 집에서 살래요. 당신도 당최 나더러 어디 가란 말은 마세요.

잘 지내냐고 묻지도 않아요? 허기는 날마다 내려다보니 뭐가 궁금하겠어요. 저녁에 콩 심을 때도 등허리가 서늘합니다. 당신이 째려보는 것 같아서. 애들이야 난리난리죠. 절대로 혼자 심지 말라고. 지들이 와서 심을 거라고. 깨는 자식놈들이 다 심어준 거나 마찬가지예요.

그래도 안 심은 두둑이 널렸어요. 눈에 뵈는 일을 놔두고 가

만있을 수 있나요. 그거라도 안 하면 시간도 안 가요. 아침저녁
으로만 해요. 내가 미쳤소. 땡볕에 일하다가 당신 따라갈·일 있
소. 처음에는 당신 따라가는 게 도리다 나도 거시기하자, 다짐
도 해봤지만 쉽지 않아요.

　낮에는 쪄 죽을까 방에 못 있어요. 이젠 전기세 왕창 나온다
고 뭐랄 사람도 없고 에어컨 까짓것 펑펑 틀 수 있지. 그치만
낮에까지 방에 있는 건 답답해요. 평상에 앉았다가 누웠다가
잠들었다가 해요.

　평상, 큰애가 꾸몄어요. 개집 옆 은행나무 밑에 모판 올려놓
던 판때기 있잖소, 네 개씩 두 줄 쌓고 그 위에다가 못 쓰게 된
장판 깔아놓으니까 딱입디다. 개똥냄새요? 바람도 드물지만,
저쪽으로 불어가서 이쪽은 괜찮네요. 파리는 무작스레 덤비
지만.

　당신이 이것저것 혼잣손으로 다 짜면서도 기어코 안 짠 게
있소. 80년 가까이 살면서 한 번도 안 짠 게 있단 말이에요. 내
가 하나 있으면 소원이 없겠다 궁싯거린 게 백 번이 넘어요. 그
래도 안 짜줬다고. 뭐긴 뭐요, 평상이지.

　평상에서 종일 보내니까 문득 궁금해요. 아무리 없는 집에
도 하나씩은 있는 평상인데, 사든지 짜든지 있어야 할 건 다 마
련한 당신이 왜 하필이면 평상만 모르쇠 했을까.

　당신은 일생을 앉아 있을 겨를도 없는 사람이었죠. 막걸리
한 잔에 안주 쪼가리 한 쪽 집어먹는 게 쉬는 거였죠. 그래도

환갑 넘어서는 쉴 때는 쉬었잖아요. 꼭 방에서 낮잠을 잤죠. 그러면 혹시 남들 보는 데서 누워 있는 게 싫어서? 당신은 어차피 방에서 쉴 거니께 평상이 없어도 된다 이거였네. 방에서 쉬기 뭣한 마누라를 헤아렸어야지. 아줌마한테는 그늘나무 밑 평상이 딱이란 말입니다.

기막힌 자리예요. 음지뜸 시력도 영특한 말방아꾼 여편네들도 은행나무 밑에 장 앉아 있잖아요. 없는 말 있는 말 다 엮어서 뒷말하는 감시쟁이 여우 같은 그 여편네들 그림자도 보기 싫거든요. 원래는 서로 딱 보여야 하는데 당신이 쌓아놓은 잡동사니 더미가 절묘하게 가려주네요.

이쪽 대추나무 가지 사이로 초록 논판만 눈에 담으면 돼요. 눈초리가 왜 그래요? 못자리판 깔판을 평상으로 썼다고 화내는 거예요? 그럼 그걸 뭐에 써요? 벼농사 올해가 끝이에요, 끝.

사람이 죽으면 7일째부터 49일째까지, 7일마다 한 번씩 망인이 극락에 가기를 바라는 의식을 치르는데 그게 사십구재란다.

2주째, 기분은 작은애랑 오서암에 갔다. 남편 영정 옆에 수박, 배가 썩어갔다. 헬렐레한 전냇마누라한테 뭘 바랄까. 새 과일로 바꾸면서 눈물 또 어지간히 훔쳤다.

살려줬더니 보따리 내놓으란다고 그 짝이다. 남편한테 치성을 얼마나 드릴지 모르지만, 남편을 받아준 것만도 고맙지. 과일 안 바꿔줬다고 뻥등그리다니 염치가 없다.

오서성님이 한 말 또 하고 또 했다. "김사또(남편의 별명), 모시기 아주 힘들다. 기가 아주 세. 재 지내기가 고역여. 사십구재 같은 거 안 하기로 하고 안 한 지 20년은 되었어. 김사또니까 해주는 것인데, 힘들어, 힘들어."

작은애가 문자 부고를 받았다.

"당골누님이 돌아가셨다네요."

남편보다 댓 살, 기분보다는 열두 살 더 잡순 당골조카님. 둘째동서의 장녀였다. 듣기로 요양병원에서 오늘내일하던 목숨이었다. 제집에서 눈감게 해달라고 하도 빌어 양돈조카(둘째동서의 둘째아들)가 집에 데려다준 게 그제였다.

당골조카님도 참 박복했다. 한 동네에서 평생 썩은 잡초 같은 인생인 거야 내남없다. 당골조카는 자식이 없었다. 제 배로 낳은 애들은 아기 때 갔고, 수양딸도 시집가서 애 낳고는 남 된 거나 마찬가지였다.

"나는 문상 못 간다. 사람들 만나기 싫다. 워칙히 사냐고 자꾸 물어볼 거잖냐. 산 사람은 그냥 사는 거지 뭘 물어보냐."

작은애가 다녀와서 전해주는 말. 안녕장례식장에서 제일 작은 호실인데도 문상객이 거의 없었다. 참 쓸쓸해 보였다고. 그럴 수밖에.

홀로 남은 당골서방님은 어찌 살까. 당골조카가 요양병원을 집 삼은 지도 근 십 년이니 당골서방님은 어차피 달라질 게 없는 여생일까. 그래도 살아 있는 게 나아. 꼼짝없이 홀아비 됐잖아. 기분씨가 꼼짝없이 과부 되었듯이.

장손이 전화를 자주 했다. 스스로 거는 게 틀림없다. 인사만 하고 끊을 줄 알았는데, 할머니 편찮으신 데 없냐, 물어보기도 하고, 저는 어떻게 공부한다, 알려주기도 하고, 이 말 저 말 했다.

전화를 거의 안 하는 아이였다. 남편은 안타까워하곤 했다. "지 아빠 닮아 전화할 줄을 몰러. 장손 전화 한 번 받아보는 게 소원이여." 큰애가 닦달해야 마지못해 할머니한테만 전화해서 두어 마디 했었다. 저도 거의 안 하면서 지 아들한테 전화하라고 갈구는 큰애, 안 봐도 코미디였다.

할아버지 돌아가시고 늦깎이 미립이 트였나. 늙은이한테 손자 전화 한 통화가 금쪽같다는 것을. 기특했다.

2013.7.4.

날씨는 흐림이네요. 일하기 좋은 날씨. 기력이 없는 남편. 보약을 먹으래도 돈이 없다고, 영양제를 맞으래도 쓸데없는 걸 돈 주고 맞느냐고 찌푸린 얼굴과 욕으로 나를 힘들게 했어요. 오랜만에 남편 웃는 모습을 보네요. 열흘 만에 이야기를 몇 마디 했네요.

밭에 서리밤콩도 심고 논둑에 깨 모종도 했어요. 둘이 사는

것도 힘이 드네요. 소나기가 오네요. 누가 맛있는 저녁밥 해
주었으면 하네요. 허망한 생각을 왜 하는지.

딸네가 왔다. 거의 주말마다 온다. 엄마가 염려돼서 안 올
수가 없다고.

좀 있다가 큰며느리도 내려왔다. 큰애와 장손은 바빠서 못
오고 자기만 왔다고.

부산들 떨어가며 감자를 캔다. 감자는 알이 굵고 주렁주렁
맺혔다. 다른 때 같으면 기분도 달라붙어 캤겠지만 만사가 귀
찮아 구경만 했다. 겨우 한 뙈기니 셋이서 금방일 테다.

사위가 햇감자 삶으라고 야단이다. 딸애가 애들 밥 먹이느
라고 들은 체를 않는다. 귀 따가워서 기분이 썻고 삶았다.

설취한 사위가 늦게까지 텔레비전 틀어놓고 주정해대 견디
기 힘든 밤이다.

햇새벽에 남편에게 갔다.

잘 주무셨나요? 잠이 하도 안 와 한밤중도 깊고 깊어 겨우
선잠이 드는데, 꼭 이 시간에 깨요. 다섯시! 당신이 소 밥 주러
가던 시간. 이제 일찍 일어날 필요가 없는데, 하루가 너무너무
길어 낮 길이를 조금이라도 줄이려면 더 자야 하는데, 더 자는
게 쉽지가 않아요.

이렇게 당신 무덤에 와서 인사부터 하지요. 당신은 지금 어
디에 있는 걸까요? 이 무덤 속인가요? 오서성님네 불당인가

요? 이승도 아니고 저승도 아닌 내가 모르는 어디겠지요. 당신 몸은 무덤에 있는데, 당신 위패는 한참 떨어진 절에 있고, 꿈속의 당신은 어디 있는 게요? 어디에 있든 좋으니 좀 자주 와요.

당신은 과연 떠날 줄 알았나봐요. 두 마리 남았던 소를 깨끗이 판 게 가기 두 달 전이잖소. 소가 있었으면 내 밥 먹기도 싫은데 소 밥 먹이고 소똥 치우느라 배꼽 잡았을 거예요.

누가 나한테 그럽디다. '미망인'이라고. 미망인이라는 소리가 괜히 웃겨요. 아직 죽지 않은 사람이란 뜻이잖아요? 남편 따라가지 않았다고 조롱하는 소리 같아요. 차라리 '과부'가 나아요.

개밥 주는 건 별로 어렵지 않아요. 개라도 없으면 어찌 살까 싶어요. 가끔은 도둑괭이밥도 줘요. 작은애가 괭이밥을 줘 버릇해서 갸가 없으면 나한테 달라붙어요. 한두 마리도 아니고 서너 놈이 어찌나 야옹야옹 쫓아댕기는지 견딜 수가 있어야지, 옜다 먹어라, 주고 말아요.

버릇처럼 배가 고프네요. 산 사람은 살아야 한다는 말이 서러워요. 당신 장례식 때 내가 수백 번 들은 말이 뭔지 아세요? 산 사람은 살아야 하니 밥 먹으라는 말이었어요. 내가 제일 많이 한 말이기도 하지요. 애들이고 조카고 밥 먹으라고 닦달했어요. 나는 안 먹어도 안 고픈데 자식들이 안 먹는 건 못 견디겠더라고요. 당신이 죽었는데 밥이 넘어가나요. 넘어가데요. 때가 되면 배가 고프고 밥이 슬그머니 넘어가데요.

자식들이 언제쯤 일어날까. 애들 자는데 혼자 밥 먹겠다고 수선 떨 수도 없고. 기다려야지 별수없었다. 어제 외손주들이 두어 개 먹고 잔뜩 남은 감자가 떠올랐다. 조심조심 들어가 삶은 감자 세 알만 꺼내 가지고 나왔다. 평상에 앉아 식은 감자를 먹었다. 목이 멨다. 꺼억꺽!

2013.3.

아주대병원 과마다 쓸고 다니는 나. 이번에는 피부과다.

얼굴이 왜 빨간색이냐고, 왜 부어 있느냐고, 무슨 병이냐고, 빨리 고치라고 보는 사람마다 신칙이었다. 그동안 안녕시에서 한의원, 피부과, 산부인과 많이도 다녀봤지만 고칠 수 없었다.

아주대 의사는 혈관이 늘어나서 생긴 병이니, 세 번 레이저치료를 하면 고칠 수 있다고 말했다. 희망을 가져본다.

큰애가 수원에 자리잡은 뒤로, 수원 아주대병원을 대형 마트처럼 드나들었다. 작은애 차로 오갔고, 큰애부부가 문병·간병을 왔다. 진료와 입원을 기다리느라 큰애네 아파트에 묵기도 했다.

2013년엔 '안면홍조'였다. 환갑 즈음부터 찬 바람을 맞으면 얼굴이 홍시처럼 빨개지는 것이었다. 3월에 아주대 피부과에서 레이저치료가 가능하다는 진단을 받았는데, 시술은 7월에 잡혔다.

2013.7.10.
레이저치료를 하기 위해 병원에 누워 있는데, 얼마나 지루하고 아프던지. 밖에서 기다리는 큰며느리와 아들은 얼마나 긴 시간이었을까요.

후로도 아주대병원에 몇 번을 갔는지 모른다. 일기에 적은 대로 계속 '과마다 쓸고 다녔다'. '수원에 있는 병원마다 쓸고 다녔다'가 더 정확한 표현일 테다. 예순일곱 살에 소원이던, 무릎에 인공 연골 넣는 수술을 받은 곳도 수원 소재 병원이었다.

큰며느리의 문병·간병을 자주 받았다. 시어머니 간병이 쉬운 일인가. 고맙고도 미안했다.

또 아주대병원 가는 날이다. 심혈관 괜찮은지 점검받는 날. 남편이 2차 항암주사 맞을 무렵 잡아놓았다. 살아서 뭐하냐고, 안 간다고 했다가 작은애한테 타박받았다. 아버지 그렇게 간 것도 억장이 무너지는데 엄니까지 잘못되면 어떻게 하냐고 호통을 쳤다.

작은애는 확실히 남편을 닮았다.

오전에 여러 가지 검사받았다. 한 가지 더 검사해야겠는데 오늘 안 된다고 내일 받고 가랬다. 준비도 안 해왔는데, 입원하라니.

작은애는 내려가고, 큰애가 왔다. 이따가 큰며느리랑 교대할 거랬다. 아들이랑 며느리랑 왔다갔다하면 가끔 헷갈렸다. 친자식이라 아들이 편할 때도 있고 여자라 며느리가 편할 때도 있고. 별일도 아니니 혼자 놔두었으면 싶기도 하고 계속 같이 있어줬으면 싶기도 하고.

겁났다. 심혈관 더 막힌 걸로 나오면 큰일이다. 뭐 끼워 넣어야 한다면 캄캄하다. 여러 날 집에 못 가니까. 남편이 집에 있을 땐 집 걱정하는 게 당연했다. 남편이 집에 없어도 집 걱정이 됐다. 집이 뭐라고.

어떤 여편네가 그랬다.

"거기 자식들이 만날 와서 자구 간다면서유? 그럼 며느리들이 안 좋아할 텐디. 자식들 위해서라도 혼자서 잘 살아봐야지. 그러다가 애들 사이 벌어지면 워칙히 할라구 그류."

머리에서 천불 나는 줄 알았다. 한 스무날인가 그러기는 했다. 큰애가 살다시피 했다. 큰애가 올라가면 작은애가 와서 잤고. 지금은 혼자 잘 잔다. 작은애가 아침저녁으로 왔다갔다하지만 자고 가는 건 아니다. 소문이 그따위로 나다니. 언거번거한 여편네들 주둥이를 꿰매놓아야지.

남편이 있을 때는 남이 무슨 말을 해도 강아지가 짖는 소리거니 했다. 남편이 없으니 강아지 소리도 남 말로 들릴 지경이다. 귀먹는 것도 나쁘지만은 않겠다. 듣기 싫은 소리는 안 듣고 살 테니까.

사람 하나 죽으니 처리할 일이 열 개 백 개다. 하기는 남편
이 치열하게 살았으니까 그리 장한 흔적이 남은 거겠지. 면사
무소, 농협, 시청, 진폐병원, 농지회사, 은행 다니면서 온갖 서
류 떼고 작성하고 넣을 자식이 작은애 말고 또 있겠나.

남편이 여름 내내 베던 풀, 누가 대신 베겠나. 작은애가 틈
만 나면 와서 예초기를 돌리는데, 일주일만 지나면 고대로다,
고대로. 참말로 풀이 그악스럽게 자란다. 작은애 말마따나 "일
주일만 지나면 딴 세상이다." 남편이 있을 땐 밭풀만 왕성한
줄 알았지, 다른 데 풀은 그렇게 빨리 자라는 줄 몰랐다. 남편
이 밭풀은 한 번도 안 매주면서, 다른 데 풀은 하도 부지런히
베었으니까.

농약은 또 누가 치겠나. 사위가 올 때마다 쳐주기는 하지만,
한 달에 한두 번이고 나머지는 다 작은애 차지다. 고추 따기 시
작하면 일주일이 멀다 하고 약을 쳐야 할 텐데.

논 물꼬 보러 다니는 것도 작은애가 한다. 뭘 알겠나만 농사
꾼 풍신이다.

장례 끝나고 박사조카한테, 큰애고 작은애고 작은아버지가
농사일을 안 가르쳐서 애들이 뭐 아나, 박사조카가 이제부터
맡아서 지어줬으면 좋겠다, 그랬더니 아니랬다. 모내기하면
농사 다 지은 거나 마찬가지다, 작은아버지가 모내기까지 끝

마치고 간 걸 왜 자기가 가로채냐, 물꼬는 자기가 오며 가며 봐줄 테니까 속 태우지 말라고.

작은애가 사촌형한테 떠맡기고 에헴, 뒷짐만 질 수는 없으니 아침저녁으로 다닌다. 수명 손보고, 물 넣을 때 되면 넣고, 뺄 때 되면 빼고, 논둑 풀도 베고, 농약 한다고 방송 나오면 깃발 꽂고.

옛날처럼 농약을 경운기 끌고 다니면서 호락질로 했으면 어쩔 뻔했나. 비행기로 안 해줬으면 농사짓는 노인네 씨가 말랐겠다. 하긴 말이 노인네가 짓는 거지, 진짜 짓기는 기계 가진 사람이 짓는 거지. 맞다, 비행기가 아니고 드론이랬던가. 암튼 그거 아녔으면 어쩔 뻔했냐고.

"깃발이 보라색하고 파란색 두 종류가 있던데 무슨 차이가 있대요?"

작은애가 물어보는데, 남편과 평생 농사지었다는 기분도 잘 몰랐다. 색깔은 별 상관 없는가보았고, 작은애 깜냥에 깃발을 논 한복판에 꽂았는데 다른 이들이 둑머리에 꽂는 것이었다. 작은애나 기분이나 헬리콥터가 뿌리는 줄 알고 한복판에 있어야 깃발이 잘 보이거니 했는데, 그게 아니었다. 두어 사람이 트럭을 몰고 다니면서 한 사람은 드론을 조종하고, 한 사람은 농약을 탔다. 그러니 깃발을 둑머리에 꽂는 게 당연했다.

작은애가 냅뜨는 거 보고 하루는 큰면조카가 물었다.

"할 만하냐?"

작은애는 "못 허겄네요" 혀를 내둘렀다. 작은애는 농사지어 볼 욕심이 좀 있었다. 남편 가고 한 달이 지나자, 농사 절대로 안 짓겠다, 논농사고 밭농사고, 학을 뗐다. 저만 안 하는 게 아니라 엄마도 못하게 하느라고 깨방정이었다.

논 서너 다랑이는 그렇다 치고 밭은 기분이 간신히 맨 네 두락 빼고는 다 풀밭이 되어버렸다. 남편이 무덤 속에서 기막혀 하는 게 보였다. 애들은 안 매면 어찌되는지 뻔히 알면서, 만날 아무것도 하지 말래.

밭 놔두고 자식들끼리 얘기하는데, '6시 내고향' 찍으러 나온 방송국 사람들 같았다.

"뭐 없냐. 힘이 거의 안 드는 작물. 그냥 대충 씨만 뿌려놓으면 지들이 알아서 자라는 것."

"그런 것 없다니까. 그나마 제일 쉬운 게 콩하고 깨라니까. 그래서 깨 심는 거라고."

"깨가 제일 쉬운 거라고? 그렇게 일이 많은데?"

"나머지 밭은 지푸락으로 싹 덮어버릴라고."

어이없어서 한마디 핀잔하지 않을 수가 없었다.

"으이휴, 지푸락이 거름 돼서 풀만 더 잘 자라지."

"내 친구 하나는 공구리*를 했다가 후회막급했어요. 친구 어머니가 우리 엄니처럼 하지 말라는 밭일 기어이 해서 자꾸 편

---

* 공구리: 콘크리트 [일본어]←konkurîto 〈 concrete.

찮으시니까 밭을 전부 시멘트 공구리를 해버렸거든. 공구리하고 어머니가 한 해 만에 돌아가셨대. 아무 일도 없으니께 힘드셨던 거지. 고추밭, 마늘밭, 깨밭만 남기고 싹 밤나무 심어버릴라고."

여하간 50년 애면글면 지어 먹은 밭이 도로 산 되게 생겼다. 밭매기도 못 하는데 논매기는 꿈도 못 꾸었다.

다른 노인네는 옛날에 그만둔 피사리(논 김매기)도 남편은 열심을 떨었다. 풀포기 없이 벼가 자라는 논은 남편 논밖에 없을 지경이었다.

당신도 절대로 논에는 가지 마쇼. 논바닥 쳐다보면 혈압 오를걸. 기분도 논 지나칠 때마다 눈 딱 감고 안 쳐다보았다.

작은애가 그랬다. 아버지가 자기 꿈에는 한 번도 안 나타난다고. 한 번 찾아가서 수고했다, 수고한다 한마디 해주면 좀 좋아. 마누라한테도 발길 인색한 영감이 아들을 잘도 찾아가겠는가마는.

작은애가 눈이 벌게서 왔다. 눈병이 났단다. 눈에 뵈는 게 없어서 어떻게 운전하고 왔는지 정신이 없단다.

"그럼 쉬지, 뭐하러 왔냐?"

"그러잖아도 당분간 못 올 것 같아요. 엄니한테 옮길까봐. 되게 아퍼요. 가까이 오지 마슈!"

"내가 끌탕이냐? 니 애들이 끌탕이지."

"글게 말이에요. 눈병 옮으면 유치원도 못 가고 큰일인데."

힘들게 싸돌아다니고 벅차게 일하다가 병이 난 것만 같아 마구 미안해졌다.

"얼른 도로 가라. 가서 싹 낫기 전에 오지 마. 엄마, 혼자서도 잘 사니께 아무 끌탕 말고."

2013.7.18.

영감 생일이에요. 지난 주말에 자식들이 생신을 챙겨주고 갔지요. 오늘은 불고기에 미역국만 끓여주었습니다. 점심에는 친구분들이 모시고 갔지요.

비가 오다 말다를 반복하네요. 두 달 동안 눈이 아파 여러 병원을 다녔어요. 작은아들이 나를 데리고 다녔지요. 수원성모안과에서 치료받고 괜찮아졌어요.

간사한 사람 마음. 눈이 조금 편해지니 살 것 같애요. 살기가 싫다고, 아니, 살 수가 없다고, 자식들한테 마지막 말까지 썼었는데.

작년까지만 해도 남편 생일상을 무덤 앞에 차리게 되리라고는 꿈에도 몰랐다. 진정 이게 꿈이었으면 좋겠다.

큰애네, 작은애네, 딸네 모두 왔다. 남편 장례 때 이후 자식, 손주들이 한자리에 다 모인 건 처음이다. 아, 장손이 빠졌다. 이해하셔요. 시험이래요, 시험. 고2한테 시험이 얼마나 중요한지 알죠?

애들이 썰물처럼 돌아가고, 또다시 무량한 시간과 남았다.

어제는 아예 오서성님네서 잤다. 사십구재 마지막 밤인데
· 남편이랑 같이 있고 싶었다. 날이 밝아 칠칠재*. 오서성님이 치
성을 올리는데, 기분도 성심껏 비손했다. 좋은 곳에 가라고. 극
락왕생하라고. 부디 저승에 가서는 일 좀 하지 말라고. 다음 생
이 있다면 제발 귀하게 태어나 편하게 살라고. 영감, 금수저로
환생하여 금수저로 사시오.

오서성님이 미친 사람처럼 펄쩍펄쩍 뛴다. 옛날에 기분을
고칠 때처럼.

오서성님이 쓰러지다시피 했다. 징징댈 근력은 남았나보다.

"니 남편 기 세다. 내가 숱한 넋을 상대했지만 니 남편처럼
센 기는 처음이다. 어이구, 징허다, 징해. 이래서 내가 안 할라
고 했는데, 기어이 해서 제명에 못 죽겠네."

뵐 때마다 들은 소리였다.

남편 신위에 마지막 잔을 바치고 절했다. 마지막은 언제나
슬프다. 또 울음이 나온다. 이 울음은 대체 어디서 나오는 걸
까. 울어도, 울어도 마르지 않는 울음이라니.

이제 어떻게 살아야 합니까. 왜 나보다 먼저 갑니까. 갔어도

---

* 칠칠재(七七齋): 사람이 죽은 지 49일 되는 날에 지내는 재. 삼계(三界)와
육도(六道)에 가서 누리는 후생의 안락을 위하여 명복을 빈다.

내가 먼저 가야 했는데. 아뇨, 잘 갔어요. 나 먼저 가고 영감 혼자 어떻게 살았겠어요. 나니까 혼자 살았던 거예요. 혼자 살아갈 거고요.

오서성님이 넋두리를 하겠단다. 흰색, 검은색, 빨간색, 노란색, 파란색 깃발 중에 하나를 집으란다. 기분은 노란색을 찍었는데, 오서성님이 뽑아 드니 빨간색이다. 색깔을 못 맞추면 잘 못되나?

오서성님이 남편의 목소리를 빌려 뭐라고 했다. 귀를 쫑긋했지만 거의 못 알아듣겠다. 기력 빠진 구십 줄 전냇마누라의 쉬어터진 목소리, 어려운 한자까지 섞어 티브이 사극 양반마님이 시조 읊듯 하니. 허나 짐작하겠다. 당신이 무슨 말 할지 뻔하잖아요.

자식, 며느리, 사위가 차례로 깃발을 뽑고 남편의 말씀을 빙자한 오서성님의 말씀을 들었다. 다들 경건하게 듣지만 무슨 말인지 어리벙벙한 듯했다. 못 알아들으면 어때. 애들도 엄마처럼 아버지가 무슨 말을 했는지 뻔히 짐작할 테다. 설령 오서성님이 엉뚱한 말을 했더라도, 애들은 아버지한테 듣고 싶은 말을 들을 것이다.

손주들한테도 차례가 갔는데 할머니 염불하는 소리로 들리나보다. 내빼지 않고 들어준 게 고마웠다.

장손이 부처님께 절을 올렸다. 백 배만 해보겠다고.

바람이 몹시 분다. 겨울이었으면 함부로 불도 못 놨을 거다.

오서성님을 따라서 텃밭으로 간다. 불 때는 드럼통이 있었다. 남편의 위패를 넣고 남편의 영정사진을 넣었다. 남편의 넋이 입고 갈 좋은 옷을 넣었다. 오서성님이 시장에서 비싸게 주고 산 옷이다. 불이 붙는다.

남편 넋이 타올라 연기와 함께 흩어진다. 보이지 않았지만 보였다.

잘 가세요, 잘 가세요. 사느라고 욕봤습니다. 야속한 사람, 나만 남겨놓고 훨훨 잘 가십니다. 당신은 어디로 가는 걸까요? 이승도 아니고 저승도 아닌 곳에 있던 당신, 이제 저승 어디로 가는 걸까요?

밥을 먹었다. 밥이 잘 안 넘어가서 물을 달라고 했다. 오서성님이 냉장고에 약수 받아놓은 게 있댔다. 작은며느리가 꺼내준 물을 큰애가 오서성님이랑 나한테 한 대접씩 따라줬다. 이상했다, 물맛이.

"이거 물 아니여!"

알고 본즉 등잔 기름을 마셨다. 자꾸 등유냄새가 올라와 구역질했다. 어지럽고 기력은 없고 기어코 안녕종합병원 응급실로 행차했다. 남편 아주 보내는 날은 좀 조용하고 싶었는데 유난한 몸뚱이가 어디 가나. 위세척하고 링거를 맞고 누워 있었다.

남편 보낸다고 온 기력을 소진한 오서성님은 거의 한 대접을 마셨다. 전화해봤더니 안 받았다. 작은애가 오서암에 다녀왔다. 세종시 응급실로 가셨단다. 오서성님 잘못되면 어떡하지?

큰애는 덜 마시기도 했지만 젊어서 그런지 별 이상 없댔다.

남편 자는 거 10년 넘게 지켜본 작은 부처님—남편이 관광 갔다가 3만 원인가 주고 사 와 안방 텔레비전 받침대 위에 올려놓은 불상—은 작은애가 어디다 모셔놓고 왔다. 부처님 좋아하는 것보다 길흉을 더 따지는 사위가 남편 방에 그대로 놓아두면 안 된다는 거였다.

기분도 그 불상 꼴 보기도 싫었다. 제대로 된 부처님이라면 남편을 그렇게 보냈겠어? 남편은 왜 그걸 신줏단지 모시듯 했는지 원.

큰애가 남편 지방*을 봉분과 모이마당의 접점에 파묻었다.

그날 밤 남편이 태연자약 꿈에 나타났다. 저승이 그렇게 먼 곳에 있는 건 아닌가. 칠칠재 끝나면 남편이 다시는 안 나타날까 서러웠다. 이렇게 와준다면야 남편이 저승에 있든 무덤에 있든 뭔 상관일까.

2013.7.23.

풀 매고 깨도 심고 물 마실 짬도 없이 일하다보니, 소 밥 줄 시간이 되었네요. 참, 첫 수확 고추도 두 상자 땄지요.

---

* 지방(紙榜): 종잇조각에 지방문을 써서 만든 신주(神主).

요즘 우리 영감 허리가 많이 아파 병원에 다니는데 조금도 차도가 없네요. 다른 병원에 가보자는 내 말에 욕을 하네요. 나는요, 아무 말도 하지 말아야 해요. 이렇게 사니 얼굴에 주름살이 생기지요. 영감 원하는 대로 아무 말 안 할 거예요.

택배차가 크고 무거운 상자 세 개를 부려놓고 갔다. 노인 혼자서는 건드리지도 못할 덩치들이었다. 이번엔 또 뭘까? 마침 또 와 있던 큰애가 끙끙 풀어보았다. 병풍, 제기함, 제기 세트였다. 작은애가 또 인터넷으로 주문했겠지. 사야 할 걸 샀지만 괜히 섭섭했다. 즈이 아버지 떠난 지 얼마나 됐다고.

2013.7.24.
아침부터 분주하지요. 마늘도 까서 찧어놓고 고추도 물김치용으로 갈아놓았지요. 시내 가서 이것저것 사다보니 또 10만 원을 쓰고 말았군요. 오후에는 김치 담그고 물 끓이고 소 밥 주고 얼마나 땀이 흐르는지 주체를 못하겠군요. 돈을 쓰려고 세상에 존재하는지 너무 쓰네요.

작은애가 정리되었다며 통장들을 가져왔다. 남편 통장 일고여덟 개에서 뽑아낸 돈을 기분 명의 통장 세 개에 옮긴 것이다. 보험료, 전기세, 전화세, 수도세, 난방비 같은 거 자동이체로 빠져나가는 공과금통장, 5백만 원가량 채워놓고 때때로 찾아 쓰는 생활비통장, 나머지 돈 넣어둔 자유적금통장.

농협 장기 조합원 유가족에게 주는 위로금 백만 원도 받아
왔다. 조합이 그 정도는 해야 조합이지. 남편이 조합에 '생'이
자로 갖다 바친 돈만 억은 되겠다.

딸애가 전화로 "아버지 돈 많이 해놨네!" 하기에 열 냈다.

"어떤 아버진데 그것도 못해놨겠니. 자식들한테 다 뺏기고
마누라한테 한 푼도 못 남기고 간 영감이 한 리어카라지만 네
아버지가 워떤 아버진데. 내가 병원비로 없애지만 않았다면
억도 넘었을 거다."

얼마라도 나눠달라는 자식도 없고, 남편한테 푼푼이 타 쓰
던 기분은 갑자기 촌부자가 됐다.

기분이 일기에도 썼지만, 남편이 10년 전에 그랬다. 이제 살
만큼 살았고 살고 싶은 의욕도 없는데, 당신이 한심해서 더 살
아야겠어. 나 죽고 당신이 쓸 것 마련해둬야지.

고맙수, 마누라를 위해 이렇게나 남겨주고. 그토록 자식들
이 못 미더웠던 게요? 하기는 자식을 어떻게 믿겠소. 감사합니
다. 당신마냥 자린고비로 아끼면서 살지 않을 겁니다. 쓰지도
못하고 죽지 않을 겁니다. 펑펑 다 쓰고 갈 겁니다. 빈손으로
왔으니 빈손으로 갈 겁니다. 당신처럼 뭐 남기는 짓 따위는 안
할 겁니다.

"적금통장은 내가 갖고 있기가 겁난다. 어렵더라도 네가 보
관하다가 필요할 때마다 빼줘야겠다."

작은애도 그럴 심산이었던지 두말없이 챙겼다.

"공과금통장도 가져갈게요. 이런 건 엄니가 안 보는 게 정신 건강에 좋아요."

"그래라. 빠져나갈 돈이 떨어지면 적금통장서 옮겨 넣어라. 어련히 알아서 하겠냐만."

2013.7.25.

오늘도 영감은 허리 통증으로 굴신 못해요. 나는 '병든 개가 파리 물린다'고 귀가 아파 이비인후과에 다녀왔습니다. 헐었다고 약을 처방해주었어요. 지난달 외상으로 옷 한 벌을 사고는 후회와 원망을 꽤 했지요. 오늘에야 돈을 갚았어요. 나 자신도 모르게 실수를 해요. 왜 옷을 자주 사는지.

"근데 엄니, 아버지가 저번에 원광대 갈 때 그러셨거든요. 내가 네 어머니를 위해서 얼마를 만들어놨다, 혹시 내가 잘못되면 그거 네 어머니 10년 살 거니까 절대로 알겨먹으면 안 된다. 아버지두 참. 근데 아무리 통장을 뒤져봐도 그것뿐이어서. 혹시 엄니한테 따로 말씀하신 게 있어요?"

별안간 떠올랐다.

내가 갑자기 죽고, 빈털터리가 되거든 바깥창고, 뒤주 좀 뒤져봐. 애들한테 절대로 주지 말고 혼자 써야 뎌. 이런 말을 남편이 1년에 두어 번씩은 했었다.

2013.7.26.

작은아들네 새 아파트에 갔어요. 넓은 주방과 두 개 있는 화장실이 마음에 들었지요. 거실이 우리집에도 있었으면 좋겠어요. 내 평생소원인 거실. 아들이 이런 큰 집에서 행복하게 살 수 있으니 더할 수 없이 좋아요. 오는 길에 남편이 누룽지오리백숙을 사주어서 맛있게 먹었어요. 아들은 당직이라고 일찍 돌아갔습니다. 차 조심하길 부탁해.

작은애랑 바깥창고로 갔다. 과연 한구석에 뒤주가 있었다. 기분의 아버지와 동문수학한 공장어르신이 혼인 부조로 짜준 뒤주였다.

뒤주 속에 애들이 쓰던 교과서·참고서가 빽빽이 들어 있었다. 책 틈바구니에 끼인 박카스 20병짜리 박스. 박스 안에 비닐로 꽁꽁 싸맨 돈뭉치가 있었다.

"아버지두 참……. 난 왜 그렇게 창고 열쇠를 챙기시나 했네. 은행에 안 넣으시고 왜 여기다…… 아하, 알겠다."

차마 진실을 밝힐 수가 없었다. 떳떳한 일은 아니잖아. 둘러방쳤다.

"농협에 돈 넣어두는 건 쉬운 일인 줄 아니? 노인네들이 목돈 생긴 건 귀신같이 알아 농협빚부터 갚으라고 닦달이다. 네 아버지처럼 빚 없는 사람한테는 갈 때마다 무슨 보험이 어쩌고 투자가 저쩌고 펀드가 어쩌고 이만저만 귀찮게 허간. 빌려 쓴 이자는 무진장 높아도 저축 이자는 푼돈이니께 한갓지게 집에다 모셔둔 거지. 암것도 없어 뵈는 게 살기 편하단 말여. 뉴스에서 땅바닥에 돈 파묻어놓고 사는 사람들 곧잘 나오잖니. 그 사람들도 다 그런 거 아니겠냐. 네 아버지는 그런 근천까진 안 떨었다. 으이구, 치매 걸려갖고 자기가 현금 숨겨놓은 것도 못 기억하고 싸구려 양로원에서 구박받다 간 노인네도 쌨을 겨."

"엄니는 자식을 띄엄띄엄 보셔. 왜 그러셨는지 알겠다고요. 근데 아버지가 참 간이 크셨네. 볏가마 도둑맞았을 때도 돈뭉치가 여기 있었다는 거잖아요. 도둑맞고도 그냥 놔두셨다는 거네요?"

"가물가물하다. 벼 다섯 가마 언(어는) 놈이 고스란히 가져간 게 언제 적인지. 아무리 비상한 도둑놈이라도 저런 개집보다 못한 뒤주 속 헌책 나부랭이에 돈이 있을 거라고 짐작했겠냐. 아버지는 도둑맞고도 안 들킨 데니까 더 안전하다고 판단하셨겠지."

2013.7.29.
아침에 일어난 남편, 허리 통증으로 움직이지를 못하네요. 병원에 가자는 내 말을 무시하네요. 입만 아파요. 평강댁한테 말려달라고 부탁한 고추를 7천 원 수공* 주고 가지고 왔습니다. 비가 왔다 그쳤다 하는 탓에 어제 딴 고추를 널었다 거 됐다 세 차례 반복하니 기운이 쫙 빠지네요. 약국에 다녀온 남편 3만5천 원이나 들었다고 궁시렁거려요.

평상에서 작은애가 돈 세는 것을 지켜보았다. 5만 원짜리는 탕** 내를 맹렬히 뿜어냈다. 대체 저 돈냄새는 무얼 의미하는 걸까?

"이것도 적금통장에 넣어놓을게요."

"아니다, 너희들이 3분의 1로 똑같이 나눠 가져라."

"아버지가 자식들 못 믿어 엄니 비자금 만드신 건데 그러면 안 되죠."

"난 자식들 믿는다."

작은애가 반대했지만, 기분은 끝까지 우겼다. 미안해요, 당신 뜻을 거슬러서. 난 적금통장에 찍힌 숫자도 가늠 안 잡히게 커요. 당신이 못다 부은 보험 1년만 더 부으면 생활비도 나오 잖아요. 그걸로 설마 이 한 몸뚱이 못 살겠어요.

애들한테 전화가 막 왔다. 이걸 자식들한테 주시면 앞으로 어떻게 사시느냐고. 딸애는 이런 말까지 했다.

"앞으로 손가락 빨면서 사실规?"

---

* 수공: 품삯.
** 탕: 여름철 장마 때 축축한 곳에 생기는 검푸른 곰팡이. 매기(霉氣).

"아버지가 살아 계셨으면 당연히 손주들 대학교 첫 등록금은 내주셨을 거다. 그럴 거라고 노상 말씀하셨으니까. 아버지가 못 주고 간 등록금 내가 대신 준 거니께 부담스러워하지 마라."

말하고 나니 아주 그럴듯했다.

2013.7.31.

어멈아.

부모자식의 인연으로 너를 만난 지도 13년이란 세월이 흘렀구나. 우리 아들이 너를 인사시킬 때 속다짐했지. 잘해줄 거라고. 친정엄마 몫까지 해야 된다고. 그런데 항상 병을 달고 사는 나는 네게 걱정만 시키는 시어머니구나.

물질적으로도 도움이 못 되고 여러 가지로 부족한 시어머니를 너는 항상 걱정하고 위로해주는구나. 한 집안의 며느리로 아내로 엄마로 힘듦이 많음에도 알뜰하게 살림 잘하고 남편 뒷바라지하며 열심히 사는 네가 고맙다. 오늘도 어멈은 내 푸념을 들어주었지. 건강해서 너희들에게 걱정시키지 않는 부모가 되었으면 좋겠어. 언제나 지금처럼 서로 아끼고 사랑하며 행복하길 빌게. 사랑해.

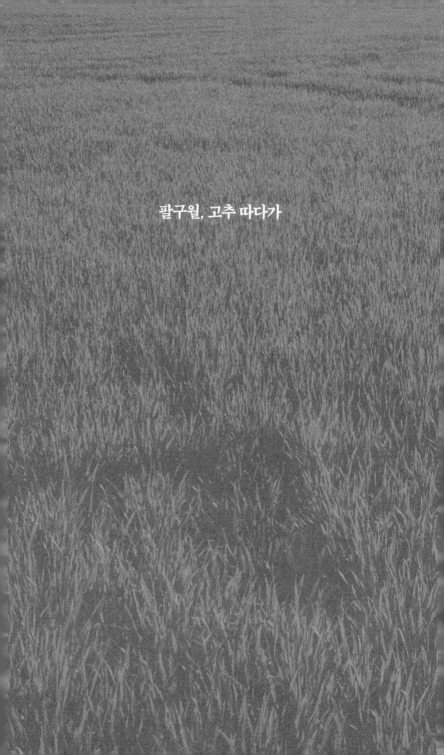

팔구월, 고추 따다가

2013.8.

요새 밥이 먹기 싫어요. 반찬도 없구요, 먹고 싶은 것도 없어요. 무엇을 해서 반찬을 만들까요.

하늘은 저다지 높고 푸른데, 햇살은 이다지 좋은데, 나는 왜 우울할까요. 친구들과 여행을 떠나서 2박 3일 놀다 오면 속이 좀 후련해질까요. 하지만 갈 수가 없지요.

작은애의 육아휴직이 끝났다. 작은애는 한숨을 땅이 꺼지도록 내쉬었다. 아침저녁으로 엄마를 봤는데 이제는 주말에만 올 수 있다고.

"산 사람은 살지 뭐가 걱정이냐. 운전 잘하고, 회사에서는 일 잘하고, 퇴근해서는 애들 잘 챙기고. 주말에도 바쁘면 올 거 없다. 내 끌탕은 하나도 하지 말란 얘기여. 말이 육아휴직이었지, 병구완에 농사일에 참말로 애썼다, 애썼어."

작은애가 날마다 안 온다니까 괜히 먹먹해졌다.

저녁이 되었는데 짜장 오지 않았다.

2013.8.

작은아들이 바빠서 못 와요, 하고 갔기에 그런 줄 알았는데,
민재가 수술하고는 서울병원에 입원했대요. 그 어린 몸에 수
술이라니. 가슴이 아려오네요. 얼마나 아팠을까. 얼마나 무
서웠을까. 아들 며느리는 얼마나 저미는 심정일까. 모두가
덕이 부족한 할머니 때문이지요. 절에 다니며 무엇을 빈 건
지. 무엇을 빌기에 손자가 수술까지 할까. 한없이 미안하게
하네요.

고추가 옹골찼다. "실하구나!" 소리가 절로 나왔다. 지난달
초순까지만 해도 망친 줄 알았다. 다른 집은 벌써 두어 번 땄다
는 판국에 푸르뎅뎅하기만 했으니. 원래 심던 모종이 아니라
사위가 공주에서 부랴부랴 사 온 만생종이라 늦으려니 했지만
늦돼도 보통 늦돼야지.

어느 날부터 무섭게 자라더니 보는 사람마다 혀 내두를 만
큼 되우 매달고 한껏 붉어졌다. 기억댁 알은척대로 소똥거름
덕분일까? 공주댁 말마따나 남편이 밤새 보살핀 은덕일까?

모종이 튼실했기 때문이지. 개갈 안 나는 엉터리를 구해 와

망했구나, 망했어! 사위 말 듣다가 풋고추도 못 먹겠구나, 꽁알댔던 게 면구스럽다.

궁둥이에 둥그런 의자를 매달았다. 허리, 하체 부실한 몸뚱이엔 앞으로 오리걸음보다 뒤로 앉은뱅이걸음이 편했다. 알알이 잘 익은 놈을 엄지와 검지, 중지 사이에 넣고 가볍게 힘을 주면 똑 떼어진다. 이런 것에나 숙달된 인생이다. 갖갖 거미줄이 달라붙고, 이슬이 툭툭 쏟아진다.

양동이가 그득 찼다. 옮기려고 일어서는데 허리부터 발끝까지 진저리를 친다.

"내 이럴 줄 알았어. 엄니가 혼자 딸 것 같더라고."

"쉬지 뭐러 왔냐?"

"엄니가 말을 들으셔야 쉬죠. 내가 딸 거니께 암것도 하지 말고 가만히 있으라고 몇 번이나 말했슈? 에휴, 엄니한테 무슨 말을 혀."

작은애가 고추 따기를 도맡은 지 5년은 됐다. 아버지는 따는 건 여자 일이라고 쳐다도 안 보고, 엄마가 다리를 못 썼으니. 자식 하나 고향 사는 게 참 복이다. 엄마가 서너 이랑이라도 도와주니 작은애도 속으론 좋을 거다. 저 혼자 다 따봐. 허리도 부실한 자식이. 작은애가 양동이를 번쩍번쩍 옮겨주고 비워주니 한결 쉽다.

시간이 얼마나 흘러야 남편이 떠올라도 눈이슬 따위가 안 맺힐까? 기분은 150여 미터 떨어진 무덤의 남편에게 물었다.

심을 때가 엊그제 같은데 다 컸네요. 보이나요? 이 탐스럽게 굵고 붉은 고추가. 당신이 목구멍에 뭐가 있다고 고시랑대면서도 소똥을 허쳐놓은 덕분이지요.

2013.8.13.

칠석날이다. 견우와 직녀가 오작교에서 만나 사랑을 나눈다는 날.

35도를 넘나드는 이 더위. 찜통더위 속에서 나는 절에를 갔다. 오서성님은 건강하셨다. 얼마나 햇볕이 타던지 돌아오는 길에는 죽을 듯했다. 작은아들이 그만 가시라고, 더위에 병난다고 당부했는데, 아들 말을 들을걸. 돈도 많이 쓴 것 같다. 백만 원을 5개월 쓰라고 했는데, 통장만 보면 답답해진다.

보는 사람마다 공연히 끌탕해준다.

"이 난달(벌판)서 혼자 워칙히 산대유."

난달을 가리거나 채우거나 꾸미려고 그랬는지 모르겠지만, 남편은 집 앞길 둑에 어지간히도 심어놓았다. 소나무, 느티나무, 배나무, 복숭아나무, 대추나무, 간지럼나무, 단풍나무, 매화나무, 철쭉, 백일홍, 무슨 난, 무슨 나무, 무슨 화초. 시골에서 평생 살았다고 초목 함자를 낱낱이 알 순 없다.

산에서 잘 자라는 걸 왜 캐다가 사람 지나다니는 길가에 옮겨놓은 걸까. 광산쟁이 출신 농사쟁이 겸 축산쟁이의 고상한 취미였을까.

작은애가 둑 풀 깎느라고 또 한참 고생이다. 초목들만 있나? 쓰레기, 돌멩이가 널려 있으니. 남편이 깎을 때 노심초사는 노심초사도 아니었다. 아들이 깎으니 예초기 소리 날 때부터 그칠 때까지 두근반세근반이었다. 사무실서 자판이나 두드리던 애가 예초기라니. 미안하고 안쓰러웠다.

2013.8.23.

일 년에 한 번 생일을 얻어먹는다. 자식들이 주말을 이용해 고기를 사주어서 잘 먹었다. 용돈도 주고 갔다. 더운 날씨에 고생들 했다.

사실 이번에도 마음이 상했다. 저녁을 먹으러 가지 않겠다고 화를 내는 남편 때문이었다. 저렇게 옹졸한 고집쟁이 남편을 만나 평생 마음고생하며 사는 나 자신이 한없이 초라하다. 일하며 살아도 마음이 편해야 한다. 한시도 마음 편한 날이 없는 내 삶. 언제 화를 낼지, 언제 용을 내고 말지 항상 초조하고 불안하다. 내가 무슨 죄를 지었기에 이런 삶을 사는지.

남편은 기분의 생일을 꼬박꼬박 챙겨줬다. 미역국 한 번 끓여준 적 없어도 꼭 마른미역을 사 왔다. 잔치처럼 차려 시숙들, 형님들, 조카들 다 불러 먹이는 걸 즐겼다. 생일 맞은 사람 본인이 독박 수고를 해야 했다. 해서 기분은 자기 생일이 김일성이 쳐들어온 날처럼 싫었다. 귀빠진 날만이라도 밥 차리는 거 안 하고 싶은데, 열 배는 더 수고를 치러야 했으니.

며느리들 얻은 덕분에 외식으로 때우게 됐다. 21세기에 시부모 생일상 집에서 차려봐라. 아들들 다 이혼당한다. 몸뚱이가 조금 편해진 대가로 심하게 볶였다.

남편은 본래 조금만 비위가 상해도 왕 삐쳤다. 아내 생일을 1년 중에 제일 심하게 삐치는 날로 정한 사람처럼 유난했다. 진심은 집에서 먹는 것인데 어쩔 수 없이 나가서 먹으려니 조금만 못마땅하면 티를 내는 것이었다. 남편, 반성할 게 한둘 아니다.

서울 큰시누이와 택시조카(큰시누이의 장남)가 왔다. 남편 장례 때 못 왔던 아흔셋 시누이. 이맘때 동생네 본다고 꼭꼭 들렀다. 먼저 간 서방님 벌초하러 오는 것이었지만. 큰시누이도 짠했다. 일곱 동기(同氣) 다 떠나보내고 혼자 남았다. 조상 묘소부터 다녀온다고 해서, 점심 차려놓고 한 시간도 넘게 기다렸다. 배고팠다.

오후 내내 큰시누이랑 시조카랑 울고불며 하나 마나 한 얘기 나누느라고 시간이 자지리 느리게 갔다. 기분은 남편 가고 석 달 아꼈던 말, 하루에 다 털었다. 속을 속시원하게 보여줄 사람은 늙은 시누이밖에 없었나.

저녁은 시내 작은애 아파트에서 먹었다. 남편이 없다는 거 빼고는 여느 해처럼 부산스러웠다. 소고기, 오리고기 원 없이 먹었다. 기분은 무슨 맛으로 먹는지 몰랐다.

집에 돌아와서 기어이 케이크에 양초 꽂고 불붙이는 것까지 했다. 손주들이 성화 부리니 안 할 도리가 있나. 참말로 궁금했다. 애들은 왜 촛불 끄는 걸 좋아할까? 축하 노래! 올해는 더욱 끔찍했다.

남편도 없는데, 이게 다 무슨 푸닥거리야?

자식들 알면 섭섭해질 심사가 쉬이 가라앉지 않았다.

생일이면 남편 눈치보느라 하루가 어떻게 가는지 몰랐는데, 남편 없어도 마찬가지였다. 시누이, 시조카, 자식, 며느리, 사위, 손주 녀석들 눈치보느라고 종일 안절부절못했다. 그저 혼자 있고 싶은 밤인데, 늙은 시누이랑 동침했다. 침대가 이렇게 좁았었나. 웬만하면 다른 데서 자고 싶지만, 시누이나 기분이나 무릎 수술 후 침대생활에 익어 맨바닥에서는 잘 수가 없었다. 남편보다 열댓 살 더 먹은 누님은 이렇게 건강한데, 남편은 어째서.

생일이 없었으면 좋겠다.

2010.8.29.

9일째 비가 와요. 고추며 벼농사며 수확을 덜어주는 이 날씨, 지겹네요.

어제는 시내에 갔다가 아는 분을 만났어요. 멍든 내 팔을 보며 깜짝 놀랐어요. 넘어졌느냐고 조심하라고 무슨 약을 먹고 건강하게 살라고. 영감님을 위해 자식들을 위해 살아야 한다고. 친정엄마 같은 말씀에 눈물이 왈칵 나왔어요.

영감님 나 죽으면 도우미 아줌마 쓸 테고 자식들 사십 줄에 서 있는데 무슨 걱정일까요. 작은아들 평생 반려자를 만나지 못한 게 걸려 있지만 제 앞가림을 할 테지요.

영감님 위해서 살아야 할까요?

풋, 웃음이 나왔다. 이제 '위해서 살아야 할 영감님'도 없는데, 앞으로 더아니 모질게 살아야 할까. 9년 전엔 남편을 위해 살았다지만, 이제부터 누구를 위해 살아야 할까?

2013.9.2.

지겹도록 더운 날씨도 어느덧 꼬리를 내리는 듯 아침저녁으로 서늘한 바람이 몸속으로 스며드네요. 가을의 문턱에 와 있군요. 병원에 택시 타고 다리주사를 맞으러 다니는 동안 10만 원을 썼군요.

고추 꼭지를 따고 마늘을 빻았어요.

점점 변해가는 내 얼굴, 바보 할머니가 되었네요. 손주들 기억 속에 고운 할머니가 되고 싶었는데. 이제 거울 보기가 싫어요.

대문 옆 화단, 화초보다 풀이 더 풍성한 상태라 지나가는 사람이 덤불숲이로구나 흉볼 만했지만, 자식에게 시키기가 저어됐다. 절대로 들어가지 말라고 했다. 남편이 주워다 놓은 돌멩이─나름 수석이라고─들 때문에 예초기를 돌리기도 어려웠고, 보리수나무 어딘가에 왕탱이(말벌)집이 붙어 있었다.

어제저녁 홈키파를 작신 뿌려놓은 덕분인지 벌이 덜 꾔다. 기분은 벌을 덜 타는 편이기도 했다. 벌도 약에 절은 몸뚱이는 싫겠지. 호미로 별의별 풀을 캐냈다. 아무 일도 하지 않기가 겨워서 저도 모르게 맸다.

향나무울타리까지 훑게 됐다. 꾸지뽕나무가 이장사네 깨밭으로 줄기를 뻗었다. 그냥 놔둘 수가 없잖아. 낫으로 막 쳐냈다. 문득 꾸지뽕나무도 옻나무 못지않다는 게 기억났다. 은행만 만져도 두드러기 만발하는 체질이 정신줄 나가서 꾸지뽕을 건드렸으니. 역시나 팔이며 얼굴이며 벌겋게 올랐다.

피부과 가서 주사까지 맞고 왔는데도 밤새 가려웠다.

2013.9.6.

마늘을 심고 참깨밭도 맸다. 오후에는 치매 걸린 할머니가 왔는데 나도 남편도 화를 내고 말았다. 날마다 출근해서 불편을 준다. 활발하지도 못한 내가 치매 걸린 할머니 때문에 우울해진다.

이다음 혹시 내가 기억을 놓으면 시설이 가장 노후된 요양원에 보내달라고 자식들한테 말해보아야겠다. 시설이 좋으면 돈이 많이 드니까.

치매할매 때문에 무척 놀라고 살았다. 대낮에 마주쳐도 섬
뜩한데 한밤중에도 무시로 나타났다. 화장실 가려 나왔다가
간 떨어질 뻔한 게 셀 수 없다. 한번은 아무래도 느낌이 수상해
서 불을 켰더니 글쎄, 그 할망구가 안방에 들어와 있었다.

효자아들이 요양병원에 보내기 싫다고 모시고 살았는데, 딴
은 무던히 단속한다지만 신출귀몰하게 돌아다녔다. 도둑고양
이 다투는 소리에도 짖어대는 개들이 치매할망구한테는 왜 안
짖는지 영문을 알 수 없었다.

치매할매가 별세하니 동네의 밤은 한없이 고요해졌다.

2010.9.10.
대전에 사는 동창생이 딸을 시집보낸다고 연락을 했네요. 우
리 33회 모임의 선망의 대상인 이명순. 살 만한 집 막내딸로
귀여움을 독차지하며 아주 귀하게 성장하더니, 그 시절에 공
부하는 신랑감을 만나 시집가고 지금까지 구정물에 손대지
않고, 하고 싶은 일 하고, 사고 싶은 물건 사고, 편하게 잘살
고 행복이 넘치는 친구이지요. 축의금도 전하고 축하 인사를
했지요. 정말 많이 축하했습니다.

믿어지지 않는 일이었다. 선망의 대상이었던 명순이가 33

회 동창생 중에 제일 먼저 치매에 걸리다니. 치매, 입에 담기도 싫다.

2010.9.11.

아침부터 세차게 내리는 비. 매주 토요일 1시면 전화하는 작은아들. 애써 지으신 농사를 망가뜨린다고 비를 원망하네요. 식사는 했느냐는 엄마 말에 저는 잘 먹는다고, 엄마 아버지야말로 너무 부실하게 드신다고, 저번 집에 왔을 때 냉장고가 비어 있었다고, 걱정을 많이도 하네요.

작은아들이 사촌형의 소개로 또 아가씨를 만났어요. 하포초등학교 서무과장이래요. 1남 2녀에 둘째. 예쁘장하고 단아하며 착하게 생겼다고 엄마한테만 얘기했어요. 식구들 아무도 몰라요. 실망할까봐. 애들 아버지한테도 말하지 못했어요. 그 아가씨가 정말로 궁금하지만 기다릴 수밖에 없어요.

기분은 사람 안 사는 집이 얼마나 빨리 쇠하는지 충분히 보아왔다. 하루에 한 시간 이상 안채 남편 방에 있는 까닭이었다.

남편이 왔다. 한 두루마리로 되겠어?

드디어 남편이 말을 했다. 귀신은 말도 못하는 줄 알았는데 할 수 있었던 거네. 딸애는 아버지 말을 들었다지만 딸애가 그냥 지 바람을 꿈인 양 얘기한 줄 알았다. 꿈에서라도 아버지 보고픈 바람.

여태껏 말을 왜 안 했던 거요? 당신 간 지 두 달 하고도 보름인데, 처음으로 말했다는 거 아세요? 지금이라도 해줘서 고마워요. 만날 노려보기나 하고 대꾸 한 번 안 해줘서 퍽 속상했어요. 대답 같은 거 안 해줘도 좋으니 지금처럼 아무 말이라도 해줘요.

"한 두루마리로 충분해요. 방이 몇 평이나 된다고. 모자라면 또 사 오면 되죠."

그런가? 나 어지러워서 좀 잘게.

남편이 쭈그리고 누웠다. 한여름인데 한겨울처럼 스산해 보였다.

"덮을 거 가져올게요."

아녀 됐어, 잠깐만 누워 있다 갈 겨.

홑이불이라도 갖다주려고 일어났는데, 깨버렸다. 안타까운 양반! 꿈속에서도 그렇게 측은한 모습으로 돌아댕긴단 말요? 남편 이불을 태워버려서 그런가? 당신 가실 때 피 묻은 이불, 당신이 날마다 깔고 자던 이부자리 없애버렸다. 발인날, 밭에 구덩이 파서 집어넣고 불태우고 흙 덮었다. 거기도 완전 풀밭 됐다.

남편을 꿈속에서 만난 게, 목소리까지 들은 게 사무치게 기뻤다. 몇 시간이 지나도 생생했다. 큰애네 오자마자 그 얘기부터 해줬다.

"느이 아버지가 도배할 거 미리 알고 다녀갔지 뭐냐."

살짝 비치기만 해도 사다 주거나 주문해주는 작은애도 엄마 말을 귓등으로 듣는 게 있었다. 해달라고 대놓고 말할 수는 없고, 추석 때 깨끗한 방에서 차례 지내고 싶다고 몇 번이나 도배타령을 했다. 작은애는 제가 하자니 허리 아파 못 하겠고, 도배장이 부르기도 난감한지 별로 신경쓰는 눈치가 아니었다. 웬만하면 혼자 해보려고 했는데 엄두가 안 났다.

요행히 큰며느리가 하겠단다. 내심 반갑기는 했지만 덥석 좋다고 할 수는 없었다. "네가 그걸 무슨 수로 한다니?" 해주면 참말로 고맙겠지만, '해주겠다'는 말만으로도 충분히 고맙다는 투로 얼버무렸다. 안 오려니 하면서도 혹시 올지도 몰라, 고추 따면서 자꾸 내려다봤는데 과연 왔다.

큰애가 가족사진 다섯 개를 떼어냈다. 저게 언제 사진인가? 처음이자 마지막으로 찍은 다섯 식구 사진. 쉰댓 살 남편, 멋들어진 시골 신사였다. 한복 입은 기분씨도 저만하면 참한 아줌마였고.

큰애가 벌써 쉰 살이라니. 머리 훤히 벗어진 큰애랑 든든하게 생긴 며느리가 화장대를 옮긴다. 저 화장대를 대체 언제 샀던가? 기억도 안 난다.

티브이는 새 거다. 작은애가 바꿔준 게 2월이었다. 그때만 해도 저 텔레비전, 남편이 10년은 볼 줄 알았다. 티브이 밑 서랍장을 들어내자 시멘트 맨바닥이 드러났다. 옛날에 깐 장판이 짧아 닿지 않았었다. 뒷벽 밑이 부서져 있었다. 집 무너질까

싸늘했다.

남편이 스물여덟 나이에 목수랑 단둘이 지은 집, 몇 번 크게 고치기는 했지만, 아직 안 부서진 게 용한 건가? 남편이 없으니 더욱 빨리 삭아가는 건가? 과부가 저녁나절에 한두 시간 앉아 있는 걸로는, 집이, 사람 사는 기운을 못 느끼는 것일까.

남편이 살다 간 방, 남편은 해외여행 한 번 안 가봤고 외박 나들이도 1년에 한 번 있을까 했고 입원도 손에 꼽을 정도였다. 이 방에서만 또바기 50년을 잤다고 해도 틀림없겠다.

큰며느리가 묻는다. "어머니, 방 벽지 뜯어요?"

"워칙히 뜯냐. 위에다가 덧붙이고 말어라."

남편은 도배도 한 번 안 해줬다. 기분 혼자 다 했다. 도배를 2년에 한 번은 꼭 했는데 안 한 지가 6년은 된 것 같다. 여기저기 잇달아 아파 못 하고, 무릎 수술 받느라 못 하고, 회장님 마누라 값으로 집보다 경로당, 아니 망로당 청소를 더 하느라 못 하고, 암 걸린 남편 간병하느라 못 하고, 못한 이유야 대강 헤아려도 넘친다. 오죽 더러워 보이면 큰며느리한테 도배를 다 시키겠나.

큰애 내외가 땀을 뻘뻘 흘린다. 잘하는 것 같지는 않지만 더 바라면 욕심이다. 지들이 자꾸 '엉망으로 해서 어떻게 하냐'고 저어하기에, 해주는 것만으로도 고맙다, 잘한다, 아주 보기 좋다, 자꾸 추어줬다. 안쓰럽고 미안하기도 하면서, 새 벽지로 꾸며지는 남편 방을 보노라니 모처럼 훤했다.

2013.9.11.

영감, 요새 머리 아프고 가슴이 답답하단다. 소값 때문에 신경을 써서 그런가. 말도 하기 싫단다. 나도 별말이 없다. 묻는 말에도 대답하기 싫어하는 남편을 바라보며 덩달아 벙어리가 된다. 열무를 뽑아 김치 담그고 참깨도 베고 열심히 일하다 보니 4시가 되었다.

동살이 들기도 전에 나박김치 국물에 밥 말아 먹었다. 개한테 사료 퍼주고 곧장 밭에 갔다. 따기 좋은 녀석들로 사태 났다. 작은애가 알면 펄펄 뛰겠지만 2박 3일을 내처 둘 수는 없다. 주말에 작은애한테 별일이라도 생기면 그야말로 낭패다. 한 번이라도 더 거두고 더 말리자면 때맞춰 따야 한다.

작은애든 큰애든 딸애든 올 때까지 기다려야지, 네가 무슨 용가리 통뼈여? 접때처럼 병원밥 먹으면 어쩌려고. 아무리 금이 좋아야 50만 원이나 벌 텐데, 배보다 배꼽이 크다고 약값, 주삿값이 더 나올라. 그만 따자, 이러다가 줄초상 난다.

종종거리면서도 그예 아홉 이랑을 혼자서 다 훑고 말았다. 무릎 수술 한 이후로는, 작은애 타박을 맞으며 한 번에 네 이랑까지 따본 게 최고였는데, 기록을 심하게 경신했다.

밭머리, 플라스틱 상자 일곱에 붉디붉게 그득하다. 풍족한 마음은 고추 나르는 사이에 곤죽이 되겠지.

애들처럼 상자를 번쩍 들 수가 없다. 양동이를 들 힘도 남아 있지 않다. 바퀴 하나 달린 밀차를 움직일 힘만 간신히 있다. 상자의 고추를 일륜차 짐받이에 주섬주섬 옮긴다. 빈 상자를 바깥마당에 갖다놓는다. 일륜차를 어기적어기적 밀고 간다. 짐받이에 담긴 고추를 다시 빈 상자에 옮긴다. 이게 뭐하는 짓인가. 작은애가 10분이면 할 일을 한 시간 동안 버르적거렸다.

건조망을 편다. 고무통 세 개를 끌어다놓는다. 안채 수도에 연결한 호스로 물을 받는다. 첫 고무통에서 초벌 씻고, 두번째 고무통에서 박박 씻고, 세번째 고무통에서 헹구고, 건져서 건조망에 넌다.

작은애랑 둘이서 할 때는 일도 아니었는데, 혼자서 하려니 제방 쌓는 듯했다.

점심밥을 어떻게 먹었는지도 모르게 해치우고, 평상에 거의 쓰러져 있었다. 둑 아래 수로 풀숲에서 고라니 새끼가 풀썩거리는 바람에 깨어났다. 배추밭에 가봤더니 아니나달라, 배추싹을 실컷 잘라 먹었다. 이놈의 고라니들.

정신 차리고, 외출을 준비했다. 고라니 못 오게 하는 무슨 약이 있단다. 남편 산소에 땅굴 파는 두더지 쫓는 약도 사야지. 12시 20분 버스 타고 나가야지. 정오에 시계처럼 밥 먹던 남편한테 밥 안 차려줘도 되니까 내키는 대로 하겠어. 저번에 효과 봤던 무슨 주사도 맞고 와야지.

의사한테 또 그 말 들었다.

"아무것도 하지 마세요. 숨만 쉬시라구! 요양원 최대한 늦게 가시려거든, 제발 아무것도 하지 마시라구!"

어떻게 아무 일을 안 할 수가 있나. 그런 말까지 듣고 어떻게 버스를 타나. 택시비가 만4천 원으로 올랐지만 얼마나 오래 살겠다고 택시비를 아낄까. 탈 때는 타겠어. 고추가 눈에 밟혀서 조급하기도 했다.

건조망 위 고추를 바구니에 담아 고추건조기 곁으로 옮겼다. 건조기 받침판을 3분의 2쯤 꺼내어 고추를 쑤셔넣고 밀어넣었다. 작은애가 있었다면 받침판을 완전히 꺼내놓고 고추를 퍼 담은 다음 번쩍 들어 끼워 넣었겠지만 기분은 받침판을 들 힘이 없다. 그렇게 무식하게 열다섯 판을 꽉꽉 채웠다. 작은애가 있었으면 15분에 끝날 일이 한 시간이나 걸렸다. 건조기 온도를 55도에 맞추고 작동시켰다.

벌써 모기가 극성이다. 농약은 도저히 못 치겠다. 까짓것 치지 말자. 다음에 딸 고추는 무공해다.

저녁은 대충 먹어야겠다. 동치미 국물에 밥 말아 먹는다.

작은애한테 전화가 왔다. 힘없는 목소리로 받을 수밖에 없었고 혼자 고추 딴 것도 모자라 혼자 씻고 혼자 건조기에 집어넣기까지 한 얘기를 자랑하듯 이실직고했다.

"참 잘하셨슈. 엄니 진짜 왜 그러시는규? 자꾸 그러시면 진짜로 고추밭 공구리해버릴规."

"그랴, 다시는 안 딴다! 하늘이 무너져도 안 딸 테니까 그만 끊어라!"

참 긴 하루였다.

여름 햇볕에 무르익었던 고추는 가을 햇살 따라 시르죽을
테다.

2010.9.11.

하나밖에 없는 딸, 살림도 넉넉하지 못한데 엄마도 애들도 자
주 앓아서 신경을 쓰게 하지요. 거기에 사위 성격이 만만치가
않아요. 딸은 엄마를 닮아 산다는데 엄마처럼 참으며 살지 말
았으면 해요. 남의 집 딸은 친정엄마 용돈 한 달에 백만 원을
주느니, 오십만 원을 주느니 한다는데, 나는 용돈 안 주어도
좋으니, 아프다는 소리, 전화하며 한숨 쉬는 소리 안 들었으
면 좋겠네요.

큰아들 머리가 심하게 빠졌어요. 신경을 많이 쓰는 직업, 아
니 머리를 쥐어짠다는 표현이 맞겠지요. 그러니 머리가 빠지
지요.

최근 빠진 것에 비하면 9년 전엔 빠진 것도 아니었다. 속머
리가 민둥산처럼 없는 큰애가 옥수수를 딴다. 남편 생전엔 두
어 달에 한 번 오던 큰애가 열흘이 멀다 하고 온다. 혼자 남은
어미가 자못 염려되겠지.

저 옥수수가 남편이 심은 마지막 작물이었다. 처자식들이

고추 심을 때, 1차 항암주사 맞고 와서 굴신도 못하던 남편이 어느 결엔가 나와서는 흐느적흐느적 괭이질하고 씨를 넣었다.

말려야 했는데, 철없이 기뻐했다. 벌써 효과가 있나보다. 현대 의학이 좋긴 좋구나. 남편이 제정신이 아니었던 거다. 옥수수 안 심으면 뭐가 어떻게 되나? 손주들 먹인다고 그걸 기어이 심다니.

큰애가 껍질도 다 벗겼다. 좀 일찍 땄는지 알이 덜 박히고 덜 여물었다. 엄마가 혼자 따다가 병날까봐 미리 싹 따버린다고 설치는 걸 못 말렸다. 큰애네가 한 스무 개 가져갔다.

나머지는 한꺼번에 삶아 냉장고에 쟁여두기로 했다. 손주들이 먹고 싶다고 할 때 꺼내 해동시켜 데워주기만 하면 되니까. 안마당 수돗가 가스불에 솥을 올려놓고 옥수수를 다 넣었다.

남편 무덤, 풀이 또 보였다. 뵈는 것만 뽑으려고 했는데 닥치는 대로 뽑았다. 속절없이 땀을 흘렸다.

옥수수가 파뜩했다. 수돗가가 검은 연기 속이다. 새까맣게 다 탔다.

그나마 스무 개는 건졌잖아. 다섯 손주 중에 장손은 먹겠네. 집 안 태운 게 천만다행. 이래서 앞으로 어찌 살까? 영감이. 막판 기력을 다해 심은 옥수수까지 태워먹는 할망구라니.

딱 부러지는 작은애도 엉뚱할 때가 있다. 저녁 준비해놓고 기다리는데 안 오는 거다. 예초기가 그대로 있으니 어디 풀 베러 간 것도 아니고, 오토바이 타고 논에 간 것도 아니고, 고추밭 농약은 엊그제 했고, 남편 무덤 떼(잔디)에 (호스로 연결해) 물 주러 갔나? 어제 비가 적실 만큼은 와서 안 줘도 될 텐데.

글쎄, 옥수수 뿌리랑 씨름하고 자빠졌다. 뭐만 했다 하면 '어이구, 내 허리야!' 뒹구는 애가 그 억센 뿌리를 캐내느라고 끙끙댄다. 울화통 터져 언성을 높였다.

"그걸 뭐러 뽑냐? 그냥 썩으라고 놔두는 겨. 지발, 물어나 보고 혀라. 나한테 물어봤으면 그런 헛수고는 않잖여."

하고 본즉 안 해도 되는 일도 있었다. 콩, 깨, 옥수수, 벼. 고 것들 뿌리까지 뽑아야 했다면 농사꾼들 환장했겠지.

점심께 바람이 살벌해졌다. 사방에서 날아다니는 소리가 무시무시하다. 삭은 철대문은 아주 발광이다. 차라리 좀 빨리 박살나버려라! 날아갈까봐 밖에 나가보지도 못하고 집채가 흔들리는 대로 기분도 흔들렸다. 작은애한테 구조 요청할까 망설였다. 피난 가자, 집에서 버티고 말자, 반반이었다.

이심전심이랄까, 작은애가 들이닥쳤다. 차에 강제로 실렸다.

작은애 집에 누웠는데, 큰면질부한테 전화가 왔다.

"피난 잘 가셨슈. 텔레비 보셨죠? 하포에서 할머니 하나가 바람 타고 날아가서 돌아가셨대유. 그 뉴스 보자마자 지가 작은어머니 집에 뛰어가봤다는 거 아뉴. 저도 날아갈 뻔했슈. 예수님이 보살펴주셔서 안 날아갔죠. 작은어머니 집 다 괜찮아요. 헛간 기둥 기울어진 거 빼고는 별고 없더라고요. 작은아버지가 집은 원체 튼튼히 지으셨으니께. 제가 날마다 예수님한테 빌어유. 우리 작은어머니 아무 일 없이 건강하시라고. 이번 태풍에 집 무사한 것도 다 예수님이 보살펴주셔서 그류. 이참에 예수님 딱 믿어버리면 좋겠슈."

큰면질부도 참 신기하다. 그처럼 열심히 전도하는 데 소득이 없으니. 모르는 이 중에 큰면질부 말 듣고 개종한 이가 있는지 몰라도, 아는 이 중에는 한 명밖에 없었다. 다 그만두고 제 서방, 제 자식도 안 믿잖아.

저녁밥이고 뭐고 얼른 집에 데려다달랬다. 제집이 아닌 곳에서는 단 한 시간도 괴롭다. 얼른 남편 무덤에 가봐야지. 설마 바람에 어떻게 된 건 아니겠지? 바람에 무덤 날아갔을까 걱정하는 겨? 참말로 기우네.

2013.9.16.
추석 준비를 위해 시내에 갔다. 숨이 찬다. 살 것은 많고 버스 시간은 다 되어가고 진통제를 먹었다. 영감, 식사도 하지 않고 사위가 사 온 광어회도 먹지 않고 자꾸 아프다고만 한다. 자꾸 야위어간다.

상상도 못한 일이다. 올 한가위에 남편 차례를 지낸다니. 올 추석은 참 빠르다. 양력으로 9월 13일밖에 안 됐는데.

큰애가 어제 햇밤을 한 양동이 주워 왔는데, 작은애가 기어이 밤을 사 왔다. 작은애는 어찌 그리 사는 걸 좋아하나. 출근하고 나서부턴 돈을 더 쓴다. 일주일에 한 번밖에 못 온다고 올 때마다 과일, 국·찌개·고기 팩을 잔뜩 사 왔다.

하마터면 남편 이발도 못하고 명절 쇨 뻔했다. 작은애가 벌초를 안 하는 거다. 요 위 할머니는 당연하고, 저 음지뜸 산속 할아버지까지 깎은 애가 왜 제 아버지를 안 깎는지. 참다못해 물었더니 반문했다.

"안 깎는 거 아녜요? 잔디 뿌리가 아직 제대로 자리를 못 잡았을 텐데. 깎으면 뿌리가 약해질 거 아녜요?"

생게망게했지만, 많이 배운 자식이 그렇다는데 국민학교밖에 못 나온 엄마가 뭐라고 하겠나. 그런가보다 했다. 그치만 자꾸 눈에 걸렸다.

"이발도 못하고 차례를 워칙히 받냐. 보기가 참 거시기 허잖냐."

기분이 하도 구시렁대자 큰애가 나섰다. 제가 사 온 장난감 같은 예초기로 좀 깎고 오더니 다른 예초기로 바꿔 멨다.

"저걸로는 개갈 안 나서 못 깎겠네유."

"야, 놔둬라. 너 그 예초기 못허잖여."

"저도 할 수 있슈."

큰애가 해놓은 벌초는, 누가 보더라도 예초기 처음 돌려보는 사람이 요령 없이 애만 쓴 꼴이었다. 남편이 무덤 속에서 껄

껄대는 듯했다.

그래도 흡족했다. "시원하게 잘 깎았다. 뭘 자꾸 못 깎았다고 그러냐. 얼마나 보기 좋아." 공치사해주었다.

저녁에 작은애가 그랬다. "형이 안 깎았으면 거시기할 뻔했네요. 박사형님이 잔디를 깎아줘야 더 자라는 거래요."

"거봐라." 기분은 의기양양했다.

넷째시숙·동서 차례부터 지내고, 건너왔다. 넷째동서 돌아가신 게 1월. 그때만 해도 남편은 성성했는데. 다섯 달 만에 넷째형수를 따라갈 줄이야. 이제 넷째동서도 안 계시니 차례를 서울에서 지낼 줄 알았다. 박사조카만 올라가면 되니까. 박사조카가 아우들에게 그랬단다. "내가 여기서 농사를 짓는 한 차례는 시골에서 지낸다."

덕분에 남편도 덕 본다. 넷째시숙네 삼형제가 안 왔으면 참 허전했겠다. 셋째시숙네 큰면조카, 둘째시숙네 양돈조카도 당연히 왔다. 안 오면 섭섭하지. 작은아버지 첫 차례인데. 더 누가 왔겠나. 관광조카 빼고, 올 사람은 다 왔다. 도배하고 장판도 새로 깔기를 잘했다. 산뜻하잖아.

성묘하고 와서 박사조카가 애들한테 물었다.

"잔디 누가 깎았냐? 바짝 깎아야 뎌. 뿌리만 남긴다는 식으로 아주 바짝 쳐야 뎌. 저렇게 길면 뿌리까지 썩어."

사위가 오늘따라 더 못마땅했다. 남편 장례 때 사위 노릇 참 잘해줘 그간 꾹 참아왔는데 오늘은 참말로 실성하겠다. 올 때부터 잔뜩 취해 있었다. 큰애네 올라가고 숙이(큰오빠의 외동딸)네가 왔다. 사위가 고등학교 선생인 숙이 남편이랑 죽이 맞아서 술을 마구마구 펐다. 마시기만 하면 몰라. 딸애한테 소리소리 지르고. 막 시키고.

손님 가고 나서도 사위 혼자 주정을 떨었다. 안채 장모 귀가 떠나가라 욕설을 남발했다. 남편이 하던 혼잣말 욕은 욕도 아니었다. 장모 집에 와서 저따위로 막무가내인 사위가 어딨어.

듣다 듣다못해 소리쳤다. "술 처마셨으면 곱게 자게!"

술 취한 사람 귓구멍이 제대로겠나. 눈을 부라려 뜨고 뭐라고 질러댔다. 이게 다 남편이 없어서 그렇다. 장인이 계시다면 지가 감히 큰소리를 낼 수 있나? 장모 혼자 남았다고 우습게 보는 거지. 속이 터진다, 속이 터져.

열한시가 돼서야 사위가 조용해졌다. 주방채 바닥에 그냥 뒹굴어 잔다. 저 막장 꼴 안 보려면 안채 남편 방에서 자야 하는데, 도저히 침대 아닌 바닥에 못 눕겠다. 종일 너무 고단했잖아.

잠이 안 온다. 억분해서. 계속 컥컥 소리는 나오고.

사나흘 전부터 트림이 멈추지를 않는다. 활명수를 몇 병이나 마셨는지 모른다. 트림하기 싫어 거의 단식했는데도 멈추지를 않는다. 큰애 말로는 생전 입에 안 대던 우유를 마셔 그럴 거란다.

우유 배달 아줌마가 어찌나 간절하게 매달리던지. 우유한테 정나미가 떨어진다. 다시 먹으면 사람이 아니다! 배달시킨 지 일주일 만에 그만 갖고 오라고 어떻게 말하지?

아침부터 사위가 또 요란을 떨었다. 밤새 어머니가 트림하는데, 왜 병원에 안 데려가느냐. 이 집 아들들은 다 어디 있냐? 빨리 병원에 모시고 가라. 딸애를 잡도리했다.

"엊그제 병원 갔다 왔네. 병원서 별 이상 없다고 하면서도 내주는 소화제 한 봉다리 타 왔네."

"큰 병원 가셔야쥬. 위염이랑 위암도 못 구분하는 동네병원 가봐야 뭔 소용유."

"내 속은 내가 아네. 큰 병원에 갈 정도는 아니네."

"당장 가셔유. 큰 병원은 추석 때도 열었을규."

"제발 좀 가만있게."

자식들의 조용함을 알겠다. 갸들은 말 한번 크게 하질 않는다. 사위는 목청 크고, 오만소리 다 하고, 텔레비전도 몹시 크게 틀고, 어찌나 잘 우기고 잘 어기대는지. 새꼽빠지게(새삼스럽게) 고추 말리는 온도 때문에 시달린 것도 분했다.

사위가 고추 따주고 씻어주고 건조기에 넣어준 것까지는 고마웠다. 사위는 온도를 60도에 맞추라고 성화했다. 장모가 60도에 말리든 55도에 말리든 지가 왜 난리냐고.

딴은 빨리 말리는 꼼수다. 60도로 하면 50시간밖에 안 걸리고, 55도로 하면 60시간도 넘게 걸린다. 하지만 55도에 맞춰야 색깔이 빨갛고 곱다. 박사조카네 고추가 만날 시커먼 게 60도에 말려 그렇다.

남편은 고추건조기 온도는 전적으로 아내한테 맡기고 가타부타한 적 없다. 내 배 앓아 낳은 자식들도 암말 하지 않는데, 사위가 극성 훈수냐고. 하도 쫓아다니면서 성화를 부려서 60도로 올렸다. 사위 가자마자 얼른 55도로 내렸다. 사위는 안부 전화를 자주 했다. 꼭 건조기 온도부터 물어봤다.

뻥을 쳤다.

"자네 좋아하는 60도로 딱 맞춰놨네. 끝탕 붙들어 매게."

사위 온다고 하면 건조기 온도부터 올렸다.

큰애, 작은애한테 섭섭할 때도 있다. 매제가 장모 이겨먹는 꼴을 보고도 가만히 있나. 갸들이 생전 말싸움이든 몸싸움이든 싸움질을 해본 애들이어야 말이지. 공치사 같은 건 놔두고 듣기 좋으라고 하는 안부 인사, 덕담도 못하는 애들이 무슨 말싸움을 하겠나. 지들 말로는 여동생과 의 상할까 꾹 참는다는데. 하긴 그렇다. 의가 안 날 수 없겠다.

박사조카가 사위에게 따끔하게 타일렀다. "자네가 사위인데 처남들 말 듣고 따라야지. 매사에 자네가 나서서 주장질 하나."

아삼륙으로 술 마시는 사이에 그런 소리 해서 뭣하나. 박사조카 말도 귓등으로 듣는 독불장군한테 뭘 바라겠나.

옛날 비닐하우스 자리에 올해도 머루는 욕심껏 매달렸다. 사위가 머루를 따 왔다. 딸애가 머루주를 담갔다. 담금주를 잔뜩 사 와서, 자기네 것만 담그는 게 아니라 큰애네 거, 작은애네 거, 많이도 담갔다. 사위는 도와주지 않으면서 감 놔라 배 놔라 타령을 해댔다. 평상에 따로 있는데도 다 들렸다.

2013.9.20.

추석을 쇠러 왔던 자식들 모두 돌아갔다. 작은아들네는 어젯밤에, 큰아들 딸네는 오늘 아침에. 모두 고생했다. 역시 명절은 엄마들에게 힘든 노동이다. 수건과 수저를 삶았다. 명절 쇤다고 돈을 너무 많이 쓰고 말았다. 무엇에 그 돈을 다 썼는지.

근자에 뉴스가 흉악했다. '조국'이라는 사람 물어뜯는 뉴스야 몇 달 들어 이골이 났다. 글쎄, 돼지열병이라는 게 터졌다.

구제역 터져 끔찍했던 게 생생하다. 애들 보는 낙으로 살면서도 당최 내려오지 말라고 신신당부해야 하는 것이 가장 곤혹스러웠다.

조류독감 터지면 병 안 걸린 닭들까지 싹 죽어나갔다. 선제적 조치라나, 양계장 닭만 남기고 각 집에서 몇 마리씩 키우던 닭은 싹 죽였다. 마리당 몇만 원씩 받기는 했지만 닭한테 퍽 미안한 일이었다. 조류독감이 물러가도 새로 닭 키우는 집은 드물었다. 언제 또 조류독감 와서 죽이라고 할지 모르니까 아예 안 키우고 말았다.

이번엔 돼지 잡는 병이란다. 삼팔선 넘어 다니는 북쪽 멧돼지가 옮겼다는데, 양돈조카가 심란하겠다. 근동에서 돼지 치는 집은 양돈조카네밖에 없지만, 뉴스 들으니 이웃 고장이 충남에서 돼지를 제일 많이 키운단다. 한 집만 발생해도 돼지들이 싹 죽는 거다.

육경면이 참 살기 좋은 동네 맞다. 텔레비전에 나온 거라고는 예기리 냉풍욕장, 역경리 원자울 한과 공장, 장유리 은행나무, 춘추리 저수지 붕어찜집밖에 없지만, 짐승병으로 뉴스에 나온 적도 없다. 몹쓸 병이 숱하게 지나갔지만 소, 돼지가 전부 죽어나가는 일은 없었다. 앞으로도 별일 없기를 간절히 비손한다.

소 때문에 고생고생하던 남편 되새기면 소만 봐도 욕지기가 나오지만, 걔들도 생명인데 살 때까지는 잘 살아야지. 양돈조카 돼지 천 마리, 큰면조카 소 오백 마리, 끝까지 아무 일 없어야 한다.

2013.9.24.

남편과 오서성님네에 갔다. 어혈이 들었단다. 광천 인화당 한의원에서 한약 한 재를 지었다. 30만 원이란다. 오서성님 5만 원 드리고 음료수 사고 치성비 내고 10만 원을 썼다. 생질들이 준 돈으로 가방을 사려고 했는데 엉뚱한 돈을 쓰고 말았다.

오후에는 마늘도 쪼개고 김치도 담갔다. 다리병신 몸으로 소 키우고 살림하고 남편 시중들고 조금도 쉴 틈이 없다.

'다리병신'은 과장된 표현이 아니다. 무릎 수술 받기 전엔 다리 때문에 사는 게 사는 게 아니었다. 다리가 불구나 마찬가지로 그악해지고 눈까지 안 보이니 '유서'까지 썼던 거다.

큰애랑 작은애가 마지막 고추를 훑었다. 저번 태풍에 엎어졌을 때 올해의 고추 농사는 사실상 마감된 것이었다. 그래도 끈질기게 붙어 있던 고추가 두 박스나 채웠다.

아무려나 아홉 번 따서 200근 했으니 섭섭지 않다. 박사조카는 100근도 못 따고 큰면조카는 80근 겨우 했다. 범골 고추 수확 1등은 늘 기억댁이었다. 기억네 두 내외는 고추밭에 붙어 살았다. 기억네 못지않게 땄으니 대성공이다.

좋아만 할 일이 아니다. 남편 잃은 여자가 악착같이 땄다고, 말 나겠다. 이래도 말 나고 저래도 말 나고 으이구, 이놈의 촌구석.

큰애가 딸네 오기 전에 다 해치운다고 했는데 그게 되나. 줄 끊어야지 쇠막대 뽑아야지 그걸로도 하세월일걸. 게다가 엎친 고춧댕이 세운다고 쇠막대를 두 배로 박아났다. 테이프도 칭칭 감아놓고. 해봐야 소용없다고 타일렀건만 기어이 치우기만 어렵게 해놓았다. 큰애도 보면 참 얼척없을 때가 숱했다. 책만 쳐다본 애가 무슨 일머리가 있겠나.

딸네가 왔다. 같이 하니까 빨라졌다. 고춧댕이를 뽑아서 밭둑으로 옮긴 것까지는 좋은데 막 쌓았다.

기분은 참다 참다 말했다. "아버지는 둑에다 쭉 펴놨는디. 그러면 덜 익은 고추가 마르거든. 그런 것도 좋다고 사 가는 장사치가 한둘이 아녀야. 있기만 허면 싸우면서 가져가. 나도 저번에 팔아봤는데 팔고도 양심에 찔리더라."

"하나씩 펴놓으라는 얘기셔요?"

"그럴 것까지 뭐 있냐. 나와봐야 얼마나 나온다고. 희아리나 나오겠지. 희아리 그거 나는 빛깔만 봐도 구역질이 나오던디 장사꾼은 그걸 사가서 어쩔라는지. 그러니 장사꾼은 다 거시기 아니면 머시기라는 겨."

"그니께 펴놓으라는 규, 말라는 규?"

그때부터 둑에다 한 개 한 개 펴서 놓았다. 이미 쌓아놓은 것은 내려 흩어놓고. 처음부터 알아서 했으면 좋잖아. 미안스러운 말 그예 하게 만드는지 원.

부직포를 걷기 전에 군데군데 박은 철심을 제거했다. 사위는 딸애한테 계속 뭐라고 소리를 질러댔다. 가만히 들어본즉 부직포 바닥에 떨어진 고추를 주우라는 얘기 같다. 주우면 좋기야 하지. 희아리보다 나은 것도 있을걸.

큰애가 사위한테 뭐라고 했다. 그걸 뭐하러 줍느냐는 소리 같다. 큰애가 사위한테 큰소리치는 걸 처음 봤다. 사위가 큰애에게 대거리했다. 이 아까운 걸 버리냐고. 큰애가 또 소리쳤다.

그럼 누구 시키지 말고 직접 주우라고. 저러다가 쟤들 싸움 나는 거 아녀? 사위가 골난 티 팍팍 내며 입을 닫았다. 고랑을 덮었던 비닐을 걷어냈다.

아직도 일이 끝난 게 아니다. 큰애가 쇠막대를 정리했다. 내년에 또 써야 하니까. 다른 건 몰라도 고추는 심어야지. 작은애가 밭고랑을 갈퀴로 긁었다. 저 많은 일을 남편이랑 둘이 했는데, 남편이 없다. 아니, 남편이 다 보고 있다.

저녁에 샤부샤부를 먹으러 갔다. 큰애가 한턱을 낸다나.

어찌나 남편이 그립던지. 언제가 돼야 그립지 않을까? 애들도 때때로 아버지를 그리워할까.

2013.9.25.

마늘 쪼개고 나니 손톱이 몹시 저린다. 평강댁 집에 맡긴 고추도 가지고 왔다. 남편이 죽는소리를 해대니, 나는 피곤하고 힘들어도 말도 못한다. 평생 그렇게 살아왔다.

젊은 시절에도 애교를 피우고 응석을 부리며 살기는커녕, 무서워서 절절매고 남편 들어오는 소리만 들어도 가슴이 두근거리는 삶이었다. 늙으면 대우받으면서 살겠지 했는데, 늙은 남편을 뒷바라지하는 일이 연속극처럼 펼쳐진다. 늙으면 애가 된다는 속담이 절실하게 와닿는다.

그땐 고추건조기가 없었다. 날이 궂을 땐 삼동네에서 제일

부지런한 평강댁 건조기 신세를 져야 했다. 돈도 돈이지만 위 뜸까지 고추를 나르는 게 고난이었다. 날이 아주 좋다고 해도 그걸 말리려면 몇 날 며칠을 널었다 거뒀다 해야 했다. 건조기 산 다음부터 어찌나 편한지.

또 아침이 밝았다. 큰애와 작은애가 밭에다 소똥을 낸다. 큰 애는 일륜차에 퍼서 나르고 작은애는 밭에 부린 것을 허쳤다. 소똥냄새가 퍼져나간다.

박사조카가 경운기 대가리에 쇠삽을 매달고 와서 땅을 깊 게 갈았다. 애들 온 김에 아예 마늘 심고 가라고. 작은애가 로 터리를 쳐보겠다고 빨강기계를 내왔다. 중국제라는데 150만 원에 샀단다. 귀엽게 생겨 저런 걸로 밭이 갈아지려나 싶었는 데, 갈지는 못해도 로터리는 쳤다.

점심 먹고 마늘을 심었다. 원래 혼자 슬슬 심을 심산이었다. 왜 못해. 넘쳐나는 시간이 있는데. 남편 생전에도 기분 홀로 한 거나 마찬가지였다. 남편이 밭 가는 거 말고 뭘 해줬나? 박사 조카가 밭만 쌩 갈아주면 혼자도 다 할 수 있지.

기분은 마늘 쪼개고, 애들은 마늘밭 두둑을 만들었다. 두둑 을 기다랗고 넓은 마늘밭 전용 비닐로 덮고 이미 뚫려 있는 구 멍에 마늘 한 쪽씩 꽂았다.

사위 목소리만 들렸다. 입으로 하는 건지 손으로 하는 건지.

애들이 도와주는 건 좋은데 미쁘지 못했다. 저래 심어 싹이 제대로 날까.

다음 날 작은애랑 짚을 덮었다. 남편이 헛간에 잔뜩 쌓아놓은 짚을 쓸데가 있어 보람찼다.

2013.9.

종일 일하고 고단한데 잠을 이룰 수가 없다. 남편은 기운이 없고 식사를 못한다. 큰아들은 대학교 강의에 안 간다고 했다. 생활에 지장이 있으면 힘이 들 텐데. 둘이 싸움이나 하지 않을까. 내가 도와줄 수 있는 일이 아니다. 이 부족한 엄마가 도와줄 수 있는 게 무엇이 있을까. 요즘에는 텔레비전에 나오는 부모처럼 돈이 많아서 자식들에게 한 다발씩 주고 싶다. 자식들 힘 펴고 살게 부처님이시여, 살펴주세요.

양파는 기분 혼자 심었다. 작은애한테 또 한소리 들었다.

힘들긴 하지만 혼자 심는 재미가 있다. 애들 힘들어하는 소리 안 들어도 되고, 애들한테 미안해하지 않아도 되고. 애들이 마늘쪽 막 꽂는 거 보고, 양파라도 제대로 심고 싶었다.

2010.9.29.

작은아들이 갑자기 추워지는 날씨에 몸조심하시라고 전화했어요. 큰아들 이사할 집이 나오지 않는대요. 먼 곳으로 가면 현이 전학해야 되고, 가까운 곳에는 집이 없대요. 돈과 집을 맞추려면 또 신경을 쓰겠지요. 모두가 잘되어서 행복한 삶이 되었으면 하네요. 올 들깨를 털어서 말리고 김장밭도 맸어요.

　큰애네는 어쩔 수 없이 이사를 자주 했다. 안녕시에서 결혼
했는데 안산으로 갔다가 서울로 올라갔다가 수원으로 내려왔
다. 수원에서도 네 번은 옮긴 듯하다. 도시에서 집 한 칸 지탱
하기가 쉬울까. 세 번인가 백여만 원씩 보태준 남편도 지쳐서
모른 척했다.

　2010.9.30.
　들깨 털어 말리고, 호박 썰어서 널고, 머위 순 삶아서 말리고,
　도라지 달였어요. 서늘한 바람이 득달같이 달려오는 겨울을
　준비하래요. 하늘은 저다지 맑고 푸르고 밝은데 우리집 양반
　은 왜 술만 드시고 식사를 안 할까요. 무슨 마음으로 사는지
　왜 식사하기 싫을까요. 반찬도 나름대로 신경을 쓰는데. 행
　여나 얼마 못 살 인생일까.

　술만 마시고 식사를 안 해도 남편이 살아 곁에 있다는 것이
얼마나 큰 행복이었는지 사무쳤다. 남편은 동반자였고 친구였
고 뒷배였고 지킴이였고 그 모든 것이었다. 남편은 말을 들어
주는 사람이었고 말을 해주는 사람이었다.

2013.9.31.

지겹도록 더운 여름이 가고 오곡이 익어가는 10월로 접어드

네요. 어느새 아침에는 발이 시려웁고 저녁에는 이불깃을 올

리게 하네요. 대추를 따고 청소도 하고 조금 여유 있는 하루

였어요. 작은아들이 몸살감기 기운이 있었는데 전화했더니

조금 나아졌대요. 오늘도 영감은 아침을 한숨으로 시작하네

요. 다행히 식사는 하네요.

시월 다사다난

2010.10.1.

새벽 4시 반에 일어나 소 물 주고 아침을 지어놓고 화성에 갔었지요. 기름도 짜고 고추장 고추도 빻고 집에 오니 7시 반이었어요. 공주댁이 열무를 주었어요. 김치를 담가서, 공주와 수원에 부치고 전화했더니 며느리 목소리가 힘이 없어요. 둘이 싸웠는지 아니면 몸이 아픈지. 아주대병원 약을 타서 부쳐 달라고 부탁했지요. 좀 누웠으면 하지만 시간이 없네요.

정규직 아들 못 둔 시어머니는 며느리한테 늘 미안스러웠다. 아들이 당당해야 시어머니도 당당한 법이다. 큰애는 일거리 없으면 못 버는 자유직이니, 큰며느리 목소리가 조금만 시원찮아도 애들이 싸웠나 근심되었다.

큰애가 싸울 줄이나 아는 앤가. 일방적으로 바가지 긁히겠지. 모든 사달의 탓은 돈 아니겠는가. 돈이 부족하니 며느리가 심란하고, 며느리가 큰애한테 돈 더 벌어 오라고 대놓고 말하는 성정은 아니지만 매사에 말이 곱게 나갈 리가 없다.

9년 전엔 큰애가 특히 힘들었을 때다. 차 팔았다면서 기차 타고 오고, 와서 갈 때까지 우중충한 낯빛이고, 딸애한테 알아보랬더니 큰애 시간강사 자리가 다 끊겼다는 것이다. 큰애가 버는 돈의 4분의 3이 강의료라고 들었다. 강의가 다 끊기면 어찌 산단 말인가. 며느리가 무거운 한숨을 쉴 만했다.

큰애가 이혼당할까 오래도록 떨었다. 처지 바꿔 따져보자. 큰애 같은 애랑 불안해서 어떻게 살겠나.

2013.10.1.
9시 15분 차를 타고 시내에 갔지요. 파마도 하고 손가방도 샀어요. 집에 와서 가스 두 통을 사고 나니 8만. 하루에 20을 쓰니 이달을 어찌 살지 막막해지네요.
하늘은 청명하고 햇볕은 따가웁고 더웁고. 영감은 술에 취해 있어요. 술이 좋아도 오래 살아주었으면 하네요. 부디 오래오래 살아주길 바랍니다.

남편이 생전에 큰애한테 장 하던 말이 정답이었다. 그러길 래 누가 그걸 하랬냐?

이제 겨우 좀 안정된 듯하다. "요새 그럭저럭 풀리는데, 아버지 생전에 성공하는 모습을 보이지 못해 죄송해요. 꼭 보여드리고 싶었는데." 이딴 소리를 하는 걸 보면. 근데 50에도 못한 성공을 어느 세월에 할 수 있단 말이냐. 아들아, 더 성공은 물건너갔으니 무리하지 말아라. 건강이 최고다.

2010.10.2.
장남이 방송대학에 출연해 텔레비 브라운관을 통해 자기가 쓴 책을 주제로 말해요. 장하고 고마웁네요. 나같이 보잘것없는 시골 늙은이가 저런 아들을 두었으니 대견하고 고맙고 행복했습니다. 너무 고맙다고 너무 사랑하는 아들이라고 소리치고 싶었어요.

아들을 텔레비전으로 보았을 때 짜장 놀랐다. '세상에 이런 일이'였다.

남편이 혀를 챘다. "저렇게 버벅대서 강의는 어찌한댜."

티브이에 나오면 뭐가 좀 달라질까? 안 팔리던 책도 좀 팔릴까?

남편이 기대 접는 소리를 했다. "누가 미쳤다고 책을 사. 글구 쟤가 뭐 연예인여? 연예인처럼 생기지도 않았구. 틀렸어. 쟈는 평생 그따위로 근천스럽게 살 겨. 누가 그걸 하랬냐고."

큰애에 대해서는 남편 말이 틀린 데가 없었다.

2010.10.3.

장날이에요. 딸애에게 보낼 잔대, 대추, 햇배, 감초 달이는 수
공이 13만 원이래요. 병원에 갔더니 기력이 달려 어지러운 거
라네요. 동창 모임에도 가지 못하고 집에 왔지요. 어쩔 수 없이
또 눕고 말았어요.

9년 전엔 13만 원이 들었는데, 이번엔 30만 원이 들었다. 딸
애네 것만 한 게 아니고, 작은애네 거, 큰애네 거 세 박스를 했
다. 공평한 게 최선이다. 언제나 공평하게 해줬다고 믿었는데,
한 자식이 그때 섭섭했다고 회상하는 걸 보면 저런 걸 다 기억
하나 싶으면서도, 더욱 공평에 힘써야겠다는 각오를 하게 됐다.

애들이 공평하게 아프기도 했다. 딸애는 옛날부터 안 좋던
무릎이 계속 안 좋고, 큰애도 무릎이 심각하고, 작은애는 허리
가 부실하고. 하긴 얘들도 사십이 한참 넘었다. 건강한 날은 다
가고 아플 날만 남았다.

약즙 다 먹고 낫는 건 고사하고 엄마 정성 봐서 반만 먹어줘
도 과분하겠다.

유달리 큰애네는 뭘 보내줘도—쌀과 김치 말고는—성실하
게 먹지를 않는다. 5년 전 가져간 고춧가루를 아직 다 못 먹었
다니 말 다 했다. 그간 이렇게 저렇게 보내준 약재가 한둘이 아
닌데 몇 봉지나 먹었을지. 하루에 한 봉지씩 뜯어 마시는 게

그렇게 어려운가.

사돈 남 말 한다. 냉장고와 찬장에 다종다양 진액·즙·주스가 넘쳐났다. 애써 사다 드렸더니 안 드시네, 자식들이 섭섭해할까 먹긴 먹어야 하는데 난감했다. 기분은 소화가 부담스러워 멀리하는 편이었다.

남편도 술은 밥보다 더 먹으면서, 술이 아닌 음료품은 뜯어서 컵에 담아서 입가에 바쳐야 거들떠보았고 사정해야 마지못해 마셔주었다. 이제 남편도 없는데 저것들은 다 어떻게 하지? 애들은 먹을 사람도 없는데 저런 걸 왜 사 오는 겨. 지들이나 열심히 마시지.

2013.10.3. 맑음

추수의 계절 10월이에요. 아침에는 발이 시려웠네요. 밭에서 김장무를 솎아 물김치를 담그고, 고추를 손질해 믹서기에 갈고 이런저런 일로 하루가 갔습니다. 저녁때는 박사조카가 닭 사료를 사다 주었지요. 다른 사료보다 6천 원 싼 가격에 샀대요. 한참 동안 먹일 거예요. 영감, 회관에서 잘 놀다 와서는 또 죽는소리를 하네요. 나만 보면 죽는소리가 나오네요. 몸살인지 자꾸 졸리고 눕고 싶어요. 일찍 누워야겠군요. 내일 일찍 일어나 소 물을 주어야 하니까요.

고물장수가 왔다. 기분이 불렀을 리가 없다. 당연히 작은애가 불렀다. 엄마만 있을 때 사람들을 보내는 건 아무래도 찜찜해서 공휴일로 잡았다나. 가져갈 수 있는 건 다 가져가라고 했단다.

고물장수가 짚창고 종이 무더기를 보고 놀랐다. 원래는 고물 장사 하는 조카한테 준다고 모으기 비롯했다. 조카가 고물 장사 그만두고는 쌓이기만 했다. 펴서 차곡차곡 묶어놓는 일도 남편이니까 했지. 남편 아프고 나서는 기분이나 자식들이나 그냥 던져놓았다. 작은애가 툭하면 사들이는데 박스가 산 같을 수밖에 없다.

종이 박스나 사료 포대 묶어놓은 것은 그렇다 치고 우유갑은 왜 묶어놨대? 우유도 안 먹는 양반이 저것은 다 어디서 주워 온 겨? 손주들이 먹은 걸 모아놓은 건가? 참, 10년 전엔가 송아지 먹였던 우유가 꽤 됐겠다. 우유갑 묶은 건 안 가져갔다.

쇠처럼 생긴 것은 다 가져갈 줄 알았는데 아무거나 가져가지는 않았다. 녹슨 것도 정도가 있지, 썩어 문드러진 쇠는 쓸모가 없다나.

병값, 종잇값, 쇳값 다 합하면 수십만 원 나오겠단다. 트럭 부른 값, 인건비를 제하고 통장에 넣어준다는데 기대도 안 한다. 치워준 것만 해도 고맙지. 지저분해서 꼴 보기 싫던 거 싹 사라져서 상쾌했다.

우유갑은 어쩌지? 태웠다. 그런데 왜 자꾸 우유갑 쪼가리 하나 못 버렸던 남편한테 미안해지는 것일까?

남편 무덤이 외치는 소리를 들었던 것도 같다. 버리지 마,
버리지 마!

2010.10.7.

언제 추웠는지 생각이 안 날 정도로 따뜻했지요. 남편 가을
점퍼를 새로 장만하려고 시내를 갔지요. 남편이 마음에 들어
하는 점퍼는 파크랜드 18만 원짜리였어요. 망설임이 들더군
요. 10만 원 예산을 했는데. 하지만 난생처음 자기가 입고 싶
어하는 점퍼라 사주었어요. 덕분에 제 생활비가 예산에 안 맞
게 되었지만 흡족했어요. 틀니를 15만 원에 고치고 페인트를
사고 나니 하루에 40만 원을 쓰고 말았어요. 돈 생각에 오늘
밤도 설치겠네요.

꼭 자기가 벌어서 사준 것처럼 써놓았네. 고추 팔아서 번 돈
인가? 좀 비싼 거 사다 주면 바꿔 오라고 앙냥거리던 남편. 시
내 메이커 옷가게까지 동행해준 것도 해가 서쪽에서 뜰 일인
데 점원이 추천하는 옷들을 순순히 입어보았다.

"나도 이제 입고픈 거 입고 먹고픈 건 먹고 쓰고픈 거 쓸라
네. 그래도 되지?"

"그래야죠. 놀러도 다녀요. 당신 고생할 만큼 했어요. 이제
당신 하고픈 대로 살아요."

"철없긴. 자식들한테 손 벌리고 살라구? 나 죽으면 당신은

자식한테 구박받으면서 살라구? 내가 그 꼴 못 봐."

"그래서 사요, 말아요?"

"입고 싶어. 이 나이에 이 정도는 입어줘야지."

이런 대화를 나누었던가? 상상의 일인가, 꿈속의 일인가?

바깥창고에 잇댄, 방아 찧는 기계를 들여놓은 문짝도 없는 헛간 한쪽이 내려앉았다. 태풍이 아니라 산들바람에도 무너질 것처럼 위태위태했다. 작은애가 다른 나무 기둥 찾아다가 받쳐놓긴 했는데 볼 때마다 두려웠다. 손주들 놀러오면 막 뛰어 다니는데! 다른 건 몰라도 방아 헛간은 없애야겠다.

"누가 그러던디 면사무소에 신청하면 공짜로 철거를 해준 다고."

"다 알아봤슈. 그게 공짜 같으면서도 공짜가 아니더라고요. 면에서 철거비로 최고 366만 원까지만 나온대요. 그 돈 가지 고 택도 없지. 366만 원도 그냥 나오는 게 아니고, 새 지붕으로 바꾼다든가 해야 준대요. 지붕 새로 할 돈 없으면 치우지도 못 하는 거죠."

"가욋돈이 무서워서 쉽게 못 헌다? 석탄발전기금이라나 뭐 라나가 있댜. 전액 공짜로 치워준다더라. 폐광할 때 너희 아버 지처럼 고생한 광부들한테 쓰라고 나온 돈이 아직 많이 남았 는디 그 돈을 철거비로 쓰기로 했다는 겨. 철거비가 천만 원이 나와도 다 내준댜."

"것도 알아봤쥬. 그건 사람 사는 집만 된대요. 헛간 같은 건 안 된대요."

"사는 집만 된다고? 그게 뭔 소리여? 집 새로 지라는 얘기냐? 집 다시 짓는 돈을 준다는 겨?"

"당연히 안 주죠."

"집 허물고 떠나라는 얘기냐?"

"집 새로 지을 돈 있는 사람만 하라는 거죠."

"참말로 기가 막힌다야. 나라에서 제일 좋은 지붕이라고 강제로 바꿔주다시피 한 게 슬레이트 아니야. 새마을운동이라고! 그게 갑자기 발암물질이라고 생난리들이니. 나라가 시골을 발암물질로 도배해놨다는 소리 아니냐. 발암물질이 맞기는 한 거냐? 네 아버지는 80도 못 채우고 갔다만, 아흔 돼도 팔팔한 노인네들도 석면덩어리 밑에서 자고 낳고 기르고 먹었잖냐? 네 아버지 살아생전 부르던 노랫말마따나, 얼마나 더 살겠다고 뜯느니 마느니 허냐. 나는 그냥 살란다."

"엄니, 결정적으로 우리집은요, 안채 말고는 다 무허가예요. 아버지가 신고 한 번 안 하고 지어서. 무허가는 지원도 일절 안 나오고 괜히 벌금이나 무는 수가 있어요. 나랏돈 바라지 말고 그냥 우리 돈으로 치워야 돼요."

작은애가 석면 슬레이트 지붕을 전문으로 치우는 이들을 불렀다. 작은애가 헛간 치우는 김에 짐승우리채도 치우잔다.

짐승 안 키운 지 오래됐고 잡동사니 쟁여놓았는데, 거기도 곧 무너질 것처럼 위험하기는 했다. 안 된다고 할 수가 없다.

총 500만 원에 합의를 봤다. 작은애가 낸다는 걸 엄마 통장에서 빼라고 했다.

"네 아버지가 지은 거니께 엄마가 책임질란다."

남편이 남겨준 돈을 이냥 쉬이 써도 되나.

트럭 두 대에 방호복 차림 일꾼이 여섯이나 왔다. 티브이에서 본 닭, 돼지, 소 죽여서 묻는 사람들 옷을 닮았다. 비슷하긴 해도 똑같기야 하겠나.

다 달라붙어 고추건조기랑, 방아기계를 옮겼다. 종이 무더기 싹 치워서 짚만 남은 창고로. 철거인들이 짚단 쟁여놓은 데다 기계를 놓으면 되겠냐고 나무라듯 했다. 불꽃 한 번 잘못 튀면 큰일난다고.

말썽거리이긴 했다. 신선하면 몰라, 4, 5년 묵은 거라 다른 집 소먹이로 인심 쓸 수도 없고. 처치 곤란한 짚단을 장만하느라 남편은 그 고생을 했단 말인가.

헛간을 때려 부수는데 꼭 집을 때려 부수는 것 같다. 슬레이트 지붕은 작은 트럭에 싣고, 큰 트럭에는 나무를 싣고 막 빻았다. 절구 같은 게 달렸다. 저 나무 기둥들, 남편이 산에서 베어다가 하나씩 다듬어서 정성스럽게 세운 거다.

40년 전부터 꾸민 짐승우리채가 사라져간다. 첫 칸은 닭장, 둘째 칸은 돼지, 셋째 칸도 돼지였던가? 돼지도 원 없이 쳤다.

염소, 토끼, 오리, 칠면조, 기러기 안 키운 짐승이 없었다. 참말이지 남편에겐 독특한 취미가 있었다. 나무든 화초든 짐승이든 골고루 다 갖추려고 했다.

저번에 고물 가져갈 때도 가슴이 아렸다. 남편 손때가 묻은 물건들. 아무리 폐품이래도 남편이 돈 주고 산 거고, 말품 다리품 팔아서 얻어온 거고, 구태여 주워온 거다.

고물과는 비교도 안 되게 스산했다. 저걸 짓느라고 남편 수고한 품이 다 꺼지는 거잖아. 진짜 저 거지같은 헛간은 남편 인생 같은 거 아닌가. 남편 인생이 사라지는 것 같다. 더는 볼 수가 없고 더는 들을 수가 없어 정자로 피신 갔다.

개 짖는 소리가 살벌하게 들렸다. 낯선 사람들 왔으니까 짖는 게 당연하고 아까부터 짖었다만 기곗소리를 뚫고 들려올 정도라니. 먹 따일 놈들처럼 짖잖아. 도로 집에 가봤더니 작은애가 개를 옮겨놨다. 개집 지붕도 슬레이트여서 치우는 김에 치우겠단다.

고무 통에 개구멍을 뚫어놓고 거기가 너네 새집이니까 들어가라고 밀고 있었다. 옥수수 뿌리 캘 때만큼이나 작은애가 엉뚱했다. 저 좁장한 구멍에 개들이 들어가겠어? 널널해도 안 들어갈 판인데. 개들이 날뛰는데 무시무시했다. 설사 들어간다 쳐도 쇠창살 없으면 대책 없지. 지나가는 노인네라도 물었다가는. 노인네가 문제인가. 자기 자식들 오면 어떻게 보살피려고.

"도로 넣어라. 워칙히 감당할라고 그랴." 엄마 말을 들었다기보다는 저도 어쩔 도리가 없는지 쇠창살 안에 개를 다시 집어넣었다. 뻥 뚫린 하늘은 헌 포장으로 가려주었다. 쇠창살 안이지만 두 개가 제집이라고 안정을 찾는 꼬락서니가 짠했다. 사람이건 짐승이건 역시 제집이 최고다.

철거인들이 가고 나니 운동장이 생겼다. 이 동네서 제일 넓다고, 난달에서 할머니 혼자 어떻게 사냐고 다들 놀라워했지만 여기 계속 살아서 그런지 별로 넓은지 모르고 살았다. 헛간 두 채가 없어지니까 과연 넓었다.

작은애는 다음엔 안마당 창고를 없애겠단다.

정색하고 야단치듯 했다. "부탁이다. 그만해라! 헛간은 무너질까봐 부수라고 했다면, 안 창고는 말짱하다. 내년 네 아버지 제사 때까지만이라도 좀 조용히 살자."

작은애가 귀담아듣는 낯빛이 아니라 힘담주었다.

"느이 아버지 떠난 지 얼마나 됐다고 그러냐? 남들이 뭐라고 하겠냐? 즈이 아버지 죽자마자 집 뜯어고친다고 손가락질하지 않겠냐?"

"남들 손가락이 뭐 중요해요? 엄니가 편하게 사는 게 중요하죠. 집을 싹 뜯어고치지 않으면 근본적으로 해결 안 돼요."

"나 편하다, 하나도 불편한 게 없다! 지발 부탁이다! 속 편하게 살게 냅둬라! 그만 부수겠다고 약속해라."

작은애가 마지못해 약속했다. 안 하겠다고. 엄마가 하라고 할 때까지는 아무것도 안 하겠다고.

다 버리고 없애기로 작정이라도 한 것 같은 작은애도 차마 어떻게 하지 못한 게 있다. 방아기계 헛간에 30년 묵은 옷장이 있었다. 그 옷장에 책과 종이가 세 포대는 들어 있었다.

참말이지 버린 종이가 없군. 〈새농민〉, 농협이나 축협이나 약재상에서 받은 잡지와 카탈로그, 〈농민신문〉, 선거 때 유인물, 광부 때 월급봉투, 애들 시험지와 문제지 등이 케케묵은 냄새에 휩싸여 있었다.

"태워버릴까요?"

"네 아버지가 저렇게 모아두고 챙겨뒀는데 워칙히 태운다냐. 책 좋아하는 네 형이 워칙히 챙길지도 모르잖냐."

작은애는 책과 종이들을 축사로 옮겼다. 헛간에서 살아남은 것들이 소 대신 축사를 채웠다.

문자가 왔다. 고물장수가 고물값이라고 입금했다는데, 지우 6만 원. 기가 막혀서 원!

이제 기분도 휴대폰 문자를 볼 줄 알았다. 노력하니까 되었다. 보낼 줄은 여전히 몰랐다. 볼 줄 아는 걸로 됐지, 문자 보낼 일이 뭐 있다고.

희아리를 땄다. 둑에다 깔아 말린 고춧댕이에 겨우 매달린 것들.

"딸 게 하나도 읎다야!"

툴툴대면서도 궁상떨었다. 아까워서 안 딸 수도 없잖아. 한 박스나 됐다. 만 원은 받겠다. 이런 걸 사 가는 장사꾼이 있다는 게 신기할 뿐이다.

작은애가 고춧댕이를 둑가에 쌓아놓았다. 나중에 불태워야 한다. 바람 한 점 없는 어느 날에.

지긋지긋한 고추였다.

"내년에는 절대로 안 할 겨! 지우 몇십만 원 벌겠다고 자식들 생고생시켰네. 품값도 안 나왔어."

다짐해보지만 내년 이맘때도 고시랑대겠지. 그래야만 하겠지.

목욕탕 나와 꽃집에 갔다. 손님이 왔건만 홍뚱항뚱했다. 언짢았다. 딴은 범골 살던 남동생 동창이 하는 가게라고 일부러 찾았건만. 다른 꽃집은 좀 멀었으나 그냥 나가버릴까 싶다. 기분이 쉬이 안 가고 이 꽃 저 꽃 훑으니 건성으로 물었다.

"워칙히 오셨대유?"

"꽃집에 꽃 사러 오지 뭐러 와유?"

그제야 손님맞이하는 장사꾼 낯짝이 되었다.

"얼래, 범골 누님이시네유. 죄송해유, 몰라 뵀슈. 지 눈이 동태눈깔유."

골라보란다. 여기서 직접 배달 가는 게 아니고 똑같이 생긴 꽃을 수원 가맹점에서 배달할 거란다. 꽃다발로는 부족하다. 처음부터 눈에 딱 들어온 화분이 있었다.

"좀 비싼 건데 괜찮겠슈?"

배려해주는 말이겠지만 깐보는 말처럼 들렸다.

"비싸봤자 화분값이쥬."

한 푼 깎아볼 염도 안 내고 당당히 값을 지불했다. 에누리에 숙맥이기도 했다. 리본에 뭐라고 쓰냔다.

"축하해. 큰아들을 사랑하는 엄마가."

"우와, 어머님 되게 멋있으시네."

멋있다는 얘기 생전 처음 들어봤다.

역경리 전체에서 제일 똑똑한 여자는 따질 것도 없이 해결 댁이다. 범골에서 제일 똑똑한 여자가 누구일까. 살아 있는 기억사전 기억댁, 젊은 큰면질부, 그다음이 위뜸 똑똑노인네일 테다.

오죽하면 별호가 '똑똑'이겠는가. 똑똑노인이 수상한 전화를 받았단다. 할머니 장남이 무슨 일에 걸렸는데, 지금 당장 3천만 원이 없으면 감옥 간다고. 그 할머니한테 그런 큰돈이 있었다는 것부터가 놀랄 노 자다. 어디로 입금하라는 게 아니고—그럼 의심이라도 했을 텐데—장남이랑 돈을 가지러 갈 테니 돈을 찾아다 놓고 기다리랬다. 장남한테 전화하면 큰일 난다고 겁주었다.

노인네가 뭐에 씌었는지, 네 바퀴 오토바이를 타고 농협에
갔다. 노인네가 갑자기 큰돈 찾으면 농협 직원이 의심할 수밖
에 없다. 보이스피싱이 하도 극성이니까. 직원이 꼬치꼬치 캐
물었다. 노인네가 대답을 참 잘했다. 장남이 여차저차해서 돈
받으러 오기로 했다, 현금으로 주기로 했다. 장남 전화번호 알
려달라니까 내 돈 찾는데 왜 야단이냐고 버럭 성질을 냈다. 직
원은 꺼림칙했지만 결국 큰돈을 내줬다.

노인네가 집에 가자마자 전화가 또 왔다. 누가 지켜보기라
도 하는 것처럼. 집 앞 우체통에 그 돈을 넣어두라고. 장남이
직접 가지러 갈 거라고. 조종당하는 인형처럼 돈뭉치를 우체
통에 놓고 왔다. 그제야 전화를 넣었다. 장남이 아무 일 없는
목소리로 전화를 받았다. 장남은 그게 무슨 재벌이 불량식품
먹는 소리냐고 방방 뛰었다. 노인네가 전화기 집어던지고 우
체통에 달려갔는데 돈이 벌써 없어졌다.

범골 맨 꼭대기집 노인네 통탄하는 소리가 범골 맨 끝집 기
분네까지 들렸다. 말이 보이스피싱이지 강도당한 거나 마찬가
지다. 십 년을 사시사철 곡식·채소·과일·버섯·나물 팔아서
악착같이 모은 돈이랬다. 경찰들이 왔다갔다했지만 잡을 수가
있겠나. 시시티브이 같은 거라도 있으면 뭘 해보겠는데 촌 동
네에 그런 것도 없고.

농협에서는 이제, 보호자랑 같이 오지 않으면 노인네한테는
50만 원 이상은 절대로 내주지 않을 거란다. 진작 그랬어야지.

기분은 무덤 앞에서 다짐했다. 나는 절대로 안 당합니다. 집에 돈도 안 두고 살잖아요. 적금통장 자체를 작은애한테 맡겼어요. 생활비통장도 맡겨버릴까. 아예, 전화를 안 받았을 겁니다. 휴대폰으로 오는 전화만 받을 겁니다. 그나저나 그 노인네 억울해서 어찌 사나. 백만 원도 아니고 천만 원도 아니고 3천만 원이라니.

하필이면 3천만 원! 3천만 원 때문에 남편은 죽을 고생을 했다. 기분의 남동생이 사료 사업을 시작했을 때, 남편은 2천만 원 대출의 연대보증을 서줬다. 남동생은 사업 망하고 폐인이 돼버렸고, 남편은 원금 2천만 원과 이자 천만 원을 덤터기 썼다. 남편이 그 돈을 해결하는 데 10년이 걸렸다. 그 돈만 있었어도 남편의 인생은 좀 편했을 테다.

여보, 내가 죄인이오. 기분은 백배사죄했다.

큰애가 화요일에 가 두르고 깨 베러 왔다.

벼 탈곡할 때 콤바인이 회전할 수 있도록 논 가장자리 벼를 미리 베놓는 것을 '가 두른다'고 했다. 박사조카가 훈수 두었다. "벌써 베면 안 뎌. 가 두른 베는 알곡이 말라서 안 좋아. 토요일쯤에 베."

들깨는 기분이 이미 벴다. 남편 보라는 듯이 씩씩히 낫질했다. 들깨 한 떨기마다 베는 사람보다 키가 큰데다 서너 갈래로 벌어져 두 번씩 손이 갔다. 절반 먼저 베서 눕혀놓고, 나머지 베어 겹쳐놓고.

큰애가 혼내듯 했다. 왜 엄마가 깨를 벴냐고. 자기를 기다려야지. 자기를 못 기다리면 범이한테 시키지. 그러다가 저번처럼 허리 고생할 거냐고.

기분은 속으로 대꾸했다. 나는 너희가 일하는 거 보기 싫다. 어쩔 수 없는 건 몰라도 내가 할 수 있는 건 내가 해야지.

큰애는 일부러 내려왔으니 할일을 빨리 만들어내란 투다. 밥이나 먹자고 했다.

택배가 왔다. 작은애가 또 뭘 주문한 듯. 도로명 새 주소가 딱이었다. 옛날 지번 주소 때는 택배들이 집을 못 찾아서 가르쳐주느라고 환장했다.

작은애는 택배회사한테 표창장 받아야 한다. 엄마한테 상의도 없이 휘뚜루마뚜루 사들였다. 엄마가 '그런 게 있다더라' 말한 것도 스마트폰으로 검색해서 주문해줬다.

작은애는 비싼 것도 대뜸 사줬다. 그걸 바라고 작은애한테 운을 떼우는지도 모른다. 제일 자주 만나는 작은애한테 무슨 골칫거리든 처음 얘기할 수밖에 없지만, 살림이 가장 나은 게 작은애이기도 했다. 형편이 어려운 큰애와 출가외인 딸애한테는 뭐 부족하거나 필요하다는 기미도 안 내려고 매사 조심했다. 없는 자식은 어렵고, 있는 자식은 편하다고, 작은애는 어쨌든 공무원이고 맞벌이니까 만만했다.

택배 박스가 두 개다. 하나는 뭔지 짐작하겠다. 엊그제 작은애한테 '전기장판이 고장났는지 잘 안 된다'는 말을 슬쩍 했다. 벌써 전기장판 없으면 못 자는 때가 되었다. 큰애가 무거운 박스부터 뜯었다. 예상대로다. 오늘밤부턴 등 지지자.

다른 하난 뭔가 했더니 그물 포장이었다.

"대체 이걸로 뭐하려는 거냐?"

큰애가 작은애한테 전화하니, "엄니가 은행 때문에 고생하지 않으면서 은행을 처리하기 가장 손쉬운 방법"이라고 했다.

큰애가 전화를 바꿔주길래 막 뭐라고 했다. "아이구, 저 포장이 얼마나 많은디 돈 주고 또 사냐. 저런 거 천지다, 천지. 그거 쓰면 되지! 살 거면 나한테 말해야지. 글케 아무렇게나 돈 쓰면 어찌 살라고 그러냐."

그물 포장이 몹시 크고 넓었다. 큰애는 저 혼자 하겠다고 소리쳐댔지만, 혼자서 감당할 수 있는 길이와 폭이 아니었다. 그물 포장 두 장으로, 은행나무 다섯 그루에 둘러싸인 터(헛간을 들어낸 자리)를 얼추 덮었다. 은행나무 밑동과 수로 사이는 헌 포장을 깔았다. 바람에 날아가면 안 되니까 돌멩이로 눌렀다. 엄마가 돌멩이 들고 막 뛰어다니니 큰애가 질렸다.

"제발 좀 살살 다녀유. 제발 좀 가만히 계시라고요. 제가 다 한다니까."

이게 너 혼자 감당되니. 그렇게 힘들어하면서. 땀이나 덜 나면 몰라. 조금만 움직여도 저 혼자 일 다 한 것처럼 땀투성이가 되는 녀석이.

"널찍하니 좋긴 좋다야."

"범이한테 그렇게 뭐라고 해놓고 그르케 좋아하시면 좀 민망하겠는듀."

보기는 괜찮았지만 개운치 않았다. 기분과 큰애는 까는 와중에 그물코에 신발이 걸려 몇 번이나 넘어질 뻔했다. 여기로 곧잘 다니는 새마을댁, 만덕댁, 공주댁 고모, 태평댁 그 노인네들은 오죽할까. 노인네들이 엎어지기라도 하면. 걱정 선수는 살기 괴롭다.

2010.10.9.

창고 속을 정리하며 생각했지요. 저 들에 있는 우리 곡식을 어떻게 거두어들일까. 영감, 걱정하는 나를 보고 걱정하면 무슨 소용이 있느냐고 야단이네요. 부부라고 서로의 속마음을 다 안다고는 할 수 없지요.

큰애한테 토요일에는 안 와도 된다, 어떻게 또 내려오냐 그랬는데, 금요일에 또 내려왔다. 사위가 전화로 그랬단다. "혼자 벨 수 있는디 같이 베면 빠르겠쥬."

큰애는 불편했던 게다. 매제 혼자 일하고 처남들이 하나도 안 보인다고 유세 떨까봐.

근데 큰애 첫마디가 "가 둘렀네요?"였다. 택시 불빛에 시경리 논 가 두른 걸 봤다고. 박사조카가 벤 거다. 오전 나절 거리

(집 옆 논과 집 앞 논)는 남겨뒀으니 망정이지 큰애도 사위도 되게 섭섭할 뻔했다.

오전에 작은애랑 세종시 병원에 다녀왔다. 눈이 아파 견딜 수가 있어야지. 세종시는 천안, 익산, 대전, 수원에 비하면 지척이라 덜 미안했다.

오후에는 들깨를 털었다. 밭 한가운데 너른 포장을 깔았다. 큰애, 작은애는 나르고 도리깨질을 했다. 기분은 까불렀다.

바빠 제정신이 아닌데 외삼촌네가 왔다. 남편이 세상 등진 걸 최근에 알았단다. 남편 무덤에 모시고 갔다. 언제까지 문상을 받아야 하는 걸까. 남편이 저세상으로 떠난 걸 아직도 모르는 지인이 있다니.

사위는 기어이 은행을 털었다. 바람 불어 은행 떨어지면 어머님 힘들다고 미리 다 털어놓고 간단다. 이미 상당한 은행알이 그물 포장에 떨어져 쌓여 있었다.

그래도 사위가 한 수 접어줘서 감사했다. 은행 터는 거 해마다 도왔던 사위는, 아버님이 없으니 이번엔 자기가 도맡겠다고 설레발쳤었다. 털어, 주워, 기계에 갈아, 껍질 씻어, 말려, 팔아 겨우 30, 40만 원 벌어보겠다고.

"은행알이 콩알 같아서 어떻게 할 수가 읎슈."

지가 봐도 그걸 누가 사 가겠나 싶었나보다. 사위가 처남들 말을 들어 그냥 버리는 데 합의했다. 사위가 고집 선선히 꺾는 거 처음 봤다.

막상 은행을 버리겠다고 하니까 서운했다.

세 자식과 사위가 그물 포장의 은행들을 경운기 짐칸에 옮기느라 요란했다. 사위가 경운기를 잘 몰아 다행이다. 큰애는 차 운전도 못하는 애니까 당연히 경운기 운전도 못하지만, 차 운전 잘하는 작은애도 경운기 운전은 젬병이었다. 두충나무밭 깊숙이 버렸다.

기분을 애태우는 남편 무덤 위 은행나무가 수나무라는 게 그나마 감사했다. 암나무였다면 남편 모이마당은 은행 사태가 났을 거고 기분은 그거 치우느라 볼장 다 봤을 거다.

그래봐야 오늘 버린 은행은 다섯 나무에 매달린 은행의 50분의 1이나 될까. 앞으로 저 징글징글하게 매달린 은행들을 어찌해야 할까. 천생 애들이 저런 식으로 치워야 한다. 은행만 생각하면 앞이 노래졌다.

이튿날 10시 넘어 2.5톤 카고트럭이 콤바인을 싣고 왔다. 열부씨 혼자 왔다. 힘들게 구했던 조수 일꾼이 앓아누웠다고.

사위가 조수 노릇을 했다. 가 두르느라고 베놓은 벼를 집어줬다.

콤바인은 베면서 탈곡했다. 콤바인은 배(탱크) 속이 가득차면 트럭 짐칸에 다가와 배출관을 뽑아올렸다. 짐칸에는 1톤짜리 통백 네 개가 놓였다. 배출관은 탐스럽게 누런 벼를 통백에 쏟아냈다.

가마니―수매용 포대라고 불러야겠지만―에 담고 들고 나르던 시절에 견주면 기계꾼이나 논주인이나 참 쉬워졌다. 1마지기당 40킬로그램짜리 수매용 포대로 8가마쯤 나왔다. 남편은 20년 가까이 자작, 소작 5마지기씩 도합 10마지기를 지었다. 총 80가마쯤 생산했다. 80여 가마니를 들고 나르는 것만으로 야단법석이었다.

시경리 논 네 마지기를 탈곡하자 통백 한 개가 차면서 콤바인 실을 자리가 없어졌다. 열부씨가 작은애더러 트럭 운전을 해달란다. 카고트럭은 차 모르는 할머니가 봐도 어지간히 낡았다. 작은애가 아무리 운전 선수라지만 승용차와 고물 화물차가 같나.

작은애가 마지못해 핸들을 잡았는데 어찌나 떨면서 운전을 했는지 얼굴이 새파랗게 질렸다. 용궁 끌려갔다 온 토끼 같다. 엄마의 간장도 바짝 탔다. "다시는 운전 마라. 그걸 네가 왜 하니?"

사람이 없는데 별수 있나. 작은애는 콤바인과 단짝으로 시제답, 집 앞 논, 집 옆 논을 옮겨다녔다. 나아가 장유리 알피시*와 시경리 열부씨네 건조 창고에도 다녀왔다.

편히 구경만 하면 될 줄 알았는데 작은애가 운전하는 통에

---

* 알피시: 미곡종합처리장[rice processing complex, 米穀綜合處理場]의 약어다. 반입에서부터 선별·계량·품질검사·건조·저장·도정을 거쳐 제품 출하와 판매, 부산물 처리에 이르기까지 미곡의 전 과정을 처리하는 시설이다.

십년감수했다.

장유리 알피시에 쟁여놓은 것은 물벼*로 농협에 파는 것이고, 열부씨네로 간 것은 (건조해서 가져다주면) 집에 두고 찧어 먹을 것이었다.

불과 20년 전만 해도 벼 말리는 일 또한 끔찍했다. 오전엔 멍석에 널고 저녁엔 거둬 담고 한 열흘은 해야 했다. 날이 계속 좋으면 감사한데 비라도 오면 개고생이 따로 없었다. 포장도로가 벼 널기에 최적이었다. 가을이면 시골 도로는 벼로 뒤덮였고 차들은 벼를 밟지 않으려고 곡예 운전을 했다. 벌써 '전설의 고향' 같은 얘기다.

큰며느리가 안녕 시내에서 신혼살림하다가 6개월 만에 도시로 이주한 것이 벼 말릴 때 불러 일 시킨 탓인가 반성하곤 했다. 대놓고 시킨 적은 없지만 며느리 처지에선 시킨 것으로 여겨질 수밖에. 그것만 시켰나. 볏짚 묶는 것도 시키고 틈틈이 불러 설거지시키고. 며느리는 거의 시댁에 출근하다시피 했다. 다시 생각해도 큰며느리에게 미안하다.

2010.10.11.

치과에 다녀왔지요. 고운 소금도 한 말 사고 멸치도 샀지요. 아는 분으로부터 안부를 전해듣고 다음 내 모습일지도 모르

---

* 물벼: 채 말리지 아니한 벼.

겠다고 우울했지요. 이다음 남편이 먼저 세상을 떠나고 나만 남았을 때. 만약에 몸이 많이 불편해 남의 도움이 필요하게 되면 그때는.

'이다음 남편이 먼저 세상을 떠나고 나만 남았을 때'를 얼마나 두려워했었나. 두려워하면서도 그런 날이 영원히 오지 않기를 바랐지만, 9년 만에 그런 날을 살고 있다. 보기에 더러운 것들이 천지사방이었지만 아무런 의욕도 생기지 않았다.

열부씨가 말린 벼 서른다섯 가마를 싣고 왔다. 원래는 맡긴 사람이 가지러 가야 하는데 노인네들이 대책이 없으니 돈 좀 더 받고 날라다준다. 열부씨가 부려놓고 간 것을 박사조카가 와서 창고로 옮겨주었다. 박사조카, 기진맥진 초주검이 되었다. 하기는 박사조카도 일흔이다. 늙었지, 늙었어.

비로소 올해의 논농사가 다 끝났다. 남편이 죽기 며칠 전에 모내기해서 자란 벼 알곡이 창고를 채웠다.

2010.10.12.

아침나절에 딸애가 전화했어요. 손주들이 잘 먹고 잘 논다고. 반가운 전화네요. 시경리형님이 날 보고 말했지요. 동서는 일이 그다지 하고 싶으냐고. 형님 말씀이 정답이지요. 나는 놀 줄도 모르고 쉴 줄도 모르고 무언가를 하지요. 오늘은 창고 바닥을 시멘트 공구리를 했지요. 깔끔한 게 산뜻해요.

가을 하늘은 높고 파란색을 선명하게 띠어 쓸쓸한 이 할머니 마음을 조금은 설레게 하네요.

큰면조카가 아들 결혼 턱으로 동네잔치를 열었다. 마을 회관에 출장 뷔페 불렀다. 끝끝내 안 갔다. 결혼식에도 안 갈 거다. 사람 만나기 싫다.

작은할머니 체면에 가만있을 수는 없다. 남편이 살아 있었다면 했을 만큼은 해야지. 결혼식 전날 큰면조카네에 갔다. 30만 원을 주려고 했다. 큰면조카가 펄펄 뛰었다. 작은어머니가 무슨 돈 있냐고. 타협 봤다. 10만 원만 줬다.

시어머니 된 큰면질부가 신혼여행 다녀온 새신랑 새신부를 대동하고 왔다. 신부를 처음 봤는데 딸애보다도 머리 하나는 작았다. 예뻤다. 깎아놓은 밤톨 생김새가 신랑을 확 휘어잡고 살겠다. 큰면질부는 기분을 볼 때마다 자기가 잘 모실 거라더니, 새신랑한테도 작은할머니 잘 모시라는 말을 했다. 누가 보면 친손주인 줄 알겠다. 기가 막히는 말재주를 가졌다니까. 내 자식이 셋이나 되는데 왜 지들이 모신다는 겨.

이불이나 이불값 같은 걸 조금도 바라지 않았다면 거짓말이다. 일전에 사위가 똑같은 말을 백 번은 힘담주었다. "세상천지에 집안에서 제일 큰어른인 작은어머니한테 이불도 안 해줘! 경우가 없어도 심각히 없잖여." 틀린 말은 아니잖은가.

정확히 말하면 제일 큰어른이 아니다. 다섯째동서가 계시다. 시경리형님, 큰일났다. 허리가 상해서 요양병원에 실려갔는데 벌써 넉 달이 지났다. 작은애 차를 타고 한번 병문안을 갔었다. 무슨 노령보험 덕분에 돈 걱정은 없다지만, 죽기 전에 병원에서 못 나올 것 같다고 기분의 손을 그러쥐고 통곡했다. 나을 허리가 아니란다.

사위 주정이 큰면조카네까지 들렸었나, 밤말을 쥐가 들어서 소문이 났나, 큰면조카가 쫄렸나. 큰면질부가 이불값이라고 30만 원을 내밀었다. 몇 번 사양하다가 못 이기는 척 받았다. 자세한 액수까지는 말 안 해줬지만 축의금이 수억 들어왔단다. 그러고도 남겠지. 큰면조카가 부조한 돈도 수억은 될걸.

2010.10.13.
넷째집 조카가 왔었지요. 며칠 만에 찾아와 이런저런 이야기를 해주는 조카. 반가운 얼굴이지요. 한 달에 한 번씩 오는 자식들을 기다리는 공간을 채워주는 반가운 얼굴. 오후에는 억척댁을 만났지요. 아저씨가 많이 편찮으시대요. 자식들이 의견을 달아서 농사를 남 주고 소를 팔았대요.

넷째집 박사조카가 며칠 만에 들렀다. 조카는 늘 그랬듯이 소주 한 병을 마시며 이 얘기 저 얘기 전해주었다. 조카가 없으면 기분은 동네 돌아가는 사정을 일체 모를 테다. 9년 전이나 지금이나 남편 있을 때나 없을 때나 박사조카가 의지가지다.

어젯밤부터 눈이 무척 따갑고 쓰라렸다. 아침 버스 타고 병원에 갔다. 아니나달러. 눈썹이 세 개나 빠져 눈자위에 붙어 있었다. 그거 빼고 생선댁네 어물전에 가서 우두커니 앉아 있었다. 동창회 모임날이었다.

시젯날이기도 했다. 작은애는 종합검진이라 불참하고, 큰애가 내려와 참석했다.

참 지긋지긋한 시제였다. 남편이 시제답 짓는 바람에. 남편은 시제상은 정성으로 차려야 한다고 고집을 피웠다. 덕분에 기분이 제물 음식을 차려야 했다. 시제 끝나면 밥도 해 먹여야 했다. 작년에 처음이자 마지막으로 집에서 제물도 안 장만하고 뒤풀이상도 안 차렸다. 올해는 아예 신경을 쓰지 않았다. 남편도 없는데 시제상을 왜 차리나. 돈은 줬다. 작은애한테 제물값, 큰면조카에게 전해주라고 시켰다.

기분의 논 다섯 마지기와 시제답은 박사조카가 짓기로 했다. 도지로 짓던 장구배미(집 옆 논)는 못 짓겠단다. 논주인 장교댁─아들이 육군 장교였다─에게 전화를 걸었다. 도짓값 넣어줄 계좌번호를 묻고 내년부터는 못 짓는다고 말할 참이었다. 서울 사는 장교댁은 완전히 귀가 잡쳤다. 대화가 도무지 안 되었다.

작은애가 통장을 찍어 왔다. 볏값과 직불금이 들어와 있다. 다섯 마지기에서 3백, 시제답은 제물값 빼고 백만 원. 남편이 다 알아서 하던 벼농사라, 기분은 벼농사 지어 얼마나 버는지 모르고 살았다. 지우 400 벌라고 그 고생을 했군요.

작은애가 논농사를 지었다고는 하지만 박사조카가 자기 일처럼 신경써주지 않았다면 벅찼을 거다. 봉투에 50만 원 담아 작은애 편에 보냈다. 박사조카가 금방 오토바이 타고 되짚어 왔다.

"조카가 남이유? 이런 돈을 왜 줘유."

"이거 안 받을 거면 우리집 오지 마. 이거 안 받으면, 미안해서 조카 얼굴을 어찌 봐."

타협했다. 박사조카는 20만 원만 갖고 갔다.

탈곡값에 벼 말려준 값도 찾아다놓고 열부씨한테 가져가라고 전화했는데, 안 왔다. 돈 가져가라고 해도 돈을 안 가져가는 별꼴을 다 본다.

둘째하고 큰애한테도 50만 원씩 줬다. 농사짓느라고 고생했다고. 큰애는 안 받겠단다. 자기는 한 게 없어서 받을 수가 없단다.

현금을 집에 놔두니 겁났다.

공주댁이 전해주는 말이, 기분이 남편 진폐보상금으로 한 1억쯤 받았다고 소문이 났단다. 기가 막힐 노릇이다.

오씨네 때문이다. 오씨는 상처한 뒤 완전 폐인 돼서 사람이 영 망가졌다. 어느 날 양복쟁이들이 찾아와 진폐보상금 8천을 받게 해줄 테니까 3천을 달라고 했단다. 진짜로 그렇게 됐다.

오씨, 갑자기 돈 생긴 다음부터는 밥도 잘 먹고 안주도 꼭 챙겨 마시고 신수가 훤해졌다. 아들에게 목돈이 생겼어도 오씨 어머니 고생은 여전했다. 그 나이에 아들 성질 받으며 밥해 먹이니.

누군들 돈 앞에 초연할 수 있을까. 받으면 좋지.

마침 무슨 국가기관 편지가 와 있다. 드디어 결정이 났는가? 소문처럼 억소리 나는 돈을 받을까 설레면서 두려웠다. 허무하게도 진폐보상을 판정하는 데 필요한 서류가 다 안 왔다는 독촉장이었다. 작은애가 아직 못 보냈단다. 작은애가 보통 바쁜가.

서류가 완벽해도 안 될 거다. 식도암 발병을 광부 시절 들이마신 석탄 찌꺼기에 전가하기엔 근거가 부족한 듯했다.

까짓, 안 받았으면 좋겠다.

참말로?

모르겠다. 다만 진폐보상금을 받게 된다면 어쩔 수 없이 헤프게 살게 될 테고, 남편에게 더욱 미안해질 듯했다. 남편 목숨값으로 혼자 호의호식할 수 있느냔 말이다. 혹시라도 받게 된다면 자식들에게 싹 나눠줄 작정이다.

작은시누이가 꿈을 찾아왔다.

나는 늬 남편 작은누나야. 편하게 형님이라고 불러. 시집오느라고 고생 많았지. 결혼 잘했어. 내가 볼 때 막내가 되게 성실한 사람이야.

어떤가 살아보니 괜찮지? 그려? 아니, 우리 막내가 그렇게 고약스러워? 가가 원래 삐지면 말을 안 하는 버릇이 있지. 나한테만 털어놓고. 형들한테 만날 혼나니께 차라리 말을 않지. 그래, 그거 하나는 썩 훌륭하지. 오빠들 얼마나 손버릇이 나빠. 올케들 얻어맞고 사는 거 보면 눈물이 나. 말해 뭐해. 내 서방도 순 깡패지. 내가 무슨 돼지 오줌보도 아니고.

올케, 우리 애들 좀 맡아줘. 내가 수술받으러 가는데 살지 죽을지 하네. 아무리 아프다고 해도 패기나 했지, 병원 한 번 안 보내준 인사가 겁나기는 했나. 내가 얼굴이 새까매져 꼼짝도 못 하니까. 살라나 몰라. 무슨 암이라는데. 우리 남편, 수술 날짜 잡아주고는 돈 아까워서 어찌나 고시랑대는지. 칵 죽어버릴까. 그럼 안 되지. 애들 때문에 살아야지. 우리가 논이 쉰 마지기도 넘네. 그만하면 부자 아닌가. 근데도 애들이 다 거지 새끼여. 자린고비 인사가 돈 한 푼을 쓰게 해줘야지. 그 돈 짊어지고 갈 것도 아니고.

나 이제 죽네. 그때 수술받고 어떻게 살았는데 지우 5년 더 살고 가네. 우리 새끼들 불쌍해서 어찌 가나. 어이구, 저 못된 사람. 나 때문에 내버린 병원값, 약값만 계산하고 자빠졌네.

우리 남편이 처가가 되게 좋았나보네. 나 죽고 새장가까지 들고도 처가에 발길을 안 끊다니. 다 자네 덕분이네. 처가에서 내 남편 반겨주는 이가 자네밖에 더 있나. 처가에 와서 감 놔라 배 놔라 신칙하니 오빠들이 참겠어. 동생도 못 참고 상대를 안

하는데, 자네가 하도 잘해주니 명절이다 제사다 빠짐없이 가는 게지. 자네 동동주 맛에 길들어 안 갈 수가 없다네. 자기만 가나, 애들 다 데리고 가잖아. 우리 애들한테 따스운 밥 먹여주는 거는 자네밖에 없잖아. 어느 해인가는 새 마누라까지 데리고 갔지? 내 참 기가 막혀서 원.

재혼이라고 그런 여자랑 했데? 인물은 둘째 치고 이년이 애들을 얼마나 잡도리하나 몰라. 내가 미치고 팔딱 뛴다니까.

이럴 수가 있나! 부처님이고 하나님이고 하늘에는 아무것도 없네. 누구라도 계시면 이럴 수는 없네. 장규가 어떻게 산 앤가. 중학교 때 엄마를 잃은 애네. 계모한테서 지 동생들 지킨다고 억수로 맞고 컸네. 공부를 잘하면 뭐해. 그 돈 대체 어디다 쓸 거냐고. 공부 잘하는 애를 왜 공부를 안 시키냐고. 그래 두 개가 착해서 알아서 잘 컸지 않은가. 성질 더러운 아비한테 얼마나 잘했는가. 그것도 계모라고 계모 지가 도망갈 때까지 얼마나 효도했나. 계모라는 년도 불쌍하지. 나만큼 처맞고 거지처럼 살았잖아.

효자 중의 효자, 우리 장규 마흔 살도 못 살았네. 걔가 내 무덤 벌초하다가 갑자기 쓰러졌네. 일사병이래. 깨어날 줄 알았는데 안 일어나. 이럴 수가 있나. 장규가 왜 벌써 나한테 오나. 내가 죽은 게 서른아홉인데, 왜 저도 서른아홉에 죽는단 말인가. 손주새끼들은 어쩌란 말인가.

징헌 인사였네. 내가 저승에서 오래오래 살고 오라고 마누라랑 장남이 못다 산 인생까지 대신 다 살고 오라고 비손하기는 했네만 그래도 그 성미에 일흔다섯까지 살 줄은 몰랐지. 돈 아낀다고 거의 안 먹고 돈 번다고 일만 죽어라 하는 사람 아니었나. 그 인간이 죽기 전 명절까지 자네 집에 갈지 몰랐네.

당연히 나한테 왔지. 조강지처 아닌가. 나한테 구박받지. 이승에서나 지가 힘센 남편이지 저승에서는 내가 꼭 잡고 살지. 남편이 죽어서 아쉬운 게 별로 없는데 자네가 담근 술 더 못 먹는 거 하나가 원통하다고 아직도 고시랑대네.

내일 내 딸 민자가 사위 얻는 거 알지? 자네 꼭 와야 돼. 그럼 예식장서 만나자구.

뭐여? 내 동생이 죽었어? 언제? 왜?

질손(姪孫)의 결혼식이 두 건이었다. 지척 사는 판형이(큰면 조카의 장남) 결혼식에도 안 갔는데, 이름도 모르는 애 결혼식에 가고플 리가 없다.

서울에서는 둘째동서의 셋째아들 해병조카가 딸을 여읜다. 주정꾼으로 망나니짓을 일삼더니만 개과천선해서 목사 된 해병조카. 서울은 수원 큰애가 가기로 했다.

안녕 시내에서는 작은시누이 큰딸 민자조카의 둘째딸 결혼식. 형님이 꿈에 비쳤던 까닭이다. 작은애가 가기로 했는데 급한 일로 대전에 다녀온댔다. 결국 시간에 못 맞추겠다고 전화가 왔다. 기분은 봉투를 부탁하려고 큰면질부에게 갔다.

조카부부에게 납치당하듯이 차에 탔다. 남편 작고한 뒤로, 사람 숱한 자리에 가본 적이 없다.

넷째동서네 삼형제는 서울 안 가고 새안녕예식장에 있었다. 이태 전부터 안녕에서 누가 결혼한다고 하면 이 예식장이랬다. 판형이도 이곳에서 했다고. 기분은 처음 와본다. 얼마나 좋길래 사람이 몰릴까. 다른 건 모르겠고 층층이 사거리 한복판이었다.

큰시누이 외아들 택시조카도 있었다. 서울 사람이 서울로 안 가고 왜 시골까지 왔을까. 택시조카가 징징거렸다. 여기저기 아프고, 아침마다 어머니(기분의 큰시누이)랑 밥 먹는 게 힘들고, 다른 사촌형제 다 시집장가보내는데 자기만 자식 장가 못 보내 속 터지고. 수다스러운 조카가 한둘이 아니지만 그중 으뜸 수다쟁이라 귀가 얼얼했다.

남편 장례식 때 보고 처음 보는 이 조카 저 조카가 다투어 인사했다. 말대답하느라 입 부르틀 뻔했다.

그중에도 양돈질부(큰동서의 둘째며느리)가 유난스럽게 친한 척했다. 그러면서 몇 번이나 했던 얘기를 또 했다.

"작은아버지가 저를 되게 안 반가워하잖아요. 인사도 안 받아주시잖아요. 그런데 그날은 자상하게 웃으시면서 '그려, 내외 자녀 건강들 하고 돼지들은 잘 크나' 물어보시더라니까요. '계속 잘살아야 뎌. 시간 나면 작은어머니 어찌 사나 살펴봐주고.' 그러시더라니까요. 작은아버지가 저한테 다정한 게 처음

이어서 진짜 놀랐다니까요. 아니나달라요. 사람이 변하면, 아니, 그게 돌아가시기 전에 맺힌 거 풀고 가시려고 그랬나봐요."

남편은 맺힌 거 풀고 갔는지 모르겠지만, 기분은 양돈질부에게 맺힌 것이 하나도 풀리지 않았다. 이 사람은 제가 한 짓을 전혀 기억하지 못하는 겨. 그러니 하나도 안 미안한 표정을 짓고 볼 때마다 생글생글 곰살맞게 굴지.

남편 묘지 위에 호랭이산은 범골 김씨네 가산이었다. 첫째 시숙은 시아버지의 첫 아내에게서 난 독자였는데 철들 무렵 부친과 의절했다. 시아버지의 두번째 아내—생존했다면 기분의 시어머니가 되었을 분—가 낳은 7남매의 맏이 둘째시숙이 범골 김씨의 대주가 되었고 호랭이산을 물려받았다.

거창한 이름이 무색하게 뒷동산 수준이었다. 더 높은 역경산으로 이어지는 윗부분은 제멋대로 자란 소나무들이 빽빽했다. 둘째시숙네 집 쪽으로는 대나무 밀집지였다. 삼면의 산기슭은 둘째시숙이 보릿고개 시절에 심어놓은 밤나무 30여 그루의 차지였다. 밑자락은 개간한 밭뙈기들이 에둘렀다.

둘째시숙은 남편이 결혼할 때 개간지 4백 평을 떼어주었다. 남편은 처음부터 그 밭을 기분의 명의로 해주었다. 보리를 심었다가, 수박을 재배했다가, 두충나무를 심었다. 두충나무 숲의 절반은 다시 밭이 되었고, 일부는 남편 산소가 되었다.

남편은 밭 끝머리 서낭터의 상수리나무를 그예 불태웠다.

불탄 자리에서 소나무 한 그루가 자라나더니 제법 기이한 자태가 새 서낭나무 같았다.

기분 밭의 소박한 변천에 견주면, 호랭이산의 변동은 대하 드라마였다.

8남매를 둔 둘째시숙의 차남은 출중하게 공부를 잘했다. 대도시 일류 상업고를 다녔고, 이름난 대기업에 취직했다. '개천에서 난 용'이었다. 집안뿐만 아니라 범골의 자랑이었다.

향토에서 출퇴근하며 군복무를 때우는 청년들은 근무 끝나고 술 처마시고 놀아나는 게 일이어서 똥방위, 술방위로 불렸다. 직장 다니다 온 청년들은 미래도 보장되어 있겠다 18개월짜리 장기 휴가 받은 셈 치고 신나게 즐겼다. 유다르게 일류조카는 퇴근하기가 무섭게 농사 일거리를 찾아다녔다. 밤에도 농사 공부를 했다. 〈농민신문〉과 〈새농민〉만 봐도 박사 소리를 듣는 동네서 『축산』『양돈』『과수·화훼』『기계영농』『새마을영농』 같은 책을 붙잡고 살았다.

서울 직장으로 돌아갔던 일류조카는 6개월 만에 낙향했다. 귀농이란 개념도 없던 시절이다. 동네 청년들이 서울로, 대도시로 떠나는 것만 봐왔다. 잘나가던 대기업 사원의 귀향은 당최 이해하기 어려웠다.

"갸가 미친 거 아녀? 그 좋은 직장을 때려쳐불고, 왜 돌아왔댜?"

일류조카는 뒷동산을 벌목했다. 잡스러운 나무는 물론이고 소나무 밤나무까지 깡그리 베어냈다. 집 뒤 대나무 숲과 맨 꼭대기의 소나무 한 그루만—영험하게 생긴 덕을 보았다—무사했다. 덕분에 그해 겨울엔 산 없는 동네 사람들이 깊은 산으로 나무하러 다니지 않아도 되었다.

포클레인이 올라가 며칠을 들쑤셨다. 호랭이산은 말끔한 민둥산으로 탈바꿈했다.

새로운 일꾼들이 왔다. 밑자락을 따라가며 쇠기둥을 박고 철책을 둘렀다. 동네 아이들 운동장을 만들어주려고 하나? 모두 궁금해 환장했다.

눈이 잘못되었나 비벼보았다. 언덕배기에 젖소들이 있지 않은가. 시커멓기도 하고 하얗기도 한 젖소가 열댓 마리나 있었다.

시숙 대문 앞에는 '범골목장'이라고 적힌 나무 간판이 붙었다. 한우만 보던 사람들은 유다르게 생긴 젖소들이 신기했다. 홀스타인 젖소는 울음소리도 달랐다. 한우가 '움머어' 하고 운다면, 젖소는 '큼무르'하고 울었다. 울음소리의 차이는 환청일 수도 있겠지만 젖통은 확실히 달랐다. 젖소 젖통은 '남산만했다.' 젖소 젖통에 비하면 한우 젖통은 없는 거나 마찬가지였다. 그 우람한 젖통에 고드름처럼 매달린 네 개의 젖꼭지는 하나같이 우뚝하고 꼿꼿했다.

"큰 공부 하고 큰 기업까지 다닌 사람이 다르긴 달러유. 뭣이냐, 스케일이 달러. 워칙히 이 촌구석서 젖소 키울 요량을

다 했을까. 우리 같은 것들은 꿈도 못 꿀 대사업 아니겠슈. 어르신은 신났네유. 자식이 떼돈 버니 얼마나 신나유. 만날 우유 두 공으로 먹구유."

둘째시숙은 시큰둥했다.

"나 먹을 우유가 어딨나? 집에서 억지로라도 한 번 젖을 우유로 만들어 먹으려면 얼마나 복잡스런 과정을 거치는지 알고나 하는 소린가. 않느니 죽지."

일류조카는 영농 후계자가 되었다. 후계자가 먼저 되고 젖소를 키운 건지, 젖소를 키워 후계자가 된 건지 정확하지 않다. 암튼 박정희를 이어 새로 대통령이 된 대머리는 농민을 위해 등장한 구세주처럼 떠들어댔다. 부정 축재자들에게 환수한 돈을 농사꾼들에게 나눠주겠다는 것. 일환이 영농 후계자였다.

큰애가 남편에게 물었다. "영농 후계자가 무슨 벼슬이래유? 아버지는 되게 훌륭한 농사꾼인데 왜 후계자가 못 된 거래유?"

"빛 좋은 개살구여. 농사꾼이 그냥 농사꾼이면 되지, 그런 쓸데없는 게 돼서 뭐할 겨. 박통 때 새마을지도자처럼 권력이 있는 것도 아니고."

남편은 초연한 척 말했지만, 나이 제한에 걸렸다. 20대의 혈기 방장한 청년들만이 후계자라는 영광스러운 칭호에 도전할 수 있었다. 육경면에서 농사를 짓겠다는 청년들이 얼마나 있었는지는 모르겠지만, 여러 경쟁자를 아우른 것이다. 둘째시숙은 동네잔치 안 벌이냐는 축하 인사를 무수히 받았다.

둘째시숙은 탄식했다. "그게 암것도 아니더라구. 1인당 오백만 원씩 연 5% 이자로 5~7년간 융자해준다는 겨. 그게 전부랴. 그냥 주는 것도 아니고 빌려주는 걸 갖고, 대단한 시혜라도 베풀어주는 양 떠들고 자빠진 겨."

젖소조카는 둘째시숙의 논밭을 담보로 농협 대출도 크게 받았지만 태부족이었다. 자식 이기는 부모 없었다. 시숙은 똑똑한 아들이 똑똑한 말로 졸라대자 논밭을 팔아주었다.

천망태 노인을 능가할 술주정뱅이로 한창 유명세 떨치던 셋째아들 해병조카가 포부를 밝혔다면 들어볼 것도 없이 개소리한다며 술이나 작작 처마시라고 타박했을 테다. 공부가 깊고 넓고 세상 물정에도 밝고 행동거지가 방정한, 무려 대기업 사원이었던 둘째아들의 계획에는 야단치기는커녕 말리는 말 한마디 제대로 할 수가 없었다.

시숙은 답답함을 남편에게나 털어놓았다.

"옛말이 틀리지를 않구먼. 머리 든 자식은 내 자식이 아니라더니. 이건 아닌 것 같여. 여기가 대관령도 아니고 무슨 우유를 짠다는 겨. 논밭 판 거는 하나도 안 아까운디, 산이 갑갑하구먼. 그 산이 어떤 산인데 그 산을 소똥밭으로 만든다는 겨. 자네가 조카 한번 말려보면 안 되겠나."

"일류조카가 저 같은 무식쟁이 말을 듣겄슈. 워쩌겄어유, 자식이니께 믿어봐야지."

다른 자식들이 가만히 있지 않았다. 누구는 주고 누구는 안

주나? 나머지 자식들이 쉬지 않고 찾아왔고 전화했다. 텔레비전이 갑자기 전국민화되었듯이 전화도 갑자기 전국민화되어 촌구석도 전화 없는 집이 없었다. 전화받다가 지친 시숙은 건넛마을 안골 이장집에만 전화가 있던 옛날을 그리워했다.

"나 죽을 때 되면 어련히 나눠줄 텐데, 왜들 그런다냐! 전화통을 쳐다보기만 해도 가슴에 천불이 이네."

둘째시숙은 나머지 논밭을 아들딸 구별하지 않고 공평하게 나눠주었다. 나름대로 알짜배기 땅부자로 이름을 날렸던 체면에 칠순 넘어 남의 논을 소작할 수도 없고, 젖소똥 치워줄 만큼 관대하지도 못하고, 시숙은 막걸리만 늘었다.

원래 게으르고 나태한 사람은 평생을 게으르고 나태해도 자연스럽게 늙어갈 수 있지만, 천성이 부지런하고 땀 흘리기 좋아하는 사람은 게으르고 나태해지면 별안간 삭아버리기 마련이다. 둘째시숙은 무서운 속도로 쇠했다.

450만 원은 오늘날에도 큰돈이다. 한 학기 대학교 등록금이다. 좀 허풍을 떨자면, 40년 전 450만 원은 오늘날의 4500만 원의 가치가 있었을 테다. 범골목장에는 마르지 않는 돈꼭지가 달린 450만 원짜리가 열댓 마리나 있었다.

1983년, 젖소값이 우박 떨어지듯 했다.

뭘 모르는 사람들은 소젖 팔아서 떼돈 벌어놓지 않았느냐고 했다.

짐승값은 갑자기 오르거나 갑자기 떨어지는 널뛰기 성질을 지녔지만, 사룃값은 절대로 떨어지는 일이 없었다. 외국에서 고가로 들여온 귀하신 몸이 토종 소보다 못한 가격으로 뚝 떨어졌지만, 사룃값은 꿋꿋이 오르기만 했다.

반면에 젖값은 떨어지기만 했다. 학교마다 우유를 급식하고 온 국민이 우유 안 먹고는 생활이 불가능한 그런 세상이 오니 낙농은 무조건 돈 버는 영농이다. 농정 당국이 대대적으로 캠페인을 펼친 보람이 있어 젖소가 넘쳐났다. 우유회사들이 아무 젖이나 안 사 갈 정도로 젖이 남아돌았다. 우유 소비가 줄거나 우유에 대장균이 있느니 없느니 뉴스가 나면 아예 사 가지도 않았다. 조카부부는 피 같은 젖을 그냥 버려야 했다.

온 국민이 그달엔 우유만 먹고 살았는지 젖이 모자랄 정도로 귀한 때가 있었다. 그러자 농정 당국은 기다렸다는 듯이 외국에서 젖을 농축한 전지를 수천 톤씩 수입해 왔다. 국민이 아무리 우유를 진탕 마셔도 낙농인은 돈을 벌 수가 없는 팔자였다. 조카부부는 소젖 팔아서 떼돈을 번 게 아니라 사룃값 대느라 빚만 늘어갔다.

젖소값이 돼지값과 비슷해지자 젖소조카가 실패했다는 것을 확실히 알 수 있었다.

"완전히 상투 잡았구먼. 가장 비쌀 때 사서, 바보 된 겨."

"젊은 사람이 아는 것 없이 꿈만 거창했지. 이 촌구석서 젖소가 될 일이여. 헛똑똑이 아들이 지 애비가 평생 일군 재산을 몽땅 말아먹은 것이제."

젖소조카는 세 해 만에 낙농 사업을 접었다. 젖소들은 한 마리도 남김없이 떠났다. 젖이 잘 나오던 젖소와 송아지들은 끝까지 버텨보겠다는 다른 낙농업자에게 팔려 갔고, 젖도 시원찮게 나오는 소들은 도살장으로 갔다. 조카의 참담한 실패는 여러 계절 삼동네 사람들의 말안주로 씹어졌다.

별안간 토종 소값이 폭락했다. 역사에 기록된 1985년의 소값 파동이다. 농가의 재산 1호, 개천의 미꾸라지가 서울 가서 용 같은 대학생이 되도록 도왔던 소, 그 소의 가격이 하루에 수십만 원씩 떨어지더니 개값이랑 비슷해졌다.

물론 사룟값은 떨어지지 않았다. 젖소조카가 대나무 숲에 숨어 농약을 들이켜려던 심정을 토종 소 키우는 사람들도 맛보게 되었다.

일가친척은 물론이고 동네 사람들까지 젖소조카를 끌탕했다. 후계자가 절망을 이겨내지 못하고 스러질까 측은히 지켜보았다. 후계자는 속은 어떨지 몰라도 겉으로는 아무 일도 겪지 않은 사람처럼 밝게 일어섰다. 포클레인 두 대를 불러와 젖소가 뛰놀던 땅을 마구 파헤쳤다. 흙더미를 이쪽으로 저쪽으로 밀고 다녔다. 폭이 좁은 긴 밭 같은 게 층층이 생겨났다.

조카부부는 띄엄띄엄 구덩이를 파고 묘목을 심었다. 어린 나무는 은근슬쩍 자랐다. 3년이 흘러, 한바탕 꽃잎을 흩날리더니 사과가 열렸다. 조카부부는 젖소부부에서 과수부부로 변신했다.

과수질부는 서울 여자였다. 사람들은 기꺼이 시골로 시집온 서울 여자를 기이하게 여겼다. 요즈막에도 동남아시아 같은 먼 데서 오는 여자는 있어도, 한국 여자가 시골로 시집오는 일은 막장 드라마에서도 보기 힘들다. 당시에는 서울에서도 시집올 만큼 시골이 비관적이지만은 않았던 것일까.

과수질부는 과수조카만큼이나 지식이 깊고 교양이 높았다. 가정 형편상 대학은 못 다녔지만 서울의 유명한 인문계 고등학교를 나왔고 사전 만드는 출판사에서 오래 일했단다. 1년 만에 동네에서 가장 말 잘하는 여자가 되었다.

"너희들이 시골에서 자란 것은 큰 행운이란다. 경이를 자연스럽게 겪으니까."

아이들에게 한 말이었는데, 기분도 생전 처음 들어보는 고상한 말이었다.

과수질부는 과수조카만큼이나 부지런하고 낙천적이었다. 젖소를 키울 때는 젖냄새가 났다. 사과를 키울 때는 달큰한 사과냄새가 날 때도 있었지만, 대개는 농약냄새를 풍겼다.

과수원은 툭하면 농약을 쳤다. 논바닥에 치는 것보다 세 배네 배 뿌렸다. 바람을 탄 농약은 과수원을 머리처럼 이고 사는 기분네와 공주댁네로 날아왔다.

오히려 둘째시숙네는 농약의 피해를 덜 받았다. 과수조카는 울타리 같은 대숲만은 손대지 못했다. 시숙은 대숲을 자신의 목숨처럼 지켜냈다. 젖소들이 떠나고 과수원으로 변한 뒤에도 대나무들은 울창하게 그 자리를 지켰다.

대나무 같은 보호림도 없이 기분네·공주댁네는 고스란히 농약을 뒤집어쓰고는 했다. 과수조카는 죄송스러워했지만, 과수질부는 농약 바람이 친척—공주댁의 윗동서가 과수조카의 큰누나(기분에게는 당골조카)였다—들의 코를 자극하고 신경을 예민하게 만드는 것을 전혀 모르는 척했다.

과수부부는 공사가 분명했다. 동네 사람이라고 일가친척이라고 한두 개 더 주고 5백 원 깎아주고 그딴 식으로 장사했다가는 성공할 수 없다는 것을 잘 아는 부창부수였다.

과수원은 일손이 무시로 필요했다. 범골과 시경리 사이에 과수원이 또 있었다. 범골 아낙네들은 그 과수원 전속 일꾼이나 마찬가지였는데, 범골에 범골 사람의 과수원이 생긴 것이다. 여인들은 동네 과수원으로 일터를 옮겼다. 과수질부는 동네 사람이라고 특별 대우는 없었다. 이전 과수원과 똑같은 품값을 줬고 똑같은 간식을 줬다. 일은 더 빡세게 시켰다. 일꾼이 실수했을 때 잔소리도 더 심하게 했다.

작은어머니라고 봐주지 않았다. 기분은 조카네 과수원에서 일하고 온 날 한숨을 푹푹 내쉬었다. "사과 하나 잘못 땄다고 그르케 지청구허면 내 체면이 뭐가 되냐. 그래도 내가 지 작은어머닌데 동네 사람 앞에서 학교 선생처럼 따박따박 훈계를 해대니, 아이구 창피해."

"안 가시면 될 거 아닙니까. 그런 소리 들으면서 왜 가셔요?"

"한 푼이라도 벌어야지. 가만히 있으면 돈이 나오냐?"

"다른 일을 하시면 되잖아요. 일꾼 못 구해서 다들 난리라면서요."

"그러게 말여. 오라는 데가 한두 군데가 아녀. 우리가 원래 다니던 과수원에서도 제발 다시 와달라고 날마다 전화. 우리 동네 아줌마들처럼 일 잘하는 사람들이 없다고 말여. 짚 공장에서도 부르고 한과 공장에서도 부르고, 몸이 세 개쯤 되면 돈 많이 벌 텐디."

"그러니까요, 왜 그런 일자리 놔두고 거기로 가시냐고요."

"다른 데로 가봐라. 고것이 가만히 있겠냐? 고것한테 얼마나 욕먹을라고. 게다가 나는 작은어머니 아니냐. 작은어머니 된 죄로 딴 데를 갈 수가 없는 겨."

다른 여인은 과수질부 몰래, 나중에는 공공연히 다른 곳으로 일하러 다녔다. 기분은 끝까지 의리를 지켰다.

아니, 딱 한 번 외도를 한 적이 있었다. 과수질부네서 봉지 씌우기를 하던 날 두 배 품값을 준다는 국민학교 동창네 채소밭일을 갔다. 과수질부는 밤에 찾아와 따졌다.

"돈이 아무리 좋다지만 다른 사람도 아니고 어떻게 작은어머니가 그러실 수가 있습니까?"

기분이 과수질부한테 섭섭한 일은 백 가지였다. 공책에 다 적으면 열 권도 모자랐다. 질부가 시숙모에게 섭섭한 일은 그 한 가지뿐이었던지, 그 일을 시도 때도 없이 끄집어냈다.

기분은 시내 제과점에서 출퇴근 청소를 하게 되면서 가기는 싫지만 아니 갈 수도 없는 조카네 과수원일로부터 해방될 수 있었다. 어쩌면 조카네 과수원에서 일하기 싫어 빵집 청소를 다녔던 건지도 모르겠다.

과수조카부부가 10년 동안 과수원 해서 얼마나 돈을 벌었는지는 저희나 알 것이다.

과수조카가 과수원을 돌연 접었다. 계획은 있었다. 마쟁이골 외딴 산기슭에 큰 돈사를 지었다. 꿀꿀대는 뚱뚱이들이 300마리로 불어났을 때 둘째시숙이 작고했다. 버려진 과수원 한쪽 면이 파헤쳐졌다. 선산 묘지가 조성되었다. 기분은 얼굴도 본 적 없는 시어머니 묘가 옮겨왔고, 그 밑에 둘째시숙이 묻혔다.

양돈조카는 돈사 옆에 집을 새로 지었다. 양돈조카네가 이사가고, 둘째동서가 서울로 떠났다. 범골 김씨네 종가는 빈집이 되었다. 마을의 대소사를 논하는 집회처였고, 가장 먼저 슬레이트 지붕을 올리고 시멘트 담벼락을 세우고 수도를 놓고 전화를 놓고 텔레비전을 들이고 그야말로 새마을운동의 상징이었던 집이었다. 아무도 살지 않는 집은 무시무시한 속도로 스러졌다.

과수원 농약으로부터 해방되었구나!

만세 불렀던 기분은 더 혹독한 냄새와 직면했다. 돼지똥냄새가 코를 찌르면 어김없이 똥차가 나타났다. 양돈조카의 똥

차는 구렁이처럼 기어들어와 호랭이산 버려진 과수원에 똥을 부렸다. 한때 젖소가 뛰어놀았고, 한때는 사과나무가 자랐던 호랭이산은 똥산이 되었다.

연전에 반반한 꽃을 날리고 탐스러운 열매를 매달고 자태가 영롱했던 사과나무들. 돼지똥거름으로 자라난 잡풀들은 사납게 번성하여 버려진 사과나무들을 삼켜버렸다.

자기네 산에 자기네 돼지똥 버리는 것이지만, 동네 사람들은 냄새에 환장했다. 맡아본 사람은 안다. 돼지똥냄새는 소똥냄새보다 열 배는 독하다. 똥산 바로 아래 기분네와 공주댁네는 날마다 초상집 같았다. 기분은 차라리 농약냄새가 그리웠다. 양돈조카가 산기슭 축사 근처에 분뇨수거시설을 갖추고서야 똥산의 시절이 끝났다.

양돈조카는 대나무 숲에 초강력 제초제를 듬뿍 뿌렸다. 백년 넘게 울창하게 버티던 푸르른 숲은 누렇게 되었다. 무덤 속의 둘째시숙은 아마도 슬피 울었겠지.

동네 사람들은 도깨비집 같은 둘째시숙네 폐가를 썹고는 했다.

"저 집 좀 워칙히 좀 했으면 좋겄어. 밤에 지나면 얼마나 무서운 줄 알어. 처녀귀신 한 다스는 숨어 있는 것 같당께. 내가 양돈헌테 저거 싹 밀어버리라고 몇 번이나 요청했는디 씩 웃기만 혀야. 지 안 산다고 동네 흉한 건 개의치 않네. 갸가 옛날부터 좀 이기적이여."

"돈이 없어서 그렇겠지. 집을 한 채 싹 정리한다는 게 말처럼 쉬운 일이 아니라니께. 돈 모아서 새집을 지을 거라는 소문도 있고."

"돼지가 오백 마리도 넘는다는디, 돈이 읎어? 무신 개소리여."

"돼지 키우는 사람들 늘 어렵다는 소리만 들었지 돈 번다는 소리 들어본 적은 없잖여. 구제역으로 고생하는 게 연례행사잖여."

"누가 살러 들어오겠지 놔둔 것인데 여태 안 들어온 것뿐이라는디. 집이라는 게 그려, 저 폐가도 말여, 누가 대강 치우고 고쳐서 살기만 해봐, 금방 좋은 집 같아지지."

"아버지 어머니가 살던 집인디 그걸 쉽게 없앨 수 있겠나."

제집을 자유로이 철거할 수 없는 법이 만들어질 거라는 소문이 돌던 어느 해, 양돈조카는 구덩이를 파고 폐가를 밀어 묻어버렸다. 이제 저곳에 큰집이 있었다는 걸 짐작할 수조차 없는 풀밭이 되었다.

남편이 무덤을 나와 허위허위 해장죽 숲을 헤친다. 각양각태 풀꽃길을 걸어 오른다. 우뚝 솟은 소나무 밑에 시어머니와 둘째시숙이 나란히 앉아 있다가 반긴다. 왜 벌써 왔어?

2013.10.13. 맑음

딸네 식구와 작은아들네가 왔어요. 들깨도 털고 은행도 털었지요. 수원 아들네는 무슨 일이 있는지 전화도 없네요. 건강하기만 하면 걱정이 없지요. 우리 영감은 언제 몸이 좋아질까요. 나는 아무것도 해줄 수가 없네요. 건강하게 오래 살아야 할 텐데. 나를 불안하게 하네요.

딸애가 집을 샀단다. 듣던 중 반가운 소리였다.
큰아들 집 살 때는 어지간히 애태웠다.

2010.10.14.
들깨도 베어서 널어놓고 콩도 꺾어 들이고 그럭저럭 하루가 갔지요. 저녁에 큰아들 전화 왔어요. 장손도 학교에 잘 다니고 다들 잘 있다네요. 집을 산다는데, 축하한다는 말을 못했어요. 당연히 많이 축하해야 하는데, 8천이나 되는 돈을 빚내서 이사한다니 이 부족한 부모는…… 그 많은 돈을 어찌 갚을 거며 그 돈을 갚으려고 얼마나 잠을 못 자고 신경쓰는 일을 많이 할까. 몸이 상하면 어찌할까.
머리 써서 먹고사는 직업. 얼마나 고민을 하는 직업일까. 아무것도 모르는 이 엄마는 걱정만 되는 거지요. 애들 아버지도 많이 걱정하시네요. 알아서 했겠죠. 너무 무리하지 말았으면 하네요.

9년 전에는 모든 게 처음이라 그렇게 애태웠다. 며느리도 처음, 사위도 처음, 아들이 집 사는 것도 처음. 작은아들 결혼 늦는 것도 애태울 일이 전혀 아니었다.

하지만 계속 걱정이다. 이젠 안다. 자식 걱정은 죽는 날까지 끝날 수 없다는 것을. 그 걱정을 혼자 한다, 혼자. 남편과 함께 해야 걱정하는 재미라도 있는데, 혼자 하니 아무 재미가 없다.

2013.10.14.

남편, 김밥이 먹고 싶대요. 시내에 가서 재료도 사고 김도 사고 생선도 사가지고 왔지요. 너무 비싼 생선값. 안 사면 밥상이 부실하고 사 먹으면 생활비가 너무 들고 막막하지요. 오후에는 방망이로 들깨를 털고 분주한 하루가 흘러갔습니다. 말린 팥도 담가두고 대추도 담아 오고 요새는 가을이라 바쁘지요.

큰애가 마감 못한 원고가 있다며 낑낑댔다.

"뭘 쓰는데 그리 어려워하나?"

"불교 얘기를 써야 하거든요."

"부처님 얘기 쓰는 겨?"

"그래야겠죠?"

"니가 부처님을 알아?"

"잘 모르죠."

"그런데 어찌 써?"

"그러게요……. 저어기 성주사지 아시죠?"

"성주사지? 탄광면에 있는 절터? 알지."

"그 성주사(聖住寺)가 낭혜(郎慧) 국사(國師) 무염(無染) 스님이 중창한 절이었잖아요. 다 없어지고 낭혜화상백월보광탑비(朗慧和尙白月葆光塔碑)만 남았지만."

"그래서?"

"그 무염대사님 얘기를 한번 써보려고요. 위인전처럼. 좀 들어보실래요. 시작 부분."

"그래 한번 들어보자."

"부처 혹은 석가모니는 원래 '깨달은 성자'라는 뜻. 아주 옛날, 북인도 어느 소왕국에서 태어난 고타마 싯다르타. 그는 깨달았고 가르쳤다. 후학들이 그의 가르침을 전파한 것이 불교다. 언제부턴가 사람들은 깨닫기보다 깨달은 사람 부처를 믿기 비롯했다. 깨닫는 것보다 믿는 게 쉽기 때문일까? 깨달은 사람은 누구나 부처가 될 수 있었으나, 사람들은 오로지 깨달은 사람은 부처밖에 없다고 여겼다. 하여 언제부턴가 부처를 절대자로 추앙했다. 기독교인들이 예수를 신으로 믿듯이. 이슬람인들이 유일신 알라를 믿듯이. 심지어 부처가 태어났다고 전승되어온 날까지 기념했다. 그날이 초파일이었다. 초파일, 성주사는 인산인해를 이루었다. 무염대사는……"

이게 대체 뭔 소리지?

"큰애야, 부처님이 별로 안 좋아하실 것 같다."

"왜요?"

"뭐랄까, 좀 불경스러운 것 같다. 우선 '님' 자를 하나도 안 붙였잖아, 부처님, 예수님, 알라님 해야지. 그리고 또 뭐랄까. 나무아미타불 관세음보살."

기분은 부처님 계신 곳을 향해 합장했다. 큰애의 불경스러움을 용서하소서. 애가 50이나 먹고도 아직 철이 없습니다. 감히 부처님을 아는 척하다니요.

기분은 평생 '병과 싸우며 부처님께 비손하며 조상님께 매달리며' 살았다. 이젠 조상님께는 매달리지 않을 테다. 왜냐고? 남편을 데려갔기 때문. 정녕 조상님이 계신다면 남편이 그리 허무히 가지는 않았을 거다. 인제 부처님밖에 없다. 믿고 의지할 분은.

두 번 더 자살하려고 했을 때 기분을 살린 건 부처님이었다. 거짓말 같은 얘기지만 부처님이 나타나서 야단쳤다. 살라고, 살아야 한다고.

남편은 1980~81년 동네 반장일을 맡아봤다. 기분은 반장마누라 하느라고 덩달아 분주했다. 남편 대신 돈 받으러 다닌 게 한두 번인가. 남편은 '반장 일지'를 썼었다. 책으로 꽉 찬 컨테이너 청소하다가 큰애가 아버지의 유품이라고 따로 챙겨둔 '반장 일지'를 보았다.

일지는 일지, 삭막해서 못 읽겠다. 그 반장 일지 마지막 장

뒷면에 생뚱맞게 일지 같지 않은 글이 적혀 있었다.

아버지!

철부지 이 자식 키우지도 못하시고 가실 바엔 머리나 채워주고 떠나시지. 돌대가리, 공부도 못해, 학교도 못 가, 두엄지게 멜빵에 몸을 달아 생일꾼이 됐지요. 할 줄 모르는 일을 하다 보니 매일 지청꾸러기, 낮엔 땅에 엎드려 울고, 저녁엔 하늘 보고 울며, 20년을 지냈습니다.

옛말에 부모복 없는 놈은 색시 복도 없다더니 그 말이 맞더군요. 동네 딴 친구들은 다 장가들고 다 아들딸 낳는데 이 자식은 누가 색시 준다는 사람이 없더군요. 스무 살, 스물다섯 살, 지금이야 걱정이 아니겠지만, 그땐 실망이 컸습니다. 아무리 지하에 계신다고 할지라도 불쌍한 막내아들 배필 하나 점지 못해줍니까? 아, 그땐 인연이 없어 그랬다고요? 예, 좋습니다. 늦게나마 연분을 찾아 노총각 신세 면하게 해주셔 감사했습니다.

저는 나이 어린 신부를 맞아 평생 행복하게 살리라고, 아버지 산소에 찾아가 무릎 꿇고 맹세하고 빌었습니다. 아버지, 생각나지 않습니까. 아리따운 막내며느리가 건강하게 살게 해달라고 애원하던 그 가냘픈 목소리, 그 목소리!

저에게는 무엇이 잘못되어 있습니까. 그 천신만고 끝에 맞이한 이 막내며느리 왜 이리 비리비리합니까. 아버지, 이 막낸 자식, 여편네 데리고 다니면서 얼마나 눈물을 흘리는지 아시겠지요. 잘못이 있으면 잘 가르쳐주세요. 아버지, 아버지, 인생의 운명이란 다 이런 건가요.

아버지 슬하에, 6남 2녀 8남매. 아버지께서 다 모셔 가고 큰누님, 작은형님, 막내 3남매 남았습니다. 아버지처럼 모시던 둘째형님 그렇게 예고도 없이 비참하게 모셔 갔습니다. 왜 이러십니까? 머지않아 이 막내아들에게도 벌을 내리시겠지요. 벌을 내리시면 달게 받겠습니다.

허나 아버지, 죄 없는 막내며느리 아닙니까, 참 불쌍합니다. 철없는 나이, 스물둘에 저에게 시집와 시부모 사랑 한 번 못받고 아버님 어머님 소리 한 번 못해보고, 며늘아가 소리 한번 못 들어보고, 고집쟁이, 고약쟁이, 구두쇠 남편 믿고, 투정한 번 않고, 호강 한 번 못 받아보고, 꽃다운 색시가 마흔 넘은 호박꽃으로 변해버렸습니다.

아버지! 세 손주는 저처럼 고아 만들지 말아야죠. 그래서 지금부터라도 아내에게 정을 듬뿍 주고 사랑하며 어린 자식들 잘 가르쳐 제 한을 풀어볼까 합니다. 아버지, 부디 미련한 이 자식 잘못이 있으면 잘 가르쳐주시고 양지해주셔요. 불쌍한 이 자식 지금껏 고생한 일들이 헛되지 않게 보살펴주셔요.

부처님한테는 죄송하지만, 남편이 부처님보다 더 의지한 큰형님(기분에게는 둘째시아주버님)이었다. 남편은 큰형님께 효도하는 게 낙이었다. 기분도 둘째시숙을 시아버지처럼 모셨었다. 둘째시숙도 기분을 친딸처럼 귀애했다.

아버지 같은 큰형님을 묻고 와서 절규하듯 글 쓰는 49세의 남편이 보인다.

장하시오, 내 남편. 자식들 기어이 다 대학까지 가르쳐 '한을 풀었'지요. 그치만 '아내에게 정을 듬뿍 주고 사랑'한 것 같지는 않네요. 당신은 사랑하고 정을 주었다고요? 표나게 했어야죠, 표나게.

2013.10.23. 맑음

남편이 요새는 정신이 좀 드는 것 같군요. 많이도 야윈 우리 남편. 토요일에는 치성을 드리기도 했지요. 병원에서 이상이 없다니 그 방법을 택한 거예요. 죽어가는 모습을 볼 수가 없기에 사정을 했습니다.

얼마나 죄를 많이 지었으면 요런 모습으로 구부러진 허리, 병신 다리, 퉁퉁 부은 얼굴 하고 살아갈까. 자꾸 눈물이 나네요. 엄마도 보고 싶군요. 저세상에서 이 부족한 딸 걱정하고 계시겠지요.

친엄마보다 더 의지했던 셋째동서가 꿈에 나타났다.

"왜 그렇게 불쌍한 모습이래유?"

허기가 져서 그래. 아들이 사장이고 부자면 뭐해. 걔들이 나

밥 챙겨주는 거 아니잖아. 걔들 얼굴도 못 봐. 멀리 사는 큰애는 멀어서 못 보고 같이 사는 작은애는 바빠서 못 봐. 새벽부터 일만 하니까. 밤늦게 일 끝나고 꼭 밖에 나가서 술 마시고. 쓴 감투가 많아서 늦게라도 꼭 가봐야 하는 자리가 많대. 그래서 내가 시의원 선거 나간다는 것을 그렇게 반대한 거네. 어쭙잖은 감투로도 그렇게 바쁜데 시의원까지 돼봐. 무슨 정신으로 살겠어. 아들이 내 말 들어준 건 그거 딱 하나고만. 선거 안 나간 거.

며늘아기가 밥을 찔끔찔끔 줘. 살 안 찌는 식단이라나. 며늘아기가 꼭 시아버지를 닮았어. 그 양반도 나 밥 많이 먹는다고 늘 구박했잖아. 그러게, 내가 뭘 많이 먹어? 그 많은 일 하려면 그 정도도 안 먹고 어떻게 일해? 성깔이 완전 시아비 판박이야.

내가 행복했을 때가 그 양반 죽고 작은며느리 얻기 전까지 몇 년이었네. 무엇보다 밥을 편안히 먹을 수 있었어. 많이 먹건 적게 먹건 뭘 먹건 내 마음대로였으니까.

이게 뭔가 호박죽인가? 참 맛있네. 만날 오고 싶지. 들키면 며늘애한테 혼나네. 저번 막내서방님 생신 때 밥을 세 그릇이나 먹었다고 집에 가서 되게 지청구 들었어. 창피하다, 근천스럽다, 누가 굶기냐, 어쩌나 갈구던지. 소식해야 한다는 겨. 늙은이가 많이 먹으면 병난다고. 틀린 말 아니고 백번 지당한 말이지만 왜 그냥 서러울까.

소식해서 얼마나 더 오래 산다고 마음껏 먹지도 못하냐고 동네 여편네들도 미워. 내가 조금만 며느리한테 섭섭하단 얘기 비치면 며늘아기한테 고대로 일러바치고, 아, 얄미운 사람들.

죽으니 참 한갓지네. 죽을 때는 그렇게 억울하더니, 죽으니까 시원하네.

자네는 절대로 며느리랑 같이 살지 말게. 며느리랑 같이 살아서 행복한 여자를 내가 하나도 못 봤네. 나랑 동무로 지내는 귀신들이 죄 며느리랑 같이 살다가 복장 터져 죽은 여인들이야. 어떤 며느리가 굴러들어오든 절대로 그 며느리랑 한 지붕 밑에 살면 안 되네. 왜 여자는 며느리만 되면 독해지는가. 왜 여자는 시어미만 되면 머저리, 어리보기가 되는가. 왜 시어미, 며느리는 같이 살기만 하면 골이 깊어지는가. 백 번 살아도 알 수 없는 조홧속이겠지. 그러니 그런 말이 있는 게지. 여자의 웬수는 여자다.

죽어도 허기는 가시지를 않는구먼. 먹다 남은 밥 좀 없나? 나는 자네 밥이 제일 좋아. 자네는 손이 커서 항상 푸짐하잖아.

2010.10.28.

시내 나가 목욕하고는 체중을 재보았지요. 44kg. 많이 말랐어요. 늙어서 마르니 보기에도 처량해요.

오후에는 둘이서 짚을 묶으려고 들어갔어요. 경운기에 가득 싣고 오는 중에 경운기가 논둑에 서고 말았지요. 일흔이란 나이가 말해주는지 영감 많이 힘들어해요. 죽는 신세가 낫겠다고, 이렇게 살아서 무슨 소용이 있느냐고, 신세한탄하네요.
저도 기운이 부쳐 일하기가 힘들어요. 그래도 의지할 데가 없
으니 노력해야겠지요.

자식들이 살기가 팍팍하니 우리가 노력해서 살아야만 되지
요. 박사조카가 와서 도와주고 작은아버지 위로하고 갔지요.
여보. 오늘밤 푹 쉬고 내일은 또 힘내서 일합시다. 우리 부지
런히 일해야 둘이서 먹고살지요. 두 식구 사는 것도 힘이 든
다고요. 세상이란.

열심히 운동을 다녔다. 혼자 오래오래 살겠다고 운동을 다
닌다. 아니지, 자식들한테 짐 안 되려고 운동 다니는 거다. 아
이들 짐 되면 큰일이다.

추수가 끝난 들판, 볼수록 남편이 그립다. 우리는 왜 그리
아등바등 살았을까. 소 먹이는 짚 거두려고 가으내 겨우내 뒹
굴던 논바닥. 기왕지사라지만, 이가 부득부득 갈린다.

그렇게 살 필요가 없었다.

남편이 떠난 지 벌써 반년이다. 세월 참 무정하게 빠르다.

돌연 차 한 대가 멈춰 섰다. 이장이다. 언제 봤는지 기억도
안 나는 양반이 하소연했다.

"죽겄슈, 죽겄소. 전 회장님이 안 계시니께 경로당이 망로당
이 되어버렸슈. 청소도 하나 안 해서 마구간이나 다름없어유.
회장님이건 총무님이건 문이라도 부지런히 열어줘야, 부녀방

아줌마들이 드나들면서 못 참고 걸레질이라도 해주실 텐데, 전화로 사정사정해야 열어주러 온다니, 어떤 아줌마가 가고 싶겠슈. 경로당도 안 되고 부녀방도 안 되고 폐가 꼴 났슈. 총무라는 양반은 암것도 모르는 사람이구, 회장님은 더 암것도 모르는 사람이라 일들을 하나도 못해요. …… 증말로 전 회장님은 대단하셨슈. 전 회장님 때는 총무도 없이 혼자서 그 잡다한 일을 소리소문 없이 잘도 하시니께 별로 할일이 없는 줄 알고 쉬운 줄 알았슈. 회장 총무가 있으나 마나라 이장인 내가 노인회장일까지 보는데 겁나게 할일 많고 복잡하데유. 면사무소도 그러더라고유. 전 회장님은 증말로 일 처리가 똑바랐다고요. 금메달감이라구. 제가 다 자랑스럽더라고요. 으휴, 가신 분 얘기하면 뭐허겄어유, 알아서 잘해봐야쥬."

회관이 개판 되었다는 소리에 뭐라고 대꾸하겠나. 잘코사니다 할 수도 없고. 아직도 억울하고 분하다. 이장을 비롯해 이 동네 노인네들한테 억하심정이 조금도 안 풀렸다.

그렇게 노인회장을 잘 한 남편이 죽고 겨우 사흘 됐는데, 노인회 장부를 달랬다. 발인날 그따위 얘기하는 게 경우여? 기다리면 어련히 알아서 갖다줄 것 아녀. 마치 죽기를 기다리기라도 했다는 듯이 다 내놓으랴.

2013.10.

부부의 인연은 하늘이 맺어준 거예요. 하늘이 내 인연을 잘못

맺어준 것 같아요. 사는 게 무엇일까요. 이제는 모든 걸 내려놓고 싶어요. 아무 걱정도 안 하고 일도 하지 않고 망가진 내 몸도 보지 않고 그대로 연기처럼 사라져버리고 싶어요. 자식들에게 짐도 되지 않게. 이대로 살다보면 자식들한테 짐이 될 거예요.

기분에게 소원이 있었다. 남편 노인회장 세번째 임기가 끝나면, 마을 회관 앞에다 20만 원짜리 화환을 세워놓는 거였다. '9년간 수고하셨습니다'라고 크게 써서. 큰아들, 작은아들 이름으로다. 동네 사람이나 자식놈이 그런 거 챙겨줄 주변머리가 아니니 아내라도 챙기려고 했다.

남편이 7년간 경로당에 얼마나 헌신을 했나. 또 열받는다. 공로비는 못 세울망정 사후 감사패 정도는 해줘야지. 죽어도 경로당 안 가기로 맹세했지만 감사패 대신 받으라면 기꺼이 가겠다.

이장이 징징대던 소리, 곱씹을수록 꼬시다. 남편이 얼마나 잘했는지 증명해주는 소리잖아. 뿌듯하다. 에이, 덜떨어진 여편네야. 꼬실 게 뭐가 있냐.

남편의 마을방송 목소리가 들판에 울려퍼진다.

역경리 주민 여러분 안녕하십니까. 노인회장입니다. 방송 테스트중입니다. 노인회원 여러분 건강하세요. 감사합니다.

동지섣달 소 보듯

2010.11.1.

논둑에 심어놓은 밤콩을 거둬 방망이로 두들겨 털었어요. 소 저녁을 주고 혼자서 식사하고는 일찌감치 누워 있었어요. 저녁에 막내동생이 전화했어요. 쉬지도 못하는 언니가 안타깝다고, 몸조심하라고 신신당부하데요. 보내준 들기름을 미안해서 먹기도 부담된다고.

순 아프고 힘들다는 얘기. 예순셋의 기분은 과히 징징거렸다. 야, 올보다야 힘들었겠니? 그때는 팔팔한 남편이라도 있었잖아.

저간에 진짜 할일이 없다. 떨어지는 은행잎, 은행 보고 한숨 쉬는 게 일이다. 무고 배추고 다 안 돼서 밭에 갈 일도 없다.

무 사태가 났다. 딸애는 시댁 걸 가져오고, 공주댁도 그간 얻어먹은 거 갚는다고 잔뜩 가져왔다. 올핸 별일로 공주댁네 무가 아주 잘됐다.

큰며느리가 추석 쇠고 처음 왔다. 동치미 담가주고도 무는 잔뜩 남았다.

모처럼 시내 갔다. 때 빼고 광냈다. 남편 무덤을 어떤 짐승이 자꾸 파놓는다. 두더지가 돌아온 듯. 여름에 효험이 있었던 두더지 쫓는 약도 사고, 큰며느리한테 돈도 부쳤다. 큰며느리한테 옷 한 벌 해준 적이 없다. 어제 본즉 10년 전에도 본 코트였다. 코트 한 벌 사 입을 형편이 못 되는가. 잠바라도 사 입으라고 생색낸 거다.

남편의 필적을 작심하고 살펴보았다.

소를 결사적으로 키운 1988년도부터 매년 노트가 있다. 별거 없다. 농사 메모, 수입—은 거의 없지만—및 지출 내역, 짐승 사고판 명세, 소 인공수정한 날짜, 짐승 예방접종 일지……. 숫자만 가득하고 읽을 만한 문장은 보이지 않는다. 참 꼼꼼히도 적어놨다. 문득 궁금하다. 올해도 썼을까. 2019년 것을 찾았다. 남편이 항암주사 맞기 위해 입원하고, 방사선치료 다니던 3·4·5월. 썼다. 돈 나간 것 꼬박꼬박 적어놓았다.

5.29. 비누 12000, 옛날엿 3250, 보리건빵 3300.

맛소금 1780, 치약 7900, 건전지 2700, 합 30930

5.30. 원광대 혈액검사 ct촬영. 빈혈주사.

돌아가시기 전날에도 썼다. 예초기도 돌렸는데, 글자 몇 개를 못 썼겠나. 으이구, 미련한 인사. 병원에 가둬놓고 꼼짝 못하게 했으면 살았으려나. 금시도 살아 계시려나.

이왕 날 잡은 김에 남편 총각 시절도 볼까. 32절 누런 갱지가 50장 정도 묶였다. 원래 이렇게 파는 공책이었는지 남편이 종이 얻어다 철한 것인지. 표지에 제목도 있다. '추억'. 애들이 그림도 그리고 글자도 그려놨다.

한자도 아닌데 알아먹기 힘든 글자들 천지다. 50여 년 묵은 펜글씨들이 오죽할까.

남편에게도 총각 시절이 있었다.

1963.5.30.

터져가는 봄빛은 젊은 가슴에 숨어 있는 희망을 느끼게 하는군요. 그러기에 별로 펜을 잡을 줄 모르는 제가 펜을 움직이게 되었지요. 저 같은 무딘 놈이 곰곰이 생각해봐도 자연의 봄은 인생의 봄을 마차처럼 재촉하는 것만 같아요.

민영씨가 도미하실 날도 머지않았으니까요. 그리고 제가 문학에 소질이 있거나 다른 취미가 있는 것도 아니지만 생각나는 대로 자유시를 한 구절 읊었어요. 그러니 웃지 마시고 읽어주세요. 자세한 것은 혜숙이한테 말했으니까요. 그러면 안녕히.

민영이는 누구고 혜숙이는 누구여? 여자가 두 명씩이나 나와. 혼인하기 전에 여자한테 편지 쓴 거 갖고 뭐라고 할 만큼 속 좁은 여자 아니다. 도미? 그 옛날에 미국 갈 여자였으면 대단한 여자였겠구만. 쳐다보지도 못할 여자를 쳐다봤어. 나무꾼이 선녀한테 눈독을 들였어. 이루어질 리가 있나. 안타깝네. 이런 훌륭한 여자 놔두고 미미한 여자랑 결혼했으니 얼마나 억울했을까.

1963.10.

민영씨 그간에도 안녕하오시며 무더운 날씨에 기숙사생활이 얼마나 고생되세요. 저도 민영씨의 염려로 건강한 가운데 솟아오르는 태양과 같은 내일의 희망을 상상하며 어제도 오늘도 그리운 사람만을 고이 재우지요. 하여간 저는 행복한 여성이야요.

민영씨 저번 편지는 일주일이나 늦게 들어왔어요. 무슨 일이나 생겼나 하고 며칠 동안 잠도 못 자고 제대로 못 먹었어요. 아마 그것이 사랑하는 사람과 멀리 떨어져 있는 여자의 마음인가보아요. 그러니 앞으로 답장하실 때는 꼭 시일을 지켜주세요. 제 말은 염려가 아니고 애원이에요. 그럼 이제부터 고

국의 재미나는 뉴스를 몇 가지 적기로 하겠어요.

헐, 민영씨한테 편지 쓰는 사람이 '행복한 여성'이라고? '여자의 마음'이라고? 이게, 뭐야! 굉장히 어지럽다. 그러니까 민영씨가 남자라는 건가? 미국 간 '민영'이가 남자고 편지 쓰는 '나'는 여자라는?

그럼 뭐야, 이 글, 김동창씨 당신이 쓴 거 아녜요? 분명히 당신이 쓴 거 맞는데. 이거 혹시 소설인가? 소설? 그럴 리가 없잖아. 당신 주제에 무슨 소설. 당신을 무시하는 게 아니라 20대 당신 처지가 한가하게 소설 나부랭이나 끼적거릴 신세가 아니었으니까. 혹시 뭐, 베껴 쓴 건가? 이런 영양가 없는 걸 왜 베껴 쓸까? 에이, 그만 볼란다. 대단한 연애편지라도 써놨나 했다.

2010.11.3.
우리 오빠 칠순이에요. 약식도 찌고 들기름도 짜고 친정에 가려니 입고 갈 옷이 마땅하지 않네요. 구시렁거리는 나를 보고 남편이 선보러 가는 것도 아닌데 아무거나 입고 가래요.

조카와 동행해 부천에 도착했지요. 오빠가 반가워하셨지요. 올케는 항상 편한 몸과 마음으로 잘 지내지요. 나를 보고 하는 말, 왜 허리가 굽었으며 할머니 되었느냐고. 그렇게 살아서 무슨 소용이 있느냐고.

내가 제일 싫어하는 말이지요. 나도 편하고 깔끔한 아파트에서 남편이 벌어다 주는 월급으로 부족함 없이 살고 싶지요. 그 꿈을 못 이루고 이다지 굽은 허리 휜 다리로 새벽 다섯시부터 쉴 새 없이 돌아다닌답니다.

자고 가라는 말을 뿌리치고 저녁식사를 마치고 집에 왔어요. 도착하니 10시 40분이었죠. 오막살이집이지만 평생 살아온 이 보잘것없는 집이 편하지요.

오라버니 칠순 때 그 먼 부천까지 갔었군. 오라버니와 남편은 동갑이니 2010년 그해에 남편도 칠순이었다는 거잖아. 일기 어느 구석에도 남편 칠순 때 얘기는 없다.

남편 귀빠진 날이 하필이면 한창 농사철이었다. 그러니 형수한테 구박받았지. 시어머니가 50이 다 돼서 낳은 시동생을 누가 예뻐해. 총각 땐 생일밥 한 번 못 얻어먹었을 겨. 불쌍한 사람, 그러니 생일을 그리 밝혔지. 남편 칠순 잔치 준비하느라 일기 쓸 정신도 없었나보다.

기분은 자기 칠순도 생각났다. 그날 남편이 축하객 앞에서 읽으려고 감사장을 준비했다. 좀 예쁜 편지지에다 쓰지, 달력 접어 뒤편에다가. 남편한테 무슨 닭살스러운 짓을 바라겠나. 감사장을 준비한 것만도 기특하지.

문제는 자식들이었다. 아버지 닮았는지 엄마 닮았는지 준비성도 없고 임기응변도 떨어져서는—준비를 안 했으면 아버지 안 좋은 표정 보고 딱 알아차렸어야지—아버지한테 감사장

읽을 시간을 안 준 거다.

2013.11.15.

곱게 물든 단풍잎이 가득 떨어져 비단길이 되었네요. 요새 가슴이 가빠요. 심장이 나빠진 건지. 늙은 남편이 아프니 내가 할일이 많아요. 배가 찌른다고 화장실에서 사는 영감. 젊은 시절 지지고 볶고 어렵게 살았으니 늙어서는 재미있고 건강하게 살고 싶었는데, 살아갈수록 벅차네요.

여러분, 드시는 중에 송구합니다만 잠깐만 주목해주십시오. 이기분 여사 고희연 축하 메시지를, 이기분 여사랑 48년 해로하고 계신 김동창 노인회장님께서 준비하셨답니다. 노인회장님 나와주시죠.

이렇게 소개를 딱 해주고, 그러면 남편이 짠 나가ㅡ주인공도 옆에 서 있어야 때깔 나겠지ㅡ멋들어진 낭독을 하고, 분위기 괜찮으면 아내를 위한 노래 한 가락 뽑았을 테다. 축하객들이 답례사를 요청하면 주인공도 잠깐만 뺐다가 못 이기는 척 한마디했을 테다.

그걸 하고 싶어 몇 달 전부터 준비하는 것 같았다. 고희연, 팔순연에 가보면 그런 걸 했다. 홀아비나 과부 잔치에서는 안 하지만, 두 분 다 강녕한 잔치에서는. 이벤트가 재미나고 감동도 되었다. 그런 특별 순서도 없으면 밥만 먹는 거잖아.

동네 사람들, 이 고장에 사는 일가친척들, 엄마 국민학교 동창 등등 150명이나 불러서 뷔페 차려준 건 감개무량했지만, 아버지한테 마이크 한 번 안 준 건 섭섭했다. 벼르고 별러 감사 글까지 준비했던 남편의 섭섭함은 오죽했을까.

남편도 그렇다. 자식놈들이 눈치코치가 없어서 파투나게 생겼으면 자기가 주도적으로 나서면 되잖아. 왜 꼭 자식놈들이 시켜주기를 기다려. 다른 때는 자식놈들한테 바라는 게 하나도 없으면서. 하여튼 술 취해서인지 편지 못 읽어서인지 계속 삐쳐 있고 애들은 지 아버지가 삐친 거 감도 못 잡고, 답답한 애들 집에 갈 때까지 얼마나 졸였던지. 가만있자, 그 감사장인지가 어디 있더라?

큰면조카며느리가 또 왔다 갔다. 작은어머니 '오늘도 무사히' 사셨는지 살펴보러 오는 건 황송한데, 예수님 타령 때문에 진절머리가 난다.

작은아버지 없으니 작정하고 전도하려 들었다. 한번 시작하면 '아리아리랑 스리스리랑' 끝이 없다. 무방비 상태다. 부처님만 알고 예수님의 '예' 자도 싫어하던 남편 생전엔 감히 부처님이 보호하사 우리집에 '아멘' 소리조차 들어올 틈이 없었다.

돌아가신 셋째동서, 저런 며느리랑 사니 어떻게 예수를 안믿을 수 있었겠나.

이삼십 년 전 고샅길에선가, 꿈속에선가 셋째동서와 딱 마주쳤다.

"다저녁에 어디 가셔유?"

"교회 간다네."

"교회유? 교회를 가신다구유?"

깜짝 놀랄밖에. 기분보다 열 배, 백 배 독실한 보살이 교회라니. 범골에서 시주가 제일인 셋째동서였다. 스님 탁발 나왔을 때도 제일 많이, 절에 불공드리러 가서도 제일 많이. 제일 넉넉한 살림이기도 했지만 부잣집이라고 다 시주를 듬뿍 하는 건 아니다.

"부처님이 알고 계셔유?"

"다닌 지 벌써 1년 되었어."

"진짜요? 어떻게 그리 감쪽같이 다니실 수가 있대요? 저만 몰랐나유?"

"절 가는 척 교회 간 거지. 영감 돌아가시고 의지할 데가 없어 절에 부쩍 다녔응께 아무도 의심을 않데. 또 절 가슈, 잘 댕겨오슈 노상 인사받았는데 실은 교회 댕겨오는 거었어. 오늘은 그냥 답답해서 말하고 싶었네. 자네한테만이라도. 막내서방님한테도 비밀로 해줘. 서방님이 알면 무슨 난리 칠지 모르니까. 며늘아기보다 무서운 게 막내서방님이야."

"왜 교회 다니시는듀? 부처님이 잘 안 해주셨슈?"

"부처님이 그럴 분이신가."

"스님이 섭섭하게 했나뷰. 절을 바꿔보시지. 부처님 모시는 스님이 참 중요한 것 같어유."

"며늘아기한테 전도당했어. 창피해서 아무한테도 말 안 했어. 동네 소문 안 낸다는 조건으로다 다니는 겨."

동서는 자초지종을 쏟아냈다.

"며늘아기가 교회 다니는 사람이었더라고. 내가 시어미 노릇 나섰다가 되레 발목 잡혔네. 며늘아기야, 우리 집안은 대대로 부처님을 믿었다, 너도 예수님 버리고 부처님 믿어라. 며늘아기가 바락바락 대들면서 예수님 못 믿게 하면 이혼하겠대. 어마, 무서워라, 네 마음대로 해라, 그랬지. 제사야, 큰아들네가 지내니까."

"어쩐지. 부처님 얘기만 나오면 도리질이라더니. 어째 들어오는 조카며느리마다 예수교일까요?"

"며늘아기가 나한테 전도를 하데. 나중에는 거의 협박이라. 교회 안 가면 집 나가겠대. 그놈의 집 나간다는 소리. 나간다고 했을 때 나가라고 했으면 내가 좀 배부르게 살았을까. 가끔 며느리 몰래 절에도 가. 부처님한테 교회 갈 수밖에 없는 사정을 말씀드렸지. 야단맞을 줄 알았는데, 부처님이 별로 뭐라고 않데."

"아휴, 부처님이 뭐라고 하겠슈. 사정이 그런디. 근데 왜 같이 안 다니셔유? 이왕 다니시기로 한 거 시어머니랑 며느리랑 다정하게 가시면 보기도 좋잖유."

"어떤 며느리가 시어머니랑 같이 다녀. 같은 집에 사는 것도 힘들어하는데. 며늘아기가 다니는 교회는 저기 개미벌교회인데 나는 시경리교회 다니래."

"그래도 자기가 먼 데 가고 시어머니는 가까운 데 보내네유."

"걔는 멀다고 지 남편이 태워다 줘. 나는 가깝다고 만날 걸어 다니고."

"…… 교회, 무섭지 않으셨슈?"

"처음엔 참 무서웠지. 호랑이 굴 들어가는 것처럼. 교회를 절이라 생각하고, 목사님을 스님이라 생각하고, 예수님을 부처님이라 생각하니 좀 편안해지데. 차차 괜찮아졌어. 교회나 절이나 도긴개긴이야. 예수님 말씀이나 부처님 말씀이나 그게 그거야. 부처님 얼굴 예수님 얼굴 흡사해. 찬송이나 염불이나 똑같아."

그러고 돌아가시기 석 달 전인가 "몸도 성찮으시면서 또 교회 가시는 거예유?" 여쭈었을 때 넋두리했다.

"그러게 어느새 20년을 다녔구만. 부처님인지 예수님인지 안 봐도 살 수 있지만, 교회 가면 먹을 걸 준다네. 간식을 줘. 집이 무섭기도 해. 교회가 제일 편안해. 교회에서 꿈도 안 꾸고 자. 집에선 자도 자는 게 아녀. 내가 교회서 졸기만 한다고 목사님이 전화했는지 막 혼났어. 그래도 단꿈 꾸려고 교회 가. 목사님 설교가 절에서 부처님이 불러주는 자장가 같아."

말이 되는 소리인가 했다.

기분이 평생 부처님을 믿었지만 뭘 깊이 알고 믿은 건 아니다. 노상 듣고 말하는 '나무아미타불 관세음보살'의 정확한 뜻도 모를 만큼 아는 게 없다. 절에 가면 그저 부처님께 신심으로 빌었을 뿐이다. 그치만 스님의 좋은 말씀을 새겨들은 것이 수백 번이고, 카세트테이프로 불경, 불교 노래, 저명한 스님 강의를 깜냥껏 귀동냥했다.

큰면질부가 예수님 말씀이라고 늘어놓는 소리, 동서 말마따나 부처님 말씀이랑 비금비금했다. 귀가 잘못된 걸까. 암튼 예수님을 부처님으로 바꿔 듣고 교회 가자는 소리를 절에 가자는 소리로 바꿔 들었다. 그래야 견디지, 그냥은 못 견딘다.

큰며느리가 천주교 신자라는 말 들었을 때 뒤로 넘어가는 줄 알았다. 며느리들한테 전도당해 죽을 때까지 예수님 믿은 둘째형님, 셋째형님이 막 사무쳤다. 셋째형님은 어쩔 수 없이 예수님 믿는 거라 며느리 몰래 부처님도 계속 믿었지만, 둘째형님은 부처님 완전히 버리고 예수님만 믿었다.

교회사람과는 달리 성당사람은 전도하려고 심하게 애쓰지 않는다는 말을 듣기는 했지만, 예수교는 예수교잖은가. 운좋게도 며느리는 날라리 신자였다. 성당도 어릴 때 다닌 거고 무종교나 마찬가지였다. '아멘'도 안 하는 애였다. 진심 감사했다.

며느리가 아니라 조카며느리한테 시달리게 될 줄이야. 작은어머니를 하나님의 종으로 인도하라는 사명을 받았다는 큰면질부를 어찌해야 할까.

기분은 습관적으로 부처님께 빌었다. 제게 힘을 주세요. 저는 부처님 한 분으로 충분해요.

2010.11.17.
겨울의 문턱으로 달려가네요. 겨울 준비도 거의 마치는 듯하네요. 김장도 하고 메주를 쑤어야겠지요. 대파 뽑고 무 다듬고 준비를 해야겠네요. 며느리 금요일에 온다고 했어요. 내가 준비를 해두어야 조금 수월할 거예요.

남편 없다고 김장을 안 할 수는 없지. 올해 큰며느리가 자주 내려왔다. 운전이 좀 힘들고 좀 위험한가. 김장하러 내려오라고 또 부르기가 저어됐다. 저번 전화 때 이번주에는 친정에서 담고 다음주에나 시간이 될 거랬다. 저는 친정에서 담뿍 할 테니 이번엔 어머니 먹을 것만 하겠다.
혼자 얼마나 먹겠나. 딸애랑 작은애랑 왔기에 후딱 해치웠다. 큰며느리에게는 김장 마쳤으니 내려오지 말라고 했다. 이번에 담근 거 택배로 부쳐줄 거라고.

2013.11.18.
어제 시제를 지내고 오늘까지 뒷정리를 했어요. 앞으로 2년을 더 해야 하지요. 큰며느리가 고생했지요.
더 병신 되어가는 내 다리. 인생의 무상함이 느껴지네요.

아무 일도 아닌 일에 자주 화내는 남편 보기 싫어요. 쳐다보지도 말하지도 않고 하루를 지냈습니다. 44년을 살고도 적응이 안 되는 남편, 앞으로 얼마나 살지 모르지만 아이가 되어가는 남편.

남편은 딱 2년만 더 시제답 짓겠다더니 결국 죽을 때까지 짓고 갔다.

시끄럽다. 개 두 마리가 판자때기 칸막이를 사이에 두고 어찌나 싸워대는지. 수캐가 훨씬 사납다. 두 녀석을 합방시켜줄까도 했었다. 그러면 좀 조용해지려나. 강아지들이 생겼을 때의 번거로움이 두려워 관두었다.

박사조카가 아직도 개 팔 의향이 있냐고 왔다.

"팔 수만 있으면 좋지. 저번에도 판형이가 팔아준다고 왔었는데, 사나워 못 데리고 갔어. 갸가 다칠까봐 그냥 가라고 그랬지. 개새끼가 워낙 지랄맞아야지."

"서울서 사람들이 내려왔는데 개를 찾데유."

망설였다. 항상 그랬다. 팔아버려야지, 없애버려야지 하다가도 같이 산 정이 있는데 어찌 파나 싶다. 팔아주려고 일부러 온 박사조카한테 안 된다고 할 수가 없다. 한데 어느 놈을.

박사조카는 수컷을 꺼내려고 한다.

"왜 수컷여?"

"서울 사람들이 거시기를 먹고 싶어해서. 그리고 요놈이 더

사납다고 하잖았슈? 왜, 암놈으로 해유?"

"아녀, 아녀. 개도 수놈이 먼저 가는 게 낫지. 그리고 암놈은 판형이네서 준 개라. 진돗개 혈통이라나."

멍멍이도 죽으러 가는 걸 알았는지 살벌하게 날뛴다. 박사 조카 물리는 줄 알고 파랗게 질렸다. 조카가 개 한 마리에 낑낑 대는 나이가 되다니. 조카는 기어코 쌀자루 속에 개를 집어넣 었다.

2013.11.27.

감기가 심해 병원에 다녀왔다. 파마도 했다. 이것저것 사서 또 14만 원을 썼다. 보기 싫게 부어 있는 얼굴, 휘어진 다리, 골다공증에 협심증 관절염. 병이란 병은 다 가지고 사는 나 다. 그래도 살겠다고 하루 세끼 밥 먹고, 간식 먹고, 텔레비 보며 감탄하고 울고 웃는다. 곱게 늙고 싶었는데 왜 이런 모 습이 되었을까요. 자꾸 눈물이 나요. 소리치고 싶어요. 무엇 을 잘못했기에 이런 죄를 받느냐고.

소주 한 잔 따라주었다.

"조카, 올해 칠순 아녀? 갑자기 기억나네. 저맘때 아녀? 잔 치는 했나."

"잔치했으면 숙모를 안 불렀것남. 어머니 돌아가신 해에 무 슨 잔치래유. 암것도 안 하려고 했는데, 자식, 동생들이 서울집에 몰려와서 조용히 밥이나 한끼 먹고 말았슈."

"암튼 고희 축하혀."

"축하할 것 어지간히 없네유."

박사조카가 쌀자루 속에서 발광중인 개를 오토바이에 싣고 떠났다.

저 개를 몇 년이나 길렀나? 7년, 10년? 하도 여러 개가 떠올라서 잘 모르겠다. 괜히 개한테 미안했다. 멍멍이는 오늘이 저 죽을 날이라는 걸 짐작이나 했을까?

2010.11.30.

아무것도 해놓은 게 없는데 어떻게 1년이 넘어갔을까. 총각무를 담갔지요. 며느리 한 통, 나 한 통 먹을 예정이에요. 간이 맞아야 할 텐데 모르겠어요. 어깨가 너무 쑤셔 병원엘 가야겠네요.

박사조카가 한 시간 있다가 10만 원을 들고 왔다.

"이 개는 내 개가 아니라 작은어머니 개요. 무슨 일이 있어도 10만 원은 받아야 듀. 깎을 생각조차 마슈.' 그랬더니 두말 안 하고 줍디다."

"고생했는데 5만 원은 조카 가져."

"내가 왜 숙모 돈을 가져유. 나 가유."

2013.11.30.

오후에 작은아들네가 왔습니다. 민재는 잘 먹고 잘 놀아요. 작은며느리를 본 지가 3년이 되어가는군요. 가사일에 너무 아는 게 없는 작은며느리예요. 하지만 저희 둘이 정답게 살면 되지요. 민재는 말을 배우려고 혼자 중얼중얼하네요. 곧 말을 할 거예요. 건강하고 씩씩하게 자라주길 빌어봅니다.

큰애가 전화로 뜬금없이 물었다.

"멧돼지 본 적 있으셔요?"

"아직 못 봤다. 역경산엔 새까맣게 돌아다닌다고 하더라."

"텔레비전 보면 시골보다 도시에 더 나타나는 것 같아요."

"갸들도 도시물이 좋은 거 아니냐? 촌구석에는 먹을 게 없으께 죄 도시로 간 게지. 멧돼지를 만나면 큰일 아니냐? 고것이 사람도 몰라보고 막 덤비는 짐승이라는디. 네가 여기 살며 엄마를 지켜줄 것도 아니고. 진짜 집까지 내려올지도 모르니께 멧도야지 타령 그만혀라."

2014.11.30.

한 장 남은 달력이 아리게 하네요. 생각하기 싫은 2014년이었어요. 5월부터 병원에 다녔고 두 번씩이나 입원했었습니다. 허리 수술도 못하게 되었다. 식탁생활해라, 의자에 앉아있어라, 여러 말을 병원에서 들었지만 실천에 옮기지 못하고 농사일을 하고 답답한 삶을 삽니다. 구식집에 농부이고 성품이 불같은 남편을 섬기지요.

혼자 남은 암캐가 짖지도 않는다. 수캐를 그리워하나. 교미만 못했을 뿐 두 녀석은 5년을 동고동락했다. 미운 정 고운 정다 들었을 텐데.

암캐가 밥도 안 먹고 마치 미망인처럼 힘이 죽 빠져 쭈그리고 있다. 미안하다, 멍멍아. 이미 넋이 되었을 수캐한테도 미안했고, 홀로 남은 암캐한테도 미안했다.

팔지 말 걸 그랬나. 두 놈이 치고받으며 으르렁대서 사람 사는 집 같았나. 아무 소리 안 들리니까 더욱 스산했다.

큰면질부한테 전화가 왔다. 개 팔았다는 얘기를 들었는데 적적하시면 강아지—홀로 남은 암캐의 손자뻘—한 마리 갖다주겠단다. 시끄럽다고 팔고 금방 다른 개 가져오면 얼마나 우스울까. 됐다고 했다.

2010.12.1.

무엇을 했을까요. 하고 싶은 일도 해야 될 일도 이루지 못하고 1년을 넘겼네요. 봄에 담가두었던 매실 엑기스를 빼고 항아리를 물에 담가놓고 화장실 청소며 자질구레한 일들로 하루를 보냈지요. 노인 회관에 술안주도 만들어주고 그렇게 저녁때가 되었지요.

팔려고 내놓은 소는 사 가지를 아니하고 만삭소는 직장이 밖으로 나왔어요. 송아지를 내놓아야 수술도 할 수 있대요. 쳐다보기도 민망할 정도로 아파 보여요. 사람이 저 정도면 아마 죽는다고 하겠지요. 짐승도 새끼를 위해서는 목숨을 각오해야 된다니. 나는 짐승만도 못한 엄마인가보지요. 자식을 위해 할 수 있는 게 없으니 말이에요. 한 시간이라도 빨리 새끼를 분만하고 건강해졌으면 좋겠어요.

기분은 꿈속에서 호들갑을 떨었다. 큰일났슈. 고등학교서 학부모 오랬대유.

으잉? 왜? 사고 쳤어?

그게 아니고 대학을 어디로 쓸 건가 학부모 면담을 한대유.

그려. 잘 다녀오고 잘 듣고 와.

내가 가라구유? 국졸이 선생님이랑 워칙히 얘기를 혀유.

자기가 무슨 할말이 있을 겨. 귓구멍 활짝 열고 선생님 말씀 새겨듣고 오면 되지.

당신이 가셔야쥬. 애 대학처럼 중요한 얘기를 저처럼 아무것도 모르는 여자가 가면 안 되죠. 당신이 나온 중학교 옆이 고등학교잖아유. 모교 방문하는 셈 치시고.

시끄러!

중학교라도 나온 당신이 가야 얘기가 통하지 않겠냐구유.

광산 빠지라는 겨?

가지 말까유?

왜 안 가. 가봐야지. 애가 대학에 갈 수 있는 실력인지 알아보고 와야지. 다른 사람은 몰라도 선생님은 알 것 아닌가벼. 선생님 말씀이 대학 갈 수 있는 놈이면 더욱 열심히 뒷받침해야지. 못 갈 놈이면 학교 당장 때려치우라고 해.

그니께 당신이 가야지요. 국민학교밖에 못 나온 제가 워칙히 교무실을 가유.

그럼 니가 탄 캘래? 선생님이 오라는디 안 가? 그러다가 대학 원서 안 써준다고 하면 네가 책임질 겨?

입고 갈 거나 있어야쥬. 그리고 빈손으로 가유. 남들은 봉투도 드린다는디 음료수라도 들고 가야 면이 설 텐디.

남편은 광부생활 25년 동안 숱하게 가불했다. 마지막 가불을 해 왔다. 옷 사고 남은 돈은 다 봉투에 넣어서 가지고 가. 음료수 갖고 되었어.

기분은 태어나서 제일 비싼 옷을 샀다. 목욕탕에 가서 때 빼고 광냈다. 목욕탕에서 고등학교까지 고작 3백 미터가 3킬로미터는 되는 듯했다.

구만리 같다는 말이 무슨 말인지 알겠구먼. 왜 이렇게 떨리는 겨. 혼인할 때보다 더 떨리네. 봉투는 봉투고 뭐라도 사서 들어가야지. 학교 앞에 이것저것 다 파는 문방구가 있었다.

박카스 한 박스 주셔요. 선생님 뵐라고 가는디 박카스 가지고 될라나요?

몇 학년 몇 반 선생님인데유? 고것이 선생님 따라 달라서유.

3학년 4반 이 아무개 선생님인듀.

복 받으셨네유. 그분이 원래부터가 별명이 청백리일 정도로 뭘 받는 걸 싫어하는 분인데다가 전교조나 마찬가지라 더욱 안 받으셔유.

전교조요? 그거 빨갱이 선생님들 아녀유? 뉴스서 엄청 뭐라고 하던디.

테레비가 원래 거짓말만 나오잖유.

큰애 담임은 자상한 큰오빠 같았다. 말투도 공손했다. 돈이는 계속 아무대 뭐과만 썼네요. 제가 선생생활 20년 만에 뭐과 쓰는 애는 처음 봤는데요, 여기라면 충분합니다. 그런데 아시겠지만 이 뭐과가 장래가 참 불투명한데 부모님이 허락하신 거지요? 학생이 가고 싶은 과가 확실하고 점수도 되고 부모님도 허락하셨고, 어려운 걸음 하시게 했는데 그만 가셔도 될 것 같습니다. 원서는 제가 잘 써드리겠습니다.

기분은 황송해서 머리를 바닥에 꽂을 듯이 숙였다.

교무실을 나온 기분은 수렁에서 나온 듯했다. 방금 일이었지만, 교무실에 어떻게 들어갔고 어떻게 선생님을 만났고 무슨 말을 들었는지 아득했다.

돈이 어머니!

에구머니나. 애가 있었으면 떨어졌을 테다.

이것 가지고 가셔요. 이런 거 받으면 큰일납니다.

아녀유, 겨우 박카스인듀.

안 가져가시면 돈이한테 맡기겠습니다.

남편이 퇴근하자마자 물었다. 뭐랴? 선생님이 뭐라셔.

궁금했나보네유. 당신이 나한테 먼저 말 건 게 처음인 거 알아유?

꾸다 꾸다 별 개꿈을 다 꾼다.

2010.12.7.

우리 부부는 밤을 꼬박 새웠지요. 두 마리 소가 송아지를 분만하고 세 마리 소를 옮겨 맸습니다. 아침에 직장을 항문 속으로 넣는 수술까지 받은 어미소는 혈액검사가 나오면 헐값이래도 팔아야 한대요. 쳐다보기도 안타까워요. 어미젖도 못 먹게 된 저 송아지를 어찌 키워야 할까요.

소를 40년 키웠으니, 별의별 소를 다 보았다. 사람 얼굴도 숱하게 잊어버렸는데 소 얼굴을 기억하겠나. 그치만 일기에 나오는 소는 기억한다. 기억이 안 날 수가 없다.

2013.12.11.

남편이 병이 났다. 일도 못하고 끙끙 앓는 바람에 온 식구가 비상 걸렸지요. 지금은 식사도 잘하고 술도 먹지 않고 건강하지요.

내 얼굴은 점점 보기 싫게 되어간다. 한심하네요. 고운 모습으로 늙어가고 싶었는데, 거울 보기도 싫다.

둘째동서가 나타나더니 읊조렸다.

자네도 알다시피, 내가 아들 넷 딸 넷이네. 첫딸은 막내서방님보다도 나이가 위지. 시어미랑 같은 해에 애를 낳기도 했지. 시어미가 막내서방님 낳고, 두 달 후에 내 첫아들을 낳았으니까.

고향 지킬 줄 알았던 첫아들은 일찌감치 서울로 가버리고, 서울서 회사 다니던 둘째아들이 젖소 키우겠다고 내려왔지. 그 양반 살아 있을 때는 시부모 대접을 받았는데 그 양반 돌아가시니 도리 없더군.

내가 둘째며느리를 얼마나 자랑스레 여겼는가. 서울서 고등학교 다닌 똑똑이라고. 농촌 총각이랑 결혼해준 만고에 보기 드문 신여성이라고.

겪으니 참말로 무서운 애더군. 자네도 겪어봐서 안다고? 그래, 자기한테도 몹쓸 짓 되우 했지. 시어미를 그따위로 안 애이니 만만한 시숙모한테는 오죽했겠나.

오죽 시달렸으면 내가 예수님을 다 믿었겠나. 안 믿으면 집 나가겠다는데 도리 없지. 셋째동서도 예수쟁이 며느리 들이는 바람에 교회 다녔다는 거 알지. 자네 며느리는? 천주교쟁이였는데 성당은 안 다녀? 천운이네, 천운. 굿 안 받는다고 한 거 가지고 뭘 그러나.

그 양반 돌아가시고 며느리가 제사 못 지낸다, 배 째라고 나오는데 미치는 줄 알았네. 막내서방님은 길길이 날뛰지, 지 마누라 무서워하는 둘째아들은 형한테 넘긴다고 하지, 서울 사는 큰아들네도 예수 믿는다고 못 지내겠다지, 다섯째서방님이 제사 안 모셔 갔으면 난 그때 벌써 속 터져 죽었을 거네. 그 양반 제사는 큰아들이 영정사진 올려놓고 묵념하는 것으로 땡이었지. 묵념 그만둔 지도 까마득해.

알다시피, 내가 둘째아들 딸 셋을 다 키웠네. 갸들이 젖소 한다, 과수원 한다, 지 애들을 쳐다보기나 했간. 내가 다 먹이고 놀아주고 챙겼네.

내 아들딸은 막 키웠네. 그땐 다들 그렇게 키웠지. 시어미가 돌아가시고 내가 집안 안살림을 도맡았으니 할일이 좀 쎘는가. 그래, 시누이랑 동서들이 도와줬지. 막내아들은 자네가 키워주다시피 했잖은가. 내 말이 그 말이야. 내 자식 키울 때 내 손으로 똥 기저귀 한번 빨아본 적이 없었는데, 환갑 먹고서 그 짓을 하게 되었으니 기가 막히지 않았겠는가.

자네밖에 하소연할 데가 없었지. 자네한테 부탁하기도 했지. 시어머니한테 잘 좀 하라고 야단 좀 쳐달라고. 자네가 조카며느리한테 말도 제대로 못해보고 외려 혼났지. 작은어머니가 뭔데 남의 집 일에 참견이냐고. 미안해, 미안해.

자네는 며느리랑 같이 안 사는 게 얼마나 큰 복인지 알 도리가 없을 거네. 며느리랑 아무리 사이가 좋아도 같이 안 살 때나 좋은 거야. 하루만 같이 살아도 사이 안 좋아져.

하고 보면 넷째동서가 난사람이네. 넷째동서는 꼬장꼬장해서 며느리를 휘어잡고 살았잖아. 같이 살던 장남네 지들이 못 견디고 서울로 도망가버렸잖은가. 안 쫓아간 건 또 얼마나 잘했고! 자식들이 아무리 꼬셔도 서울로 안 가고 그냥 혼자 살며 버티잖은가. 그러니 저렇게 혼자 당당히 잘사는 거야.

뭐 넷째동서도 갔어? 무덤이 어디여? 왜 만날 수가 없지. 살아서도 나랑 사이가 안 좋더만 죽어서도 나를 만나기 싫다 이건가?

2010.12.12.

우리 부부는 요즘 전쟁을 치러요. 큰 소는 죽을 쑤어 먹이고, 송아지는 우유를 먹이고. 내가 먹여보려고 애쓰지만 둘 다 잘 먹지를 않네요. 영감은 약값이며 사료대금, 수의사 출장비로 통장이 바닥이 되었다고 한탄해요. 나도 요즘 생활비통장이 비었지요. 소도 팔리지 않고. 빨리 둘 다 잘 먹고 건강했으면 하네요.

셋째아들이 모시러 왔을 때 참말로 좋았네. 고향이고 뭐고 피 말려 죽을 판 아니었나. 예수님한테 눈길 한 번 안 주고 평생 부처님만 안 자네 같은 사람들은 죽어도 안 믿겠지만, 예수님은 참말로 계시네. 그 증거가 셋째네. 내가 부처님 버리고 예수님 믿게 된 거 꼭 며느리한테 시달려서만은 아니네.

그 개차반이던 애가 형수한테 전도받아서 예수님을 뵙더니 사람이 개과천선했네. 그래, 그건 자네도 인정 안 할 수가 없지? 걔가 친엄마인 나보다 작은엄마인 자네를 더 따랐어. 자네 집에서 살다시피 했지. 그 착하던 애가 해병대 가서 완전히 변해버렸네. 엄청 맞고 엄청 패다가 돌아버린 게야. 제대하고 와서 갖은 개진상을 부렸네. 술만 처마셨다 하면 개가 됐어!

저도 믿을 수가 없대. 그때 지가 그랬다는 것이. 왕창 취해 자네 집에 가 개지랄을 떨었지. 막내서방님이 버릇 고친다고, 죽여버린다고 작대기로 팬 게 몇 번이던가. 그 양반은 도끼 들고 쫓아다녔네. 아마도 그 못난 놈이 자네를 여자로 좋아했던 거 아닐까. 그거 말고는 그애가 하필이면 자네한테 그런 지랄을 떨 까닭이 없는 듯해서.

뭐야, 그놈이 자네 뺨을 때린 적도 있었어? 맨정신은 아니었지? 참말로 미친놈이었고만. 그놈이 사죄했나? 기억을 못하는 것 같아? 나 죽기 전에 말했으면 내가 뒈지도록 패줬지.

암튼 그 진상을 예수님이 한순간에 바꿔놓았네. 딴 사람 됐어. 술을 한 잔도 안 마시는 거 있지. 예수님이 술을 못 마시게 한 것도 아닌데, 예수님한테 맹세했대. 죽을 때까지 안 마시기로. 진짜로 안 마시더라고. 사람도 완전히 바뀌어서 그 촌동네 늙은이들 종처럼 살더라니까. 번드르르한 교회는 돈 있고 빽

있는 목사나 가는 거고, 혼자 공부해서 목사 된 애가 개척교회 밖에 갈 데가 더 있어.

막내아들까지 목사가 될 줄은 참말로 몰랐네. 걔는 삐뚤어진 적도 없이 성실하게 잘 큰 애 아닌가. 그렇지, 그렇게 권투를 열심히 했는데 국가대표 못 되고도 별로 안 힘들어했잖나. 걔도 신학대학을 가더니 목사가 돼버린 것이야.

목사 두 아들이 짜기라도 했나, 애를 셋씩 낳았어. 두 집을 옮겨다니면서 애 여섯을 키웠지.

예수님도 못하시는 게 있네. 며느리들 싸가지는 고칠 수가 없어. 걔들도 애들 클 만큼 크니까 시어미 대하기를 예수님이 싸지른 똥 보듯이 하더군.

시어미가 잘하고 못하고 그런 거는 아무 상관이 없어. 며느리는 그냥 시어미가 싫은 거야. 시어미라고 며느리가 좋겠나? 다만 아들놈이 며느리 편인 게 문제야. 내 편은 무덤에 있고!

첫째며느리가 부르더군. 지 손자를 봐달라는 거야. 지 아들 며느리가, 그러니까 내 장손주가 맞벌이라 애를 어떻게 할 수 없다며 맡기고 갔대. 큰아들네가 산골짜기에서 개를 키우잖나. 서울 아니고 경기도 포천 어디였는데, 암튼. 거기서 한 5년 살았네. 증손자가 하나 더 생겨 몇 년 더 묵을 수 있었지. 증손자들이 클 만큼 크고 손자네가 지 애들 데려갔어.

나는 개밥에 도토리 됐지. 대놓고 나가라고 하더군. 며느리 걔가 무릎 관절이 다 나가서 거의 못 움직여. 내가 밥해주고 빨

래해주고 살림 다 했는데, 그래도 싫대. 죽는 한이 있어도 시어
미랑 사는 건 싫대.

2010.12.13.
시내 가서 목욕도 하고 생선도 한 마리 사고, 내복도 샀어요.
며칠 뒤에 큰아들 생일이라 5만 원 송금하고 돌아왔지요. 박
사조카가 왔었어요. 소주 한잔 나누고 이런저런 이야기를 하
고 갔어요. 오늘 저녁에도 송아지는 우유를 먹지 않네요.

자네 딸 결혼식 때 내 자식들이 다 모였는데, 가관이더군.
큰아들네는 나를 데려가라고 하고, 나머지 아들놈은 자기네는
안 된다고, 딸년들은 욕하고. 내가 답답해서 양로원에 보내달
라고 했더니 그건 또 안 된대. 부모 버렸다고 손가락질받을 테
니까. 그렇기도 하겠지만 돈이 들잖아. 양로원에 보내면 누가
돈 낼 거냐는 거지.
큰아들이 나를 예식장에 팽개치고 도망치듯 가버렸지. 둘째
아들이 할 수 없이 나를 태우고 제집에 갔네. 아들이 우리가 모
실 수밖에 없다, 모시자고 하니, 둘째며느리가 땅바닥을 팍팍
치면서, '아이고! 내 신세야, 나도 내일모레 육십인데 시집살
이하게 생겼네!' 곡하더군. 한 2주일 사는데 그런 지옥이 없
더만.
그 양반이랑 나랑 애들 낳고 키운 그 집, 그래 자네가 시집

와서 1년 얹혀산 그 집, 그 집만 남아 있어도 내가 거기서 혼자 살 작정이었네. 나랑 동갑인 넷째동서도 혼자 사는데 나라고 혼자 못 살 게 뭐야. 아직 밥도 하고 빨래도 할 수 있는데. 가까이 사는 자네가 내가 굶어죽게 놔둘 리도 없고.

한데 그 집도 밀어버려 없고, 내가 둘째아들에게 부탁했네. 집터 거기다 컨테이너 하나만 놓아다오. 싼 거 이백이면 된다더라. 컨테이너에서 사는 사람도 썼더구나. 그게 무슨 불효자 만드는 소리냐고 되려 혼났어.

다섯째동서도 혼자 살잖나. 그 큰 집에서 혼자 살기 힘들잖냐, 내가 같이 살면 안 되겠냐, 집안 살림 내가 다 해주겠다 해보기도 했는데, 죽어도 싫대.

넷째동서한테는 말도 못 꺼냈어. 그 사람이 나를 얼마나 싫어해. 내가 동서들한테 막한 게 후회돼. 내가 잘해줬으면 같이 살아줬을지도 몰라.

자네네 헛간에서라도 살고 싶었네. 염치없어 참았네.

그래, 설령 누가 살라고 해도 내 아들이 허락해줄 리 없지. 모시는 것도 싫지만, 동네 손가락질받는 건 더 싫을 테니까.

도저히 못 보겠던지 둘째딸이 부르데. 불쌍한 둘째딸. 걔가 청상과부 된 게 쉰 살 때였나. 저 혼자 힘으로 자식 둘을 키우느라고 고생이란 고생은 다 했지. 걔네 집에서 사는데 이십몇 년 만에 편히 살겠데. 뭐라는 사람도 없고.

근데 걔 자식들이 야단인 거야. 지 엄마 힘들게 한다고. 내가 처음엔 밥도 하고 빨래도 하고 청소도 다 했는데, 내가 엄만데 하녀처럼 살 수는 없잖아, 결국엔 딸이 다 하게 됐는데, 손주들이 팔팔 뛰어. 식당 설거지해서 먹고사는 지 엄마가 왜 집에서도 편히 못 쉬어야 하냐. 외할머니가 무슨 자격으로 이 집에 있냐. 우리 엄마 힘들게 사는 동안 보태준 거 있냐. 얹혀사는 주제에 국으로 가만히 있어도 밉보일 판에 엄마한테 톡하면 훈계질이고 왜 동네방네 돌아다니면서 엄마 속 뒤집히는 얘기를 떠드느냐. 갈 데가 있나. 꾹 참고 살았네.

둘째딸이 다쳐 입원해 있는 동안 그 자식들이 지 어미 집을 팔아버렸네. 나 쫓아내려고.

다시 둘째아들한테 갔는데 하루도 못 있었잖나.

큰딸네로 갔네. 큰사위가 기막혀하더군. 아무리 갈 데가 없어도 그렇지 앉은뱅이로 사는 딸한테 오느냐고. 그 집에서도 차마 이틀을 머물 수가 없었네.

나머지 자식들은 전화도 안 받더군.

여인숙에 들어가서 월세로 살았네. 한 푼 두 푼 여축한 돈이 있었어. 어쩌면 길거리에서 죽을 판 아닌가, 누가 거둬줄지는 모르지만 장례 치를 돈은 몸에 지녀야 할 것 같아 피처럼 모은 돈이지. 거지가 따로 없었지만 참 편했네.

퇴원한 둘째딸이 다시 집을 구하고 데리러 왔네. 내가 사는 동안 둘째딸 자식들은 오지도 않았어. 애 낳으니까 오데. 애 봐줄 사람이 없는 거지. 둘째딸 대신 내가 애를 봐주었네. 그 애

없었으면 둘째딸네, 나 때문에 이산가족 될 뻔했어.

질긴 목숨 끊어지긴 끊어지더군.

여기가 내 고향이잖나. 이 마을에서 태어나 이 마을 남자랑 혼인했으니. 60년을 고향에서 살다가, 30년을 싸돌아다녔네. 죽어서야 고향에 안돈하네. 무덤에 들어가니, 그 양반이 웃더군. 애 보느라고 고생 자심했다고.

저세상에서 인정받았어. 애 잘 보는 거. 그래서 일찍 죽은 애들을 돌봐. 산 애기들이나 죽은 애기들이나 똑같아. 애기지, 뭐.

그럼, 자네 서방 봤지. 막내서방님 뭐가 급해서 벌써 오셨소, 했더니 누군 오고 싶어 왔냐고 펑펑 우시데. 일흔아홉이면 살만큼 산 거 아니냐고 했더니, 염장 지르냐고 펄펄 뛰더군. 생전 성깔 고대로서. 마누라 20년 먹고살 걸 다 못 장만하고 온 게 맘에 걸려 부쩌지를 못하겄댜.

2014.12.13.

오씨 할아버지 팔순이시래요. 맛있는 식사를 했지요. 동창 모임에도 다녀왔지요.

절에 가서 기도드리고 왔더니 큰손자가 다쳐 입원했대요. 손자도 지키지 못하는 할머니 무엇을 빌었는지. 부끄러워요. 형편도 어려워 도와주지도 못하고. 영감, 또 술 인생살이가 시작되었네요. 1년 술 안 먹는 세월을 살았으니 또 시작해야지요.

운동 나갔다가 박사조카랑 열부씨가 얘기하는 걸 봤다.

"왜 볏값 안 가져가요? 당장 드릴 테니까 우리집에 갑시다."

끌고 가다시피 했다. 탈곡값, 벼 말려준 값. 다 합쳐 90만 원이랬다. 깜짝 놀랐다. 그렇게 비싼 줄 몰랐다. 올랐단다. 탈곡할 때 열부씨가 조수 안 데리고 와서, 사위가 도우미 하고 작은 애가 똥트럭 모느라고 고생한 값은 빼준 건지 궁금했지만 묻지 못했다.

기분은 그런 거 못 물어보고 못 따졌다. 누구 말마따나 '손해보고 사는 성격'이었다.

큰아들이 목돈 생겼다고 현찰 백만 원을 준 게 있었다. 그걸로 줬다.

만덕댁은 비싸서 열부씨한테 농사 못 맡기겠다고 동네방네 알아보았다. 선뜻 해주겠다는 사람을 찾기 힘들었고, 겨우 찾았는데 열부씨보다 품값을 더 불렀다. 실력과 서비스가 열부씨보다 낫다는 보장도 없고, 도로 열부씨밖에 없었다.

열부씨, 갑부라는 소문이 파다했다. 삼동네 벼농사를 도맡는데 갑부 안 될 수가 있나. 말만 노인네들이 농사짓는 거지, 열부씨가 논갈이, 모내기, 탈곡, 건조 다 했다. 농약만 드론인가가 해줬다. 그렇게 돈 쌓아놓으면 뭐해. 마나님이 자리보전인데.

2010.12.14.

우리 부부는 오늘도 온종일 밖에서 떨었어요. 어미소 먹일 죽도 끓이고 송아지 우유도 먹이고 남의 밭에서 배춧잎도 주워 왔어요. 얼굴이 칼바람 속에 얼어요. 손이 시려요. 제발 우리 부부를 생각해 소들이 잘 먹어주었으면 하네요.

여보. 팔자 한탄하며 낳아주신 엄마를 원망한들 무슨 소용이 있어요. 태어날 때 시를 잘못 택한 것도 우리들의 운명인걸요. 따뜻하게 주무시고 내일 또 힘을 냅시다.

열부댁은 그전부터 되게 안 좋았는데 저번에 호되게 넘어져 완전히 누워만 있단다. 요양병원 보내기 싫어 간병인을 집으로 부른다고.

열부씨가 하는 말이 이랬다. "나 죽여도 좋으니 요양원만 보내지 말아달라는 사람을 워칙히 보내겠슈. 간병비가 달에 3, 4백유. 150인가를 나라에서 지원해주기는 하는디 이래저래 들어가는 돈이 한없슈. 간병인한테 주는 돈만 한 달에 2백이니께. 월급만 갖고 되남유. 때때로 챙겨주고 얹어줘야 잘 돌봐주죠."

남편도 자리보전해도 좋으니 살아만 있다면 오죽 좋을까. 아닌가, 남편 수발하다 지쳐서 얼른 가시기를 바랐을까. 기분은 문득 뒷골이 써늘했다. 요양병원 가기 싫다! 요양병원 안 가려면 팔팔해야 한다. 영감, 제발, 내 건강을 지켜줘요.

2010.12.15.

칼바람이 몰고 온 추위. 영감은 송아지 우유를 사기 위해 시내를 가고, 나는 소 죽 끓이고 우유 먹이고 나무하고 또 분주한 하루가 가버렸네요.

애송아지는 사람 아기가 분유 먹듯 우유만 먹고, 어미소는 옛날 소처럼 여물죽만 먹었다. 별나셨다!

딸기밭 어귀에 쓰레기 태우는 소각장이 있었다. 남편이 뭐든 함부로 버리지 못하는 성격이라 옛날엔 하나도 태울 것이 없었지만, 남편도 지쳤는지 쓰레기에 미련을 덜 갖게 되면서부터 웬만한 것은 태우면서 살게 되었다.

소각장에 돌 몇 개 둥그렇게 쌓고, 헛간에서 뒤져낸 솥단지 얹고, 고급 사료, 잘게 썬 짚, 채소, 영양제 팍팍 넣고 끓여주는 수밖에 없었다. 덕분에 새꼽빠지게 나무를 했다.

2, 30대에 나무하러 다니던 거 돌이키면, 갈퀴만 쳐다봐도 이가 갈린다.

어렸을 때부터 나무하기에 이골이 난 남편과 달리, 기분은 나무를 해본 적이 없었다. 아버지는 산도 있고 부리는 산지기 겸 나무꾼도 있었다. 더욱이 날마다 나무꾼들이 나무를 팔러 왔다. 아버지는 웬만하면 다 사주었다. 못쓰게 된 공사판 목재도 무시로 들어왔다. 땔감이 넘쳐났다는 얘기다.

시집와서 여러 가지로 당황했지만 땔감을 아껴 써야 한다는 것에 가장 당황했다. 친정에서는 취급도 안 하는 나무쪼가리가 시아주버니댁에서는 금싸라기 대우를 받았다. 그치만 기분을 '작은어머니' 혹은 '숙모'라고 부르는 친조카, 외조카가 득시글득시글하니 새댁까지 나무할 일은 없었다.

혼인한 지 1년 만에 딴살림을 났다. 둘째시숙은 밭 네 두락을, 셋째시숙은 논 세 마지기를, 넷째시숙은 논 한 마지기를 주었다. 세 시숙 모두 산을 가졌으나 산은 한 자투리도 떼어주지 않았다.

남편은 시숙네 산에서 나무 두 짐 하면 한 짐은 시숙네 주고 한 짐은 집에 가져왔다. 시숙들은 어땠는지 몰라도, 동서·조카 며느리들의 눈치가 장난이 아니었다. 나무 한 짐 해주는 것은 고맙지만, 나무 한 짐 가져가는 것이 못마땅한 듯했다.

어느 형수·조카며느리에게 들었는지 싫은 소리를 들은 남편은 대로했다. "적반하장도 유분수지, 누가 더 손핸데! 나도 나 땔 것만 하면 훨씬 편하다고! 목에 칼이 들어와도 나무해주나 봐라! 드러워서! 내가 형님들 산에 다시 발을 들이면 곰새끼다."

남편은 시숙네 산에서 나무하지 않겠다는 다짐을 지켰다. 마을에서 가까운 산은 다 임자가 있었다. 임자가 있는지 없는지 모르겠는, 임자가 누군지 알아도 그 임자한테 딱 걸릴 가능성이 없는 산은 깊이깊이 들어가야 했다.

남편이 도둑나무하는 고충을, 기분이 몸소 겪는 나날은 빨리 다가왔다.

"솔가리는 잘 안 긁어 오네유. 밥은 솔가리로 해야 좋은디."

힘든 내색 한 번 내지 않고 잘 버티던 남편이었는데, 버럭 했다.

"솔가리는 너두 긁을 수 있잖여? 너는 손이 없냐 발이 없냐? 내가 몸땡이가 세 개여, 네 개여."

광산 다니면서 논밭 농사짓고 짐승까지 건사하는 일이 녹록할 리 없다. 성질낼 만하다. 그래도 크게 상처받았다. 공주마마처럼 받들고 살겠다며? 몇 년이나 되었다고. 아무것도 안 한 것처럼 말하네? 1년 동안 둘째시숙네서 하녀처럼 살았구먼. 시댁도 아닌 데서 그 고약한 시집살이를 겪었구먼. 조카애 보는 게 쉬운 줄 알어? 밥하고 빨래는 누가 하는디? 딴살림 나서도 툭하면 시숙네들 가서 하녀 노릇하는디. 뭔 놈의 시숙네들이 이렇게 많아. 다닥다닥 붙어살아 툭하면 불러대고. 내가 무슨 범골 김씨네 몸종여? 아니꼬워 다시는 나무해달란 말 안한다.

남편과 기분은 닮은 구석이 있었다. 언짢고 서운한 게 풀릴 때까지 말을 하지 않는다는. 또한 배우자의 심통을 풀어주기 위해 별스럽게 수선 떨지 않는다는.

서로 말을 안 하기 시작하면, 일주일은 보통이고 보름 갈 때도 흔했고 한두 달 갈 때도 있었다. '너는 손이 없냐 발이 없냐' 때는 "둘째가 들어섰나뷰!"라는 기분의 말이 있을 때까지, 78

일 동안 소 닭 보듯 대화 없이 살았다. 결혼 10년 차까지 최고 기록이었다.

그때부터 나무하기는커녕 소풍 때 말고는 산 근처에도 가본 적이 없는, 면소재지 한복판 출신인 기분이 산골짜기로 시집온 것도 모자라 손수 솔가리와 삭정이를 도맡게 되었다.

기분 역시 호랭이산(둘째동서네 산)은 엄두를 못 냈다. 친정 어머니처럼 너그러운 셋째동서네 산이 딱 붙어 있으면 좀 좋아. 하필이면 호랑이처럼 성깔 매서운 둘째동서 산이 딱 붙어 있어갖고. 그냥 깊숙이 들어가는 수밖에.

이웃집 공주댁은 더할 나위 없이 훌륭한 스승이자 동무였다. 교육도시 공주시 출신 공주댁은 기분과 동갑이었다. 기분보다 더 손에 물 안 묻히고 몸 쓸 일 없는 처녀 시절을 보냈다는데, 결혼 3년 만에 안 해본 일 없고 못 해본 일 없단다.

공주댁에게 솔가리 긁기, 잔가지 치기, 고주배기 캐기, 칡넝쿨로 솔가리 엮기, 솔가리짐 머리에 이고 걷기 등을 배웠다.

"나무하는 거야 하다보면 잘하고 싶지 않아도 잘하게 되니께 끌탕두 아뉴. 끌탕은……"

"호랑이가 아직두 있다면서유."

"호랑이 같은 소리 헌다. 뱀이라면 모를까, 호랑이는 씨가 말랐다니께 끌탕 붙들어 매고, 진짜 무서운 건 사람이라구. 간첩이면 죽었다고 봐야 되고."

"간첩이 여기까지 오간유?"

"음마, 여기서 해수욕장이 달나라처럼 멀리 떨어진 것도 아니고 버스로 지우 한 시간 반 거리유. 73년도엔가도 공비 두 명이 여기로 지나가서 쑥대밭였잖유. 가만 보면 돈이 엄마는 혼자서 딴 세상을 사는 것 같어. 그려, 간첩 만날 일은 희박하다 치고, 제일 무서운 이가 산 주인유. 만나면 지우 한 나뭇짐 뺏기는 것은 당연하고 지서 끌려가야 할지도 모르니께. 산 주인이 아니더라도 고추 달린 종자는 무조건 위험혀. 그 깊은 산속에서 돈이 엄마처럼 이쁜 아줌마를 딱 마주쳐봐. 고자놈이 아니고서야. 겁주려고 한 말은 아니고, 우리랑 꼭 붙어다녀. 산 싫어서 도둑나무하는 도둑년들끼리 뭉치면 힘도 되고 덜 무섭고 그러니께."

다른 아낙네들과 함께 가도 나무할 때는 붙어 있는 게 아니었고, 설령 붙어 있다고 해도 '힘없는 도둑년들'이었다. 꿩 푸드덕거리는 소리에도 심장이 내려앉았다. 그래도 확실히 혼자보다는 둘이, 둘보다는 넷이 덜 무서웠다. 나무를 다녀온 날은 한겨울에도 식은땀으로 흠뻑 젖었다.

공주댁이 나무할 일이 없게 되었다. 공주댁의 남편 이장사가 겨우내 인삼산 산판일을 했는데, 짬짬이 잡목 장작짐을 만들어 빌린 트럭에 높다랗게 싣고 돌아왔다. 이장사네는 논바닥이 한 뼘도 없었다. 이장사가 집에 있으면 모든 집안일과 밭일을 다 했으므로 공주댁은 공주님처럼 지냈다. 심지어 솔가리도 이장사가 긁었다.

기분은 큰애를 대동하고 다녔다. 아낙네보다 힘없는 꼬맹이였지만, 남자는 남자였고, 혼자가 아니고 둘이란 게 힘이 되었다. 꼬맹이가 주워 오는지 캐 오는지 하는 고주배기도 훌륭한 땔감이 되었다. 아이가 국교생이 되자 더욱 힘이 되고 보탬손이 되었다. 하도 이것저것 꼬치꼬치 캐묻고 천방지축으로 돌아다녀 번거롭기도 했지만. "대체 누굴 닮아서 글케 궁금한 게 많냐? 커서 박사가 될라고 그려?"

밥 대신 해주는 전기밥통과, 불 대신 때주는 연탄보일러가 들어와서야 기분은 나무하기로부터 '해방'될 수 있었다. 시골 아낙네한테는 8·15 해방보다 아궁이 해방이 더 기뻤다.

소 여물죽 때문에 아궁이에 불 때는 짓을 곁들이는 판이었는데, 여물죽이 소한테 안 좋다는 가르침(영양소를 파괴한단다)이 널리 퍼지고 전적으로 사료를 먹이게 되면서 완전히 해방되었다.

괴짜 소 모녀 덕분에 다시는 안 할 줄 알았던 나무하기와 여물죽 끓이기를 다 늙어서 한 달이나 한 것이었다. 그 추운 동지 섣달에.

2010.12.15.

생활비가 만 원도 있지 않은 통장. 더욱 서글퍼지네요.

작은아들이 추운 날씨에 몸조심하라고 전화했어요.

우리 남편 오늘은 내 마음에 쏙 드는 말을 하네요. 우리 자식들은 참 성실하고 착한 자식들이라고. 자식들 생각하면 마음이 부자라나요.

그 행복한 마음이 하루라도 가길 빌어본다.

남편은 도무지 행복한 마음을 가져보긴 힘든 인생이었다. 평생 다 합쳐 행복했던 날이 30일도 안 될걸.

기분도 마찬가지였다.

하기는 행복하다는 사람을 만나본 일이 없다. 티브이에 나오는 항상 행복하다는 사람들 말고, 살면서 실제 만난 사람 중에 말이다. 다들 '불행하기 위해' 태어나 사는 인생이랬다. 남들도 다 그렇다니 유독 억울할 필요는 없겠다.

행복이란 게 있기는 한 걸까?

2010.12.16.

매서운 날씨는 오늘도 계속되네요. 내 손에 매달려 우유를 빨고 있는 송아지. 큰 눈망울을 굴리며 살기 위해 힘차게 빨고 있는 모습. 가엽고 안쓰럽네요. 엄마가 옆에 있는데도 젖이 나오지 않아 내가 우유를 먹이지요.

지금부터 36년 전 내가 맹장 수술로 입원했을 때였지요. 그때 작은아들이 젖을 못 먹고 넷째동서가 끓여주는 암죽을 먹고 살았지요. 매일 밤 울면서 지새웠대요. 그 안타까워하던 작은아들이 셋 중에 가장 정에 굶주린 채 어린 시절을 보냈어

요. 차남이 지금은 사회의 성실한 일꾼으로 부모한테는 효자
요, 형제간에 우애둥이로 내 마음을 편안하게 해주지요.

어린 송아지를 열심히 키울 거예요. 똘망똘망한 눈망울로 젖
을 빨며 내 얼굴을 올려다보네요.

자식들은 다 곁을 떠나갔는데, 엄마는 왜 항상 그 자리에 서
있을까요.

일기가 아니라 소 간병 일지다. 동지섣달에 그 고생을 했으
니 10년이 지나서도 소 모녀 얼굴이 생생한 거다.

2013.12.16.

안과에 다녀왔다. 염증이 있다고 한다. 한구석도 성한 곳이
없는 나는 오래도 살고 있다. 영감과 살아온 세월이 50년이
되어간다. 요새 영감은 식사도 잘하고 간식도 잘 먹는다. 얼
굴에는 생기가 돈다. 나는 딸한테 미안하다. 돈을 갚지 못하니
어쩌지. 다른 사람한테는 별일도 아닌 돈이지만 내겐 큰 액수
이다. 넉넉하지도 못한 딸한테 빚을 지니 정말 미안하다.

남편이 묻힌 날부터 남편 무덤 위 은행나무가 노파심거리
였다. 못 베서 애달파했다. 마침내 작은애가 알아보았는데, 멀
리도 알아봤지, 인천 사람들이랬다. 백만 원에 예약했다고.

예정일 이틀 전 전화가 왔다. 못 하겠다고.

"돈이 부족해서 그런다냐? 달라는 대로 더 줄 테니까 꼭 좀 와달라고 해라. 해 넘어가기 전에 꼭 베야 한다더라. 내가 이장사 노인네한테 별 드러운 소리를 다 들었다."

"뭐라고 그랬는데요?"

"입에 옮기기도 드러운 말이다. 하여간 그 사람들 좀 꼭 오라고 해."

"글렀어요. 못 오겠대요. 다른 사람들 알아볼게요."

큰애한테 전화가 왔기에, 파투난 얘기를 하소연했다.

"뭘 어떡한다니. 판범이가 새로 알아보고 그 사람들 올 때까지 또 기다려야지. 그게 언제가 될지 몰라서 끌탕이지. 큰일이다, 꼭 베야 되는디."

한 시간 뒤엔가 면사무소 여직원과 악기리 이장이 왔다. 면직원이 큰애랑 동창이란다. 큰애는 남고를 나왔는데 무슨 동창? 고등학교 때 무슨 동아리를 같이했단다. 면직원은 남편을 잘 기억했다. 육경면 27명의 노인회장님 중에 남편이 '인품이 으뜸 높으셨다'라고. 남편도 그 여직원을 꽤 귀여워했던 듯. 남편이 고구마, 감자, 옥수수를 갖다주고 그랬단다.

큰애가 면직원한테 은행나무 베어주는 무슨 민원 서비스가 없냐고 문의했다고. 공유지는 되는데 사유지는 안 된단다. 면직원이 사적으로 수소문해서 사람을 데려온 거다. 어쨌든 반가웠다. 큰애가 보탬이 될 때가 다 있다.

악기리 이장, 낯익다. 아니나달러. 큰면조카랑 초중고 동창

이란다. 큰면조카네 경조사 때마다 본 얼굴이었다. 악기리 이
장이 책임지고 베어주겠단다. 나무 전문적으로 베는 사람을
데려와서.

2010.12.17.

장남 생일이에요. 축하한다는 내 전화에 낳아주셔서 감사하
다고 하데요. 나같이 보잘것없는 엄마한테 훌륭하게 태어나
주어서 정말로 고마운 건 나. 아들을 생각하면 웃음 나지요.
애들 아버지가 고생한다면서 5만 원을 주었어요. 돼지 등뼈
를 만 원에, 겨울 점퍼를 22만5천 원에 샀어요. 시장에 다녀
오는 길이면 마중을 나오는 우리 남편. 많이 신경쓰는 모습이
늙었다는 증거인가요. 오래 살다가 나보다 먼저 세상 하직해
야 할 텐데. 남편도 호강이고 자식들도 신경을 덜 쓰게 되니
까요. 어느새 아니 벌써 죽음을 걱정하는 나이가 되었어요.

일요일 밤에 큰애가 들이닥쳤다. 소똥도 내고, 나무 베러 오
면 보탬손 되겠다고.

월요일 내내 큰애가 두엄을 냈다. 남편이 3년은 거름할 수
있게끔 쌓아놓고 간 두엄 3분의 1을 혼자 일륜차 끌고 다니면
서 폈다. 사위 말마따나 경운기 끌고 다니면서 다 같이 하면 되
지, 혼자 웬 고생이냐고 했더니, 매제랑 같이 일하기 싫어 혼자
한단다.

저번엔 고추 따고 가서 무릎이 하도 아파 정형외과에 갔단다. 의사가 주사기로 물을 빼주었다고.

안쓰러워 신칙했다. "그만혀라. 이미 낸 걸로 뒤집어쓴다. 고추고 깨고 조금만 심을 겨. 또 물 빼러 갈라냐?"

2013.12.17.
작년 쌀이 있길래 엿을 만들었다. 가스도 많이 쓴 것 같다. 밥 먹고 텔레비 보고 자고. 조금은 심심하다. 건넛마을 아줌마가 다리 수술을 했단다. 남들은 결심을 잘도 하는데 나는 왜 못할까. 망설이고 1년 생각하고 그런 세월이 벌써 5년이다. 똑바른 다리로 걷고 싶다. 바지도 입고 싶다. 나는 언제 바지 입고 멋지게 걸어볼까.

화요일에는 비가 왔다. 큰애는 면사무소 동창한테 '화요일이나 수요일에 나무 베러 온다'고 애매하게 연락을 받았단다. 비 오는 날 나무 벨 사람이 누가 있겠나. 큰애는 내일은 피치 못한 일이 있다며 상경했다.

2010.12.20.
아침부터 안개가 자욱하게 내렸네요. 애지중지 키우던 소 한 마리 팔고 세 마리는 아래 축사로 옮겼어요. 애들 아버지가 큰 소를 잡고 밀며 끌며 땀 흘리는 모습. 가슴이 두근거리고 현기증을 느꼈답니다. 저렇게 힘들게 번 돈을 나는 마구 씁니다. 돈이 웬수인지 먹고사는 게 중한 건지 한참 동안 돌아다닐 수가 없었지요.

시경리 막내집 아주머니가 돌아가셨다고 연락이 왔어요. 젊은 시절 혼자되어 자식들 키우며 쌀집을 운영하셨지요. 많은 고생 놓으시고 다음 세상에 가시면 편하게 계시길 빌어보네요. 다행히 날씨는 포근하네요. 큰 소 한 마리를 헐값에 보내야 할 것 같아요. 먹지를 아니하고 아파하니 보기가 민망해 내가 보내주자고 했지요.

수요일 점심때 일꾼들이 왔다. 점심 먹고 왔으니 신경쓰지 말란다. 이왕 사람 불렀는데 남편 무덤 위에 딱 버티고 서 있는 거 하나만 벨 수 없다. 밭둑 머리에 경계처럼 심은 은행나무 네 그루랑, 두충나무 여남은 그루까지 싹 베어달라고 했다. 혼자서 어쩔 줄을 몰라 박사조카를 불렀다. 감독 좀 해달라고.

큰면조카도 왔다. 하도 바쁜 사람이라 논바닥에서 기계 모는 모습만 봤다. 생얼굴은 얼마 만에 보는 건지.

남편이 40년 전에 심었던 은행나무, 30년 전에 심었던 두충나무가 쓰러져간다. 대체 저 나무들을 뭐하려고 심었답니까? 큰돈을 만져요? 은행나무는 집 주위 다섯 그루 것까지 간신히 거둬 지우 40만 원씩 벌고, 두충나무는 여름 내내 껍질 벗겨서 겨우 30만 원씩 벌고, 차라리 안 벌고나 갔으면 덜 억울하지.

벌목비를 얼마나 줘야 하냐고 했더니, 40만 원만 달란다. 점심은커녕 참도 못 차려준 게 걸렸다. 기분이 성성했을 때는 일꾼 대접이 극진했다. 끼니에 참에 반찬 푸짐하기로 유명짜했다. 남편 없는 기분은 과일 깎을 기운도 없었다. 가서 저녁들 드시라고 10만 원 더 얹어줬다.

무덤가가 엉망진창이었다. 나무들이 이리 넘어지고 저리 넘어져 볼썽사납게 파였다. 기계꾼이 옮기기 좋게 잘라놓았다지만, 저 무겁고 길고 거친 나뭇덩이들을 누가 어떻게 어디로 옮기나. 자식들? 남편이라면 몇 날 며칠 호락질했겠지만, 애들에게 맡겼다가는 10년은 걸리겠다.

"조카, 치울 사람 좀 알아봐줘."

"돈 좀 들 텐데유. 애들 오면 시켜요. 애들 됐다 뭐해유?"

"아휴, 전쟁터나 다름없구만. 애들 시켰다 다 입원시키라고. 돈은 얼마가 들더라도 싹 치워야지."

2013.12.20.

눈이 소복이 쌓이더니 오후에는 진눈깨비가 온다. 명절이 한 달 남짓 남아 있다. 큰며느리와 작은아들이 전화했다. 눈길 조심하시라고. 큰아들이 책을 냈다고 한다. 제발 많이 팔리길. 기 펴고 살게 하옵소서. 내 간절한 기도가 덕이 없는지 성공을 못한다. 제발 이번만은.

포클레인이 왔다. 하필이면 간이 정류소 옆집 중장비씨다. 그 사람이 기계 씻는 쇳소리가 워낙 거창해서 여러 번 미칠 뻔했다. 그 사람이 조금만 경우가 있어도 덜 얄미울 텐데.

작년인가 우연히 마주쳤을 때 그냥 지나가는 말로 "기계 목욕소리가 참 크데유." 했더니, 어른을 대뜸 째려보면서 "시끄러우면 이사가슈." 그러는 거다. 어디서 굴러먹다 온 돌이 박힌 돌한테 나가라니.

세상없어도 그 밉상은 안 부르려고 했는데 조카가 기껏 부탁한 사람 가랄 수도 없고, 공사다망할 텐데 동네 사람 일부터 와줘 감사하다고 공치사부터 했다. 이래서 사람이 겉과 속이 다르다는 얘기를 듣지.

2014.12.20.

누워 있는데 타령댁이 왔다. 동네분들한테 주책없다는 말을 듣는다. 안타까웁다. 나도 욕을 먹고 있겠지. 회관에서 돌아온 남편, 이런저런 이야기를 들려주었다. 대답도 하기 싫었다. 아니다. 나는 지금 속이 상해 있다. 기억댁, 타령댁, 공주댁, 화장댁 모두 옷을 해 입고, 10만 원짜리 부츠를 사 신었다고 한다. 나는 만6천 원 주고 신발을 샀는데. 나는 왜 생긴 모습도 병신이고 남들처럼 돈도 쓰지 못할까. 생각할수록 속상하고 부럽다.

두충나무는 어제 나무 벤 사람 친구가 가져가기로 했다. 그 친구도 큰면조카랑 단짝이라는데 버섯 농장을 한단다. 두충나무가 땔감으로 좋다나. 남편 모이마당 꾸밀 때 큰면조카가 베어놓았던 것까지 감사히 잘 가져가겠단다. 은행나무 역시 큰면조카 또다른 친구가 가져가기로 했다. 큰면조카가 괜히 면유지가 아니다. 모르는 사람이 없고 웬만하면 다 친구다.

귀청 떨어져라 시끌시끌했다. 포클레인 윙윙 돌아다니지, 톱질하지, 경운기로 날라 트럭에 싣지. 종일 혼비백산했다.

포클레인 품값으로 50만 원 줬다.

2014.12.22.

동짓날이 되어서 떡을 하고 절에는 가지 못했다. 작은아들과 손주가 왔다. 며느리는 몸살이 나서 누워 있단다. 몸도 무거운데 직장생활이 힘이 들 거다. 사돈댁은 손님이 없단다. 다리도 불편한 몸으로 딸네 식구를 데리고 사느라 힘들 텐데 죄송하다. 손주가 안아달라는데, 허리가 너무 아파서 안아주지 못했다.

아침에 은행나무 벴던 사람이 또 왔다. 나머지 두충나무 베러 왔다고. 아직도 쉰 그루는 남았다.

"아뉴. 나 그만 벨 거예요. 벨 만큼 벴고, 그 양반이 나름대로 뜻이 있어서 힘들여 심고 가꿨던 나무들인데 한꺼번에 다 벨 수는 없지요."

하도 사람들이 왔다갔다해서 혼미했다. 인제 그만 예전처럼 사람 안 사는 집 같게 조용하고 싶다는 말은 삼켰다.

"그 양반이 쌔한 얼굴로 돌아간 게 걸린다. 사촌형 친구라는 디."

작은애가 얼른 달려가서 큰면조카를 만나고 왔다.

"형님이 오히려 미안해하더라고요. 다 베는 줄 알았다고."

제일 고생한 건 역시 박사조카다. 감독하고, 성에 안 차면 직접 나르고 베고, 구경 나와서 신칙하는 이장사 말리고. 구순 노인네가 얼쩡거리다 다쳐봐. 무슨 욕을 들어먹게.

박사조카한테 심하게 의지하고 산다. 품값이라고 내밀었지만 받을 리가 없다. 큰애한테 감사 전화라도 드리랬는데, 했으려나 모르겠다. 그 녀석이 공치사 전화를 거의 못하는 성격이다.

역시 그런 공치사는 사위가 딱이다. 사위네가 마침 회를 떠왔다. 이렇게 반가울 수가. 사위가 득달같이 박사조카를 모셔왔다. 기분이 다 못한 감사, 큰애 작은애가 할 감사까지 사위가 몇 시간을 했다.

2010.12.23.

어린 송아지가 사흘째 우유를 안 먹어요. 체한 건지 안쓰럽고 신경쓰여요. 구제역으로 온 세상이 들썩이니 몹시 불안하네요. 온 재산이 소에 매달렸는데 어쩌면 좋을까요. 제발 구제역이 빨리 사라지길 빌어보네요. 힘들게 번 돈을 나는 또 15만 원이나 썼네요. 자질구레한 물건들을 샀지요.

어쨌거나 남편 가고 기분의 신경을 짓눌렀던 은행나무들이 베어지고 치워졌다. 이제 은행나무 그루터기에 칼날 박고 약 바르면 된다. 완전히 죽을 때까지. 영험하다는 나무들에게 죄송하기는 했다. 동티가 날까 겁나기도 했다. 허나 죽은 영감 몸도 무사해야지. 무탈하게 썩어야지. 은행나무님, 용서해주세요.

2010.12.24.
몹시 추운데 큰아들이 이사가는 날이에요. 그 집에서 건강하고 부자 되게 해주세요.

큰애가 처음 이사 다닐 때는, 같이 이사 다니는 심정으로 오서성님께 이사하기 좋은 날짜도 받아주고 그랬다. 언젠가부터 또 가나보다 하게 되었다. 걔들이 날 봐가며 옮기는 애들도 아니었다.

남편 들으면 안 좋아하겠지만, 기분은 예수님이나 부처님이나 마찬가지라고 여겼다. 불쌍한 사람들 기도 받아주는 좋은 분들이다. 그치만 평생 부처님 믿은 사람이 예수님한테 가지나. 예수쟁이라면 팔팔 뛰는 남편하고 평생을 살았는데.

큰면질부가 객쩍은 소리를 늘어놓다가 또 전도 나발을 불었다.

소원이 있다. 작은어머니 교회 데리고 가는 것. 딱 한 번이라도 좋으니 성탄절에 교회 가자. 한 번만 가주면 다시는 가자고 안 하겠다.

그간 우이독경 숙모한테 전도하려고 무던히 애쓴 것이 가상하고, 딱 한 번만이라니 못 갈 것도 없겠다 싶고, 그만 혼자 있고 싶어, 얼떨결에 가겠다고 약속했다.

"근디 헌금이라는 걸 해야 되지 않냐. 얼마나 가지고 가면 된댜."

"헌금 안 하셔도 뎌. 예수님은 돈 가지고 뭐라고 안 햐. 그래도 영 거시기허면 만 원, 천 원만 해도 되구. 안 해도 된다니께. 암튼 가신다고 약속했슈."

큰면질부 말이 점점 짧아진다. 내년부터는 존댓말이 하나도 안 섞일 듯.

전전반측했다. 남편한테 혼날까봐. 마누라, 교회 갔다고 무덤에서 뛰쳐나오는 거 아녀. 부처님이 노여워하셔서 해코지하면 어쩌지.

2014.12.24.

사랑하는 작은며느리.

아가. 잘 지내는지. 몸도 만삭인데 출근하느라 고생한다. 귀

한 인연으로 너를 만났구나. 우리 아들을 사랑하고 더없이 소
중한 보배도 안겨주어서 고맙다. 부족함이 많은 시어머니,
손주를 키워주지도 못하고 잘해주지도 못해. 젊고 예쁜 시어
머니도 아니고 건강하지도 못한 시어머니라 정말 미안하다.
항상 지금처럼 예쁜 모습으로 우리 아들을 사랑하고 서로 존
경하고 이해하고 아끼면서 애들 잘 키우고 행복하게 살길 바
란다. 사랑해.

성탄절날이 밝았다. 안절부절못하는데 만덕댁이 왔다.

"자기, 교회 가기로 했어요?"

"하도 졸려 한 번만 가기로 했는듀."

"진짜 그랬구만. 전도댁이 오지랖댁도 가기로 했다고 동네
방네 광고를 했어유. 즈이 작은엄마도 가니께 다 가자고. 오지
랖댁 팔아서 밤새 전도가 장난이 아니었다니께. 진짜 갈라는
규?"

"한 번이니께 괜찮을 것 같아서 일단 간다고 혔는듀."

"자기는 교회를 잘 모르는구만. 그 사람들이 얼마나 끈덕진
데. 한 번 나가면 계속 안 나가고는 못 배겨. 집으로도 만날 찾
아온다니께. 그래서 나는 아랫집 전도댁이 1년 365일을 전도
해도 한 번을 안 가는 겨. 오지랖댁도 잘 처신해야듀."

마침 작은애가 왔다.

"엄니, 왜 그렇게 안절부절못하셔유?"

이실직고했더니 묻는다.

"그래서 진짜로 가고 싶은 규, 안 가고 싶은 규?"

"잘 모르겠어야. 별로 가고 싶진 않은디 해놓은 말이 있어서."

"그럼 목욕이나 가셔유. 목욕하시고 저희랑 점심이나 드셔유."

"따져대면 어쩐다냐?"

"까먹었다고 하슈. 잘 까먹으시잖유."

에라 모르겠다. 작은애 차 타고 내뺐다.

2010.12.29.

온 세상을 구제역 파동이 힘들게 하기에 축산 농가들이 심장을 조인답니다. 충북까지 구제역이 들어왔다는 뉴스를 접하고 가슴이 두근거린답니다. 제발 무사하길 빌어봅니다. 구제역 파동으로 저는 자식들을 못 보지요. 이렇게 눈이 소복이 쌓이고 방안에 갇혀 있으니 오늘따라 자식들이 많이 보고 싶네요. 우리 손주는 키가 조금 더 컸겠지요. 밥은 잘 먹는지 우리 작은아들 요즘 얼굴은 좋아졌는지. 피곤하면 금세 얼굴이 틀리는 아들이지요. 하루속히 구제역 파동이 없어져 아들을 보았으면 좋겠습니다.

그 소 모녀 얘기가 더 안 적혀 있다. 둘 다 살아나서 수의사한테 칭찬받았던 기억이 생생한데.

어머니는 슈바이처 화타예유!

그게 뭔데요?

아, 병 기똥차게 고치는 사람들유.

그 자랑스러운 얘기를 왜 안 적어놓았을까. 순 신세타령에 끌탕으로 도배하고 그나마 보람찬 일은 안 적어놨어.

2010.12.31.

며느리, 아들들이 전화했습니다.

많이 보고 싶은 내 자식들. 참으려고 했는데 눈물이 나오고 말았어요. 송금을 했으니 드시고 싶은 거 사 드시라는 작은아들. 저도 넉넉지 않은데 웬 돈이냐고 했어요. 애꿎은 텔레비전에 목을 매달고 온종일 보았답니다. 하루속히 반가운 소식이 있어 축산 농가들이 편해졌으면 하네요. 그래야 나라 경제 형편이 좋아지겠고 나도 자식들을 볼 수 있겠지요.

어이가 없다. 예순셋 먹은 시골 아줌마가 나라 경제까지 걱정했었다. 아닌 게 아니라 구제역같이 두려운 게 없었다.

안 귀하고 안 소중한 자식 없다지만, 작은애가 아니었다면 기분도 올해 못 넘겼을 것이다. 남편 따라갔을 거다.

예, 살겠습니다, 살겠어요. 올해 산 것처럼 내년에도 살겠습니다.

참, 남편이 아내 칠순 때 썼던 감사장을 비로소 읽었다.

여전히 그 감사장 어디 있는지 모른다. 고희연 당시엔 남편 눈치보고 애들 눈치보느라 그런 거 읽을 정신머리가 아니었다. 애들 올려보내느라 허둥지둥하고, 남편 화 풀릴 때까지 사나흘 동안 머리 아프고 그러는 새에 까맣게 잊어버렸다. 남편 화 늦게 풀린 게 아내가 감사장 읽고 고맙다는 말을 안 해줘서였나? 그런 거요? 이제라도 미안해요. 어쩌면 그 달력 종이 불쏘시개로 태워버렸는지도 모른다.

없는데 어떻게 읽었느냐면, 문명의 이기 덕택이었다.

혹시나 했는데 역시 작은애가 저녁때 들어왔다.

"뭐러 왔냐? 애들이랑 놀지."

"마지막날인데 엄니 쓸쓸하실 것 같아서요."

밥 먹다가 그 감사장 얘기를 했더니, 스마트폰을 막 뒤진다.

"형이 사진 찍어서 보내줬던 것 같아요."

2017.9.3.

여러분 고맙수다.

우리 이여사 70이라니 꿈만 같습니다. 22세 때 어린 몸으로 내 곁에 와, 어려운 형편에 모진 풍파 겪으며 삼남매 잘 키우고 오늘날 이만큼 좋은 가정을 일궈주어서 고맙습니다. 참으로 고맙습니다. 며느리들 시부모 잘 모셔줘서 고맙고, 현,

재, 솔, 환, 정 예쁘게 자라줘서 고맙다.

우리 마누라. 지금 이 자리에 동네분, 여러 친구 모시고 점심 한번 대접하는 것을 봅니다. 지금까지 불평 없이 살아온 당신. 앞으로 남은 인생 좀 나은 날이 있겠지, 하면서 여러분과 함께 고맙다고 인사드립니다.

불쌍한 양반, 이걸 사람들 앞에서 읽으려고 준비했는데. 결국 못 읽고, 휙 던져주던 성난 모습이 선연했다.

정이월에 떠나는

2010년 신정(新正)에 비롯했던 일기는 2011년에도 이어졌다.

2011.1.1.

한 해가 또 가고 새해를 맞이했네요. 아침나절에 가까운 분들께 새해인사했습니다. 올 한 해는 모두가 편하고 건강하고 행복해졌으면 합니다.

소복이 쌓이는 눈길을 어린 시절처럼 밟아보았지요. 뽀드득 뽀드득. 발밑에서 소리를 내었지요. 순백의 눈길. 마음도 조금 산뜻해졌습니다.

오후에 우리 손주가 건강하시라고 전화했습니다. 행복했습니다. 나도 올해는 건강한 몸으로 자식들 걱정 끼치지 않고 잘살았으면 하네요. 자식들 건강하고 행복하게 해주세요. 우리 남편, 오늘은 쓸쓸한가보네요. 궁시렁거리네요.

9년 전엔 겨울이 겨울다웠던가. 눈이 소복이 내렸던가. 올겨울엔 눈이 하나도 내리지 않는다.

큰며느리가 새해인사 전화하기에 몇 마디 나누다가 신경안정제 지어 온 얘기를 비치고 말았다.

좀 있다가 큰애한테 전화가 왔다. 며느리가 무슨 말을 어떻게 전했는지 큰애 목소리가 취조하는 드라마 형사 같다. 요새 자식들한테 말 못하는 무슨 문제가 있지 않냐고.

"아무 문제 없다니께 그러네. 내 끌탕 말고 니들이나 잘살면 된다니까."

몇 번이나 말했는데 곧이곧대로 안 들리는지 거듭 캐물었다. 무슨 큰 고민이 있으니까 약까지 처방받으신 거 아니냐고.

큰애도 갑갑하다. 무슨 약이든 안 먹는 날이 없었고, 저번에 길게 하소연했었다.

모터가 어디가 어떻게 문제인지 종일 돌아간다. 소리는 좀 크냐. 보일러인지 수도관인지 물도 새 나오고. 전기세도 어마어마하게 나올 것인디. 저번 달에 암것도 안 쓴 것 같은디도 8만 원인가 나왔더라. 여름에는 고추건조기 돌리느라고 왕창 나왔다 쳐. 가을, 겨울에는 내가 무슨 전기를 쓴다고 그런 돈이 나오겠냐. 네 아버지가 천지사방에 깔아놓은 전선 어디선가 전기가 흘러나오는 거겠지. 바깥광은 전기가 아예 안 들어온다.

주방채 천장은 쥐새끼, 고양이가 날뛰어 잠자기가 힘들구나. 접때 대충 틀어막은 구멍 말고 또 구멍이 있나벼. 허기는 지은 지 40년 됐는데 쥐구멍이 하나뿐이겠냐.

전기고 수도고 천장이고 싹 뜯어고치지 않으면 해결책이 없겠다. 그렇다고 싹 뜯어고치자니 그런 돈이 어딨냐. 네 아버지가 남겨준 돈에서 벌써 얼마가 가뭇없어진 거냐. 헛간 없앤다고 5백, 은행나무 벤다고 백. 집 고치려 들었다가는 돈 다 쓰고 고친 집에서 손가락 빨게 생겼잖냐.

그렇다고 판범이더러 네 돈으로 집 지으라고 할 수도 없잖냐. 작은며느리가 그 꼴을 보겠냐. 그냥저냥 살아보려는디 별의별 게 사람을 편히 살 수가 없게 한다.

제일 가난한 큰애한테 뭘 어떻게 해달라는 소리가 아니었다. 그나마 엄마 말을 진득이 들어주는 애니까 속이나 풀어보려고 지껄였다. 그때 다 들어놓고, 요새 뭐가 제일 고민이냐니. 지천명이라는 녀석이 궁량이 아직도 애 같다.

말해봐야 입만 아프지, 전화 얼른 끊자고 했다.

2011.1.4.

조금 포근해졌지요. 빨래도 하고 가스도 들이고 간식도 만들고 오전은 그렇게 보냈어요. 오후엔 혼자 텔레비에 눈 보낼 때 면사무소에서 전화가 왔습니다. 소독도 잘 하시고 사람 모인 곳에 가지 말라고. 언제쯤일까요. 마음 편해질 날이.

큰애가 뜬금없이 그 책 정확한 제목이 뭐냔다. 시내 서점 가서 『엄마의 봄날』이란 책을 찾았지만 품절이라 못 샀다는 얘기를 했었다. 인터넷으로 알아보았는데 『엄마의 봄날』 책이 두 종이라는 것이다.

"그걸 내가 워찌 아냐."

"표지가 빨갰어요, 파랬어요?"

"니, 파랬던 것 같다."

2011.1.7.

자식들이 엄마 마음도 알아차리고 형제가 집에 왔었지요. 맛있는 음식을 많이 사서. 며느리는 반찬까지 준비해 왔답니다. 자식들 얼굴을 보니 행복해옵니다. 손자는 키도 크고 의젓해졌어요. 건강하게 잘 성장해주길 빌어보네요. 엄마 아빠를 닮았으면 공부는 잘할 테니까 건강만 하면 되지요.

큰애랑 동창인 면사무소 직원이 찾아왔다.

"전화를 잘 안 받어서서 말씀도 전할 겸 문안도 드릴 겸 찾아왔슈."

"전화가 무서워서 잘 안 받어유."

"그럼유, 잘하셨슈. 영농교육 받으시라고요."

"영농교육? 나 그거 한 번도 안 받아봤는디. 우리 영감이 도 맡아 받아서. 나는 병원 댕기느라고 바빠서 영 못 가봤어요. 그 러구 내가 그런 걸 받아서 뭐한대유. 농사질 것도 아니고."

"밭농사는 조금이라도 지셔야쥬."

"그거야 뭐 평생 해온 일인디 교육 같은 걸 받을 필요가 있 남유."

"그래도 심심한데 나오셔요. 옛날처럼 딱딱하게 그러지 않 고, 강사분들이 재미있게 하려고 무던히 애를 쓰셔유. 다 끝 나고 빵도 드려요. 놀러간다 생각하시고 즐겁게 나오시면 듀."

면직원은 세금 납부 담당이라는데 3년 내리 시장 표창을 받 았단다. 세금 잘 걷어서. 애교성 있게 듣기 좋은 말 해주고, 저 만 말하지 않고 추임새까지 넣어주며 들어주는 품이 돈 잘 걷 게 생겼다. 아무리 고지식한 자린고비 노인네라도 젊고 싹싹 한 여성이 일부러 들러 웃는 낯으로 보채면 세금 안 낼 수 없 겠다.

찾아와준 것도 고맙고 말동무해준 것도 고마웠지만, 결국 면사무소에 가지 않았다. 교육받고 말고를 떠나서 사람 모인 데 가기가 저어되었다.

병원 갔다 왔더니 마루에 고추 모종용 줄과 케이크가 있다. 쪽지도 있다.

새해 건강하셔요.

─면사무소 딸내미.

그 공무원이 또 와서 놓고 간 듯. 큰애랑 어떤 사이였는지 모르겠지만, 동창 어머니라고 챙겨주는 마음이 갸륵했다.

2011.1.10.

살 물건들을 메모지에 적어 시내를 갔지요. 칼바람이 귀를 시리게 하네요. 부지런히 돌아다녀야 2시 40분 차를 타지요. 볼일이 너무 많거든요.

끝내 전 조합장이 별세했다. 여태 장례식장에 일절 안 가고 잘 버텨왔지만, 고인의 일곱 동생 중 다섯째가 동창이어서 안 갈 수가 없다. 일주일에 한 번 이상 전화해서 별일 아닌 얘기, 이미 수없이 한 얘기, 또 하고 또 하면서 두 시간 가까이 안 끊는 애다. 안 가봐라, 귀청이 남아나지 않을 테다.

아니다, 당연히 가봐야 도리지. 십몇 년이나 조합장으로 떵떵거렸던 망인은 남편을 무척 귀애했다. 남편도 이 동네에서 어른 구실 하는 선배는 조합장뿐이라고 잘 따랐다. 망인은 시골 금권까지 틀어쥔 유지답지 않게 품행이 방정했다. 기분한 태도 인자한 언사를 베풀었다.

2014.1.10.

기도해요. 장남은 2년 동안 노력해서 역사소설을 펴냈습니다. 대견하지요. 이 부족한 엄마 속에서 이름을 날리는 아들이 태어났으니 감사하지요. 보기만 해도 짠해지는 내 아들. 얼마나 신경을 쓸까요. 제발 부처님, 조상님 책 좀 아주 많이 팔려서 우리 아들 기 펴고 살게 살펴주옵소서. 소원이옵니다. 많은 사람이 우리 아들 책을 읽어주길 부탁드리옵니다.

　

전 조합장은 큰 부자이기도 했다. 지금 큰면조카보다 훨씬 부자였을걸. 망인 자신이 마지막으로 한 번만 더 하겠다고 출마한 조합장 선거에서 떨어져 말아먹고, 큰아들이 무슨 사업하다 축내고, 차남인가 삼남인가가 시의원 출마했다가 날리고 팍 줄었다는 소문이다.

자식들이고 동생들이고 다 한가락 하는지 문상객들이 버글버글했다.

동창한테 붙잡혀 들은 얘기 듣고 또 들었다. 마주앉아 듣노라니, 전화로 듣는 건 아이스크림 먹기였다.

동창은 오빠가 죽었다고 봐주지 않았다. 아버지가 동생들에게 골고루 나눠주라고 했건만 유산을 독차지한 나쁜 오빠, 조합장 한다고 어머니를 방치해서 외롭게 돌아가게 만든 불효자 오빠, 먹을 게 없어서 쌀 좀 부쳐달라고 했는데 기어이 안 부쳐서 여동생 굶겨 죽이려 했던 오빠…….

2011.1.18.

기뻐해야 할지 씁쓸한 미소가 나오네요. 영감, 농협에 다녀와서는 통장을 건네주데요. 무슨 적금을 들었다고. 남편 죽고 나면 혼자 남아서 자식들 눈치보며 구차스럽게 살지 않도록 만들어주고 저세상으로 갔으면 한다고. 통장을 메꾸려면 10년이 걸린다고. 그 10년을 나를 위해서 살고 싶다고. 통장이 채워져야 마음놓고 죽을 수가 있으니 자기한테 잘해달라고.

왜 저런 생각을 하는지 다시 한번 얼굴을 쳐다보았지요. 헛된 돈 한번 써보지 못하고 열심히 살아온 영감. 죽을 걱정을 합니다.

누가 먼저 죽을지 모르는 일이지요. 남자는 아내보다 먼저 죽어야 행복하다고, 남자 혼자 남아서 살려면 궁상스럽다고 말들 하데요. 자식들도 엄마보다는 아버지가 더 모시기 힘들다고. 자기가 먼저 가야 된다고. 하지만 조금 더 살고 싶다고 말하는 남편은 무슨 말로도 위로가 되지 않겠네요. 20년은 더 살 거라고 말했지요. 그 말밖에 할말이 없었어요.

'20년은 더 살 거'라고 말해주었는데, 남편은 그 절반만 더 살고 갔다. 약속했으면 지켜야지, 적금 다 치르려면 아직 잔뜩 남았다. 아내를 위해 10년을 더 살기로 했으면 10년 채워야지, 1년만 더 살았어도 10년 채우는 거잖아. 왜 못 채우고 갔냐고.

이런 일기를 왜 써놓았지. 확 불태워버리고 싶다. 사람들이 일기를 안 쓰는 까닭을 알겠다. 그때가 부끄럽거나 속상하기 때문이다. 화끈거린다. 화끈화끈.

가슴에도 고드름이 맺힌다.

2011.1.19.

춥다는 표현으로는 부족한 요즘 날씨. 원망스럽군요. 보일러가 고장난 지 5일째이지요. 방에서 걸레가 꽁꽁 얼어요. 잘 때는 이불이 여러 장이니 그런대로 견딜 만한데 낮에는 정말 무섭네요.

명절에 자식들이 올 텐데 이렇게 추워서 어쩔까요. 오지 말라고 해야 되겠지요. 나는 견딜 만한데, 자식들은 못 견딜 거예요. 자식들 없이 명절을 쉰다는 건 또 상상이 안 되지요. 빨리 보일러가 돌아갔으면 하네요.

연탄보일러, 기름보일러, 전기보일러. 보일러도 몇 번이나 바꿨는지 모르겠다. 고장 한 번 안 난 보일러가 없었다. 고장 없으면 보일러가 아니라는 듯 버릇처럼 속썩였다. 오죽하면 30년 전부터 자식들은 겨울 안부 전화 첫마디가 '보일러 잘 돌아가느냐'였다.

남동생이 왔다 갔다. 설에 못 온다고. 차 끌고 와서 술 한 잔을 못하니 수정과에 과일이나 먹었다. 마침 큰면질부가 한우고기팩을 주러 왔다. 명절 때마다 소똥냄새 때문에 미안했다고 아래뜸 사람들에게 돌리는 고기였다. 남동생을 보더니 또 전도 타령이었다.

"들어올라면 들어오고 갈라면 가. 찬 바람 들어와."

"바빠서 가야듀. 축사 치우느라고 정신이 없어유."

2015.1.20.

작은아들 처가살이에 얼마나 힘이 들지. 30평 넘는 집을 두고 왜 친정에서 살까. 자기 집에서 남편을 위해 음식을 만들고 자식이 잘 먹는 간식을 만드는 재미를 왜 우리 며느리는 몰라라 할까. 무슨 말을 할 수도 없고. 오늘은 잠을 못 잘 것 같다.

농공(산업)단지가 들어서기로 확정되었다. 예정 부지에 뭐라도 가진 사람들이 돈벼락 맞았다. 큰면조카네는 산에 밭에 축사까지 들어가 수십억을 받을 거란다. 만덕댁도 산덩이와 자드락밭이 들어가는데 몇억이란다. 참말 억소리 나는 세상이다. 감자를 심으면 감자보다 돌을 더 캔다고 궁싯대던 만덕댁, 다 늙어 보상받았네. 자식들한테 수천씩 나눠줄 거란다. 엄마 노릇 화끈하게 하겠네. 은근살짝 부러웠다.

시경리 논 위에 양계장만 반대 안 했어도 기분의 논 두 다랑이도 들어갔을 테다. 그 논도 몇억은 했을 텐데. 그거 받아서

자식들한테 분배해줬으면 속시원했겠다. 남편 섭섭하게 그 논
안 들어가서 다행이다 싶다가도 괜히 아쉽다.

공장 짓는다고 중장비가 사납게 돌아다닐 테다. 박사조카
농사짓는 데 성가시겠다. 촌구석 공장은 외국인 아니면 돌아
가지 않는다는데, 저 산골짜기에 공단이 들어오면 범골에도
외국인이 막 들어올까? 광버섯 아내 동남아댁은 반가워할까.

2011.1.23.

남동생이 환갑을 맞이했지요. 가까운 지인들과 형제들이 모
여서 식사를 했지요. 우리 동생은 중학교를 졸업하고부터 광
산일에 운전일에 지금도 막노동하지요. 사업에 실패도 하고
빚쟁이로 몰려 형제간에 발을 끊고 산 적도 있지요. 우여곡절
끝에 자식들 공부시켜 취직시키고 그 자식이 환갑잔치를 차
려주었습니다. 엄청난 고비를 잘 견디고 살아주어서 고마운
동생이지요.

그럼 남동생이 올해 칠순이란 말인가? 죽고픈 순간이 하 많
았을 텐데 열심히 살아줘서 고맙다. 어떨 때는 한없이 불쌍하
고, 어떨 때는 끝없이 미운 사람이다. 3천만 원 때문. 현시대에
도 3천만 원은 어마어마한 돈인데 90년대 3천만 원이라니. 새
삼 남동생이 밉고, 남편에게 미안했다.

2011.1.26.

줄어들지 않는 구제역. 가슴이 두근거리고 깜짝깜짝 놀라는 심정으로 사네요. 자식들아, 이번 설에는 내려오지 말아라. 무슨 말이지요. 1년에 두 번 고유명절에 자식들 보고 오지 말라고 말하는 부모의 심정을 하늘이나 알런지요. 구제역이 두 달이 넘게 지속되니 어쩔 수 없지요. 누구를 원망할 수도 없는 일이지요. 하루속히 잠잠해져 축산 농가들이 마음 편히 살 수 있기를 빌어봅니다.

다시 설날이다. 이럴 수가 있나. 남편 차례를 자식, 손주들만 지냈다. 조카들이 한 명도 안 왔다. 믿었던 넷째시숙네 조카들이 결국은 제사를 서울로 모셔 갔다. 서울서 모시면 박사조카 한 사람만 서울로 가면 되니까. 엊그제 넷째시숙네 조카들이 미리 성묘를 왔었다. 갸들이 생전 뭘 들고 오는 애들이 아닌데, 별일로 귤 박스를 앞세우고 들렀다.

큰면조카는 수원으로 차례 지내러 갔고. 관광조카는 시숙 모신 절에 갔고, 딱 한 사람 양돈조카가 올라나 했는데, 넷째시숙네 가보고 아무도 없는 거 보고는 집으로 돌아가버렸단다. 거기 없으면 여기로 오면 되지.

설날에도 부고가 날아들었다. 시경리 정류장댁이 저세상으로 떠났다. 자리보전한 지 몇 년 되었다. 요양병원에서 죽은 게 아니라 집에서 죽었다. 마지막 명절을 꼭 집에서 쇠고 싶었나.

집이 뭐라고! 수구초심이다. 50년 넘게 지킨 정류장으로 돌아와 눈감았으니.

2011.1.28. 맑음.
찹쌀 튀기려고 시장에 갔었답니다. 생활비에 벌벌 떨지요. 김 한 톳만 사서 왔지요. 오후엔 종콩을 골랐답니다. 일하고 있으면 잡념이 없어요.
저녁엔 큰아들이 안부 전화 했습니다. 책이 많이 팔려야 할 텐데, 2쇄를 안 찍었다네요. 답답한 일이군요. 많은 반응이 있어야 작가도 출판사도 살 수 있는데 책을 읽어주는 사람이 많아졌으면 좋겠습니다. 조상님 부처님 굽어살피소서.

가까운 남이 먼 친척보다 낫다고, 이웃집 공주댁이랑 가장 돈독했다.

인제 유부녀보다는 과부가 가까웠다. 남편 성성한 여편네들 말은 뭔 말을 해도 곧이곧대로 들리지 않고 불편했다. 과부 속 사정은 과부가 안다고, 과부 말은 뭔 말을 해도 공감되었다.

7년 차 과부 만덕댁. 원래부터 음지뜸 여편네 중 기분의 맘에 제일 맞았다. 만덕댁은 다른 아낙들에 비하면 말수가 적은 편이고 온순했다. 남편들끼리 절친이라 더 자주 어울리기도 했다. 같은 처지가 되고 보니 거의 단짝이 되고 말았다.

만덕댁이 또 왔다. "부녀회 총무가 꼭 모시고 오래요. 자기

한테 밥 한번 꼭 챙겨드리고 싶다고. 어머님한테 생신상 차려
주는 심정으로다가."

"안 가요. 지가 회관을 원수로 아는 거 아시면서. 지가 회관
청소만 안 갔어도. 발인 끝나자마자 노인회 장부 내놓으라고
한 사람들 얄미워서라도 못 가요."

"그건 귓구멍 달린 아줌마는 다 아는 얘긴디, 이번엔 안 가
면 안 되게 생겼다니께. 아까 점심때부터 지지고 볶고 장난이
아니라니께."

"노인네들이 모여서 할일이 그거밖에 더 있겠유. 테레비
서처럼 먹고 노는 거밖에."

"그게 아니고, 우리 둘만 불렀다니께요. 원래는 기분댁만 따
로 부르고 싶은디, 그럼 기분댁이 더 안 간다고 할 거잖여. 그
래서 기분댁이랑 제일 가까운 나까지 덤으로 부른 겨. 내가 기
분댁 덕에 아주 잘 먹게 생겼슈."

"둘만 불렀다고요? 그게 되남유?"

"회관 나오는 여편네가 몇 되나. 명절 막 지나고 저녁때는
더 없어. 딱 그때를 노려서 우리 둘만 모시겠다는 겨."

"타령댁은 안 불렀대유?"

"타령댁은 차례를 수원서 지냈잖아요. 올라간 김에 종합검
진까지 받고 내려온대."

망설이는데 총무댁한테 전화가 왔다. 왜 안 오시냐고. 안 오
시면 음식 바리바리 싸서 집으로 쳐들어올 기세다.

헐수할수없이 회관으로 갔다. 꼭 8개월 만에 들어가본다.

남편이 노인회장 7년 하는 동안, 남편을 성심으로 따르고 보필했던 육경면 부녀회 총무가 반가이 맞아주었다. 남편과 총무댁이 몰래 연애하는 거 아니냐고, 걸레로 주둥아리를 문질러버릴 소리를 해대는 이들도 있었다.

남편이 아니라 기분이 먼저 갔으면 그랬을 수도 있겠다. 차라리 그랬다면 좋았겠다. 총무댁은 기분보다 아홉 살이나 어리고 얼굴도 곱상하고 몸매도 좋았다. 무엇보다도 여러 여인에게 태부족하다는 애교가 있었다.

할망구 몇은 있겠지 했는데 아무도 없다. 상이 떡 벌어졌다. 반찬이 열댓 가지. 소고기, 오리고기가 장을 섰다. 기분이 못 먹는 돼지고기랑 밀가루 들어간 음식은 일절 없다. 총무댁의 세심함이 음식마다 반짝거렸다.

"아이구, 내 생일상보다 푸짐하네요. 왜 이러셨댜, 왜 이러셨댜."

"언니, 마음껏 드세요. 자주 찾아뵙고 그런다는 게 하는 일 없이 바빠서요."

"총무님 별명이 오죽하면 해결사겠어요. 해결할 일이 좀 많았겠어요."

자꾸 눈물이 났다. 남편이 이 잔칫상 같은 밥상을 받았어야 했는데.

"으이구, 우리 언니는 언제 과부살이에 적응될라나."

총무댁도 과부다. 타령댁보다도 선배 과부다. 총무댁이 기분의 등을 가만가만 쓰다듬어주었다. 기분은 코로 먹는지 귀로 먹는지 몰랐다. 맛있었다. 참말로 맛있었다.

2011.1.29.

9시 10분 차를 타고 시내를 갔다 왔지요. 기름도 짜고 목욕도 하고 오는 길에 동창생을 만났는데, 집까지 편하게 태워다 주었어요. 종지며 그릇 대접 등을 깨끗이 삶았어요. 나날이 오르는 물가. 올겨울에는 옷 한 벌 사 입지 못했는데 생활비는 쑥쑥 들어가니 하루가 불안하지요.

박사조카가 뜬금없이 남편 부의록을 보여달란다.

"새꼽빠지게 그걸 왜 보여달라는 겨?"

보여줬더니, 누구 이름을 찾는다.

"안 했네, 안 했어. 노인회장 마나님이 작은아버지 상 때 부의를 했나 안 했나 헷갈려 하더라고요. 이장이 같이 있었는데, 안 했으면 지금이라도 하는 게 맞대서요. 아마 안 했을 것 같다고, 안 한 게 맞으면 전해달라고 하데요."

그러면서 부의금 봉투를 내밀었다.

가슴에 천불이 일어났다. 인제 와서 생뚱맞게 부의금이라니.

"조카는 대체 이걸 왜 받아 왔나. 내가 회관의 '회' 자만 들어도 열받고, 노인회장이고 이장이고 '장' 자만 들어도 화나는 거 알면서 대체 왜 이러나."

"그래도 돈인데 받아서 나쁠 거 뭐 있슈."

"이깟 5만 원 없어도 사는 데 아무 지장 없어. 얼른 갖고 가."

기분이 박사조카에게 화낸 게 생전 처음이었다.

2015.1.28.

생각하기도 싫은 1년을 넘겼다. 평생을 병과 싸우며 남편 눈치보며 살고 있는 나. 열심히 기도하면 무엇하나. 내 몸도 건사 못하는데. 나도 모르게 짜증이 난다. 남들처럼 건강한 몸으로 굽 높은 신발에 멋진 바지를 입고 스포츠댄스에 다닐 수 있으면 좋겠다. 공주댁을 부럽게 바라보는 나는 이제 그만 저세상으로 가고 싶다. 더이상 힘이 들어서 못 살겠다. 명은 길다. 이 고생하며 지금까지 살고 있으니.

텔레비전에서 코로나 얘기만 한다. 여기를 틀어도 코로나, 저기를 틀어도 코로나. 큰애네가 사는 수원에서 열몇번째 확진자가 나왔다. 깜짝 놀라 얼른 전화해봤다. 별일 없단다. 별일 없어야지. 꼭 마스크 끼고 다니라고 했더니, 어머니도 꼭 마스크 끼고 다니란다.

"나는 마스크 못 껴. 귀가 작아 그런지 영 안 걸려. 니 아버지가 그랬잖냐. 마스크도 못하는 여자라고."

잊을 만하면 전염병이다. 플루, 사스, 메르스. 늙은이도 이름을 기억할 정도면, 대단한 것들이다. 이번 것은 그래도 중국에서만 수백 명이 죽었단다. 우리나라는 절대로 죽는 사람은 없어라.

작년에 감기로 8천 명 죽었다는 미국은 뭔가? 잘못 들었나 해서 작은애한테 물어봤는데 미국 맞다. 거기는 의료보험제도가 형편없어 돈 없으면 감기에도 죽는단다. 감기 한 번에도 백만 원 넘게 든다나.

애국자는 못 되지만 우리나라에서 태어난 게 새삼 감사하다. 병원을 저렴하게 마음껏 다닐 수 있잖아. 코로나가 빨리 끝나 병원 실컷 다니고 싶다.

2015.1.29.

큰며느리가 전화했다. 아범이 마른다고. 대변에 피가 섞여 나온다고. 우리 부부는 정신을 차릴 수도 없다. 큰아들 술도 잘 먹고 담배도 잘 피운다. 밥도 못했다. 가슴이 두근대고 심장이 멎을 것 같다.

큰아들에게 전화해서 야단했다. 병원에 가라고.

기본검사와 피검사를 하고 왔단다. 위와 장에 염증이 있단다. 일단 한시름 놓고 대장내시경날까지 기다리기로 했다.

큰아들 걱정을 해서인지 다시 배가 아프다. 신경성인가보다. 정신을 차리기로 했다. 내가 아파서 입원하면 작은아들이 고생하고 돈이 들어간다. 큰아들 걱정한다고 작은아들 고생시키면 안 되지. 마음을 독하게 먹고 밥을 했다. 아무 탈 없이 검사 결과가 나왔으면 좋겠다.

6년 전에 무릎 수술 한 것, 정기점검받으러 수원 병원에도 가봐야 하는데 연기했다. 마스크도 안 써지고, 마스크 안 쓰면 돌아다니지도 못할 분위기고, 뉴스 보니 병원이 제일 위험했다.

2011.1.31.

나는 살아 있는 게 아닙니다. 가고 싶은 곳도 없이 하고 싶은 일도 없이 목숨 가는 날까지 그저 산다고 해야겠지요. 지루하게 오래 살까 걱정이네요. 어쨌든 우리 영감을 위해서 살아보지요. 내가 아니면 소주만 먹고 살 테니 불쌍해질 거예요. 지금도 소주를 밥보다 더 먹는데 오죽할까요. 사는 날까지 살아서 동행해야지요.

또 한 사람이 갔다. 20년 가까이 중병치레하던 심청댁.

지난번 문병 갔을 때 아들이 통역해주는—심청댁은 목청과 혀도 굳어져 (말을 하긴 하는데) 보통 사람은 알아들을 도리가 없었다—말을 들으니, 설 때 죽으면 문상객도 못 오니 죽어서도 자식들한테 미안하다고, 설 지나고 딱 일주일만 더 있다가 죽었으면 원이 없겠다고 했다.

딱 그렇게 되었다. 코로나 때문에 문상객은 덜 오겠지만. 수원 큰아들한테 내려오지 말라고 했다.

문상 가기로 했다. 코로나가 아니라 코로나할아버지가 와도 50년을 얼굴 보고 산 동네 아줌마인데 안 가볼 수 있나. 마침 만덕댁이 같이 가자고 왔다.

둘이 걷는데, 기억씨가 차를 세운다. 기억댁이 얼른 타라고 성화다. 기분·만덕댁은 손사래를 치며 사양했다. 부부끼리 오붓하게 가시라고. 접때 전 조합장 문상 갔다가 얼떨결에 기억씨 차를 타고 돌아왔었는데 무척 불안하고 비편했다. 회관 앞에 두 사람만 모여 있어도 안녕장례식장에서 데리러 오는 데 굳이 거북한 차 얻어 탈 까닭이 없다.

"한 달에 몇 명씩 가네. 진짜로 10년 지나면 전도댁하고 동남아댁만 남겠어요. 나는 얼마나 더 살라나. 여든은 채울라나. 내일모레니까 채우겠쥬?"

"백 살도 채우지유. 그르케 건강하신데. 아드님 말마따나 농사일만 좀 덜하시면."

"올해는 진짜로다 건성으로 할뀨. 아들 무서워서 어디 허겄냐고. 기분댁도 자식 말 잘 들으셔. 자식들이 저승사자보다 더 무섭다니까."

"심청댁이 올해 몇 살이던가요? 그르케 건강하던 분이 말년에 그냥 앓다 가셨으니. 그래도 효도를 많이 받았어유. 그집 자식들이 참 효자여유."

"암만. 중풍, 치매 앓고도 요양병원에 안 끌려간 여자는 그 여편네밖에 없을 겨. 나보다 댓 살 많았으니까 꼭 여든셋일라나. 기억댁은 생일까지 알 겨."

"같은 노씨네 붙이니께 잘 알겄지유."

"맞어요. 우리 동네 노씨 진짜 많어요."

면 차원으로 유명한 노씨네가 심청댁네였다. 두 부부가 그야말로 뼈빠지게 가르쳤다. 아들만 여섯이었다. 장남은 대학은 못 갔지만 대도시 일류 고등학교 나와서 높은 공무원 되었고, 차남은 연세대, 3남은 서울대, 4남은 미국 무슨 대, 5남은 충남대 나왔고, 6남은 카이스트 나왔다. 그중에 5남이 중풍, 치매 쌍으로 걸린 지 엄마를 15년 동안 지극정성으로 모셨다. 이 동네가 없어져도 그 효자 얘기는 남을 거다.

회관 마당에서 서성대는데, 이장이 알은체했다.

"농협에서 이기분이 누구냐고 묻던듀. 출자하신 거 이자 받아 가시라고."

농협 직원에게 전화받아서 이자 넣어준다는 거 알았다.

이장은 농협 출자에 대해서 이것저것 물었다. 이장이 그것도 몰라? 농협서 안 물어보고 왜 앰한 사람한테 묻는 건가? 참 채신머리없다.

남편 모셨던 안녕장례식장. 죽기 전에는 안 가려고 했는데 벌써 두번째다. 앞으로 문상객배달차를 몇 번이나 타게 될지.

화환이 숲을 이루었다. 전 조합장 때보다 두 배는 될 듯.

심청댁이 나흘 전 서울 가서 백내장 수술 받고 왔단다. 곧 죽을 거라고 앓는 소리 남발하면서도 마지막까지 잘 보고 싶었나. 잘 보인다고 좋아하다가, 아무런 조짐이 없다가 갑자기 돌아가셨다고. 비록 일찍 과부 되고 일찌감치 휠체어 탔지만, 천수를 누린 거 아닐까.

아줌마들이 '놀다' 가라고 하는데 기분은 얼른 나왔다.

저녁에 작은애도 들렀다는데, 사람이 어마어마하더란다. 코로나가 겁나지 않나?

2013.1.27. 맑음.

내 생애 처음이자 마지막 선물을 받았다. 연극 제목은 〈친정엄마와 2박 3일〉. 마음속으로 보고 싶었는데 작은아들이 예약하고 데리러 왔다. 다시 한번 나의 친정엄마를 생각하게 한다. 나는 엄마한테 너무 해드린 게 없다. 낳아주셔서 고맙다고 말해본 적도, 키워주셔서 고맙다고 말한 적도 없다. 당연히 엄마는 그 자리에 항상 계신 줄로 알았다. 어느 날인가 이 세상에 안 계신 엄마를 마음속으로 그리게 되었다. 그때는 이미 늦었지만.

작은아들 내외한테는 미안하다. 엄마가 도움도 못 되고 그 비싼 연극을 보겠다고 했으니, 앞으로 말조심하고 될 수 있는 대로 자식한테 부담을 주지 말자.

2011년 2월부터 이태 동안 한 줄도 쓰지 않았다. 생애 처음으로 연극을 보고 2년간 중단했던 일기를 썼다.

오죽했으면 '내 생애 처음이자 마지막 선물'이라고 썼을까. 그만큼 연극 관람은 기분에게 일대 사건이었다.

작은애가 신혼여행 다녀온 뒤부터 소원 타령을 했다.

"엄니, 소원이 뭐예유?"

"너 결혼하는 게 마지막 소원이었는데 이루어졌으니 더 무슨 소원이 있겠냐, 없다."

"그러지 말고 구체적으로 뭐 없으세요?"

"나도 저거나 한번 보고 죽으면 소원이 없겠다. 어렸을 때부터 그렇게 보고 싶어했는데 한 번도 못 봤다. 연극 말여. 엄청 비싸더라."

기분은 전단지를 가리켰다.

연극 〈친정엄마와 2박 3일〉 전국 투어 '당진'

국민엄마 강부자를 만나세요. 눈물과 감동, 웃음이 함께 밴 진한 가족의 사랑을 전해줄 단 하나의 연극! 평소에 창피해서 잘 하지 못했던 '미안해, 사랑해, 고마워'라는 말을 대신해주는 연극! 슬프기만 한 것이 아니라, 부모님의 소중함을 다시 한번 생각하게 되는 최고의 연극! 말이 필요 없는 20만 6천 관객의 선택! 보고 또 봐도 넘치는 감동으로 친정엄마 신드롬을 일으킨 화제작! 친정엄마와 딸 이야기로 대한민국을

웃고 울린 '엄마신드롬'의 최강 연극!

공연기간 : 2013년 1월 26일~27일

공연시간 : 토요일 오후 3시, 7시 / 일요일 오후 2시

공연장소 : 당진문예의전당

관람등급 : 만 7세 이상

관람시간 : 100분

티켓가격 : R석-77,000원 / S석-66,000원

하도 물으니까 해본 말이었고, 바라지도 않았다. 혹시나 싶기는 했다. 작은애가 덜컥 표를 끊어 왔다.

50년 만에 극장 가서 영화 보고 온 남편은 노인회원들과 한 달에 한 번은 꼭 가기로 약속했지만 다시는 가지 못했다. 시내 영화관 가면 언제나 볼 수 있는 영화 한 번 보기가 그토록 어려웠다.

하물며 영화보다 몇 배 비싼, 안녕 시내에서는 하지도 않는 연극이었다. 생전 처음이자 마지막으로 보는 연극이었다. 아무리 재미없고 아무리 감동 없는 걸 보여줘도 알아서 재미있고 감동받을 판이었다.

수십 년 전에 돌아가신 어머니를 여새기고, 자식들에게—특히 딸에게—제대로 된 어미였나 회한하고, 자식들이—특히 딸이—엄마 모르게 어디 아프면 어쩌지 두렵고, 보는 내내 가

슴이 쓰라리고 눈물이 질질 났다.

슬픈 게 재미있었던 진기한 경험이었다.

당연히 남편이랑 같이 갔다. 설마 엄마 혼자만 보여줬겠어. 남편도 연극이 생애 처음이자 마지막이었다. 남편이랑 부부 동반으로 영화 한 편 본 적이 없다. 그 연극은 남편이랑 나란히 앉아 뭔가를 본 처음이자 마지막이었다.

실제 기억인지 지어낸 기억인지 어렴풋하지만, 연극이 끝나 갈 때쯤 남편이 기분의 손을 꼭 잡으며 속삭였다. 과연 쌀 한 가마니 값을 하는구먼. 볼만했어. 여보, 나랑 살아줘서 고마워. 아무래도 남편이 그랬을 리가 없어. 엉터리 기억 아니면 꿈속의 일 같아.

전 조합장 아들이 왔다. 셋째인지 넷째인지 아리송했다. 아버님 잘 모셨단다. 조문 답례 인사 하려고 일부러 왔을 리는 없고, 왜 왔을까.

"지역사회보장협의체라고 아시죠. 큰면형님이 민간위원장 이니까 잘 아실 거예요. 잘 모르시구나. 이장, 새마을지도자, 주민자치위원, 복지기관 종사자, 자원봉사단체 회원 등 다양 하게 모였슈. 이 일 저 일 많이 해유. 아직두 연탄 때고 사시는 분들이 있잖아요. 저번 겨울에는 그분들께 연탄 배달해드렸 고, 김장도 해드리고, 영정사진도 찍어드리고, 암튼 많은 일을 하는데, 그중에 혼자 사시는 노인돌보미 사업도 있어요. 혼자 사시는 거 여북 적적해요. 잘 계신지 별일 없으신지 틈틈이 찾아뵙고 그러는 거죠. 이렇게 말동무도 해드리고요. 지가 어머니 담당유. 그래서 온 규."

50년 전인가, 담장 밖에서 하도 요란한 소리가 나서 가봤더니 글쎄, 도랑에 진짜로 팔뚝만한 가물치가 다섯 마리나 펄떡거렸다. 풀더미에 걸려 못 내려갔다. 남편이 퇴근할 때까지 기다릴 수는 없고, 저걸 어떻게든 건져내서 가물치매운탕 끓여 남편 깜짝 놀라게 해줘야지.

그때 조합장 아들 하나가 와서는 자기네 양어장에서 탈출한 거라고 악을 쓰더니 다섯 마리 다 잡아 갔다. 뜬금없이 왜 그 속상한 기억이 나는지.

"어휴, 나는 괜찮어유. 내가 혼자 사는 게 맞지만, 작은애가 시내 살아서 주말마다 오구요, 조카들이 틈틈이 찾아오고요, 딸네도 2주에 한 번씩은 오고요, 큰애네도 자주 와요."

다시 찾아오지 않았으면 한다는 속셈을 담느라 대답이 길었다. 일부러 찾아와서 얘기해주고 가는 사람, 잠시 반갑고 오래 귀찮았다.

빨리 가줬으면 좋겠건만, 뭔 남자 입이 말 뽑아내는 기계였다. 종편방송에 나오는 말장수들 뺨쳤다. 사위랑 합석하면 날 새우겠다. 어쨌거나 본업이 뭔지 모르겠지만 선행을 되우 베푸는 듯. 저 사람이 저번에 조합장 했던 아버지 배경을 믿고 시의원 선거에 나왔다는 그 아들인가. 다음에 또 나서보려면 빛

나는 일을 다수 하긴 해야겠다.

기분은 대거리하고 싶었다. 그런데유, 그렇게 반반한 일을 많이 하시고 말도 되게 훌륭하게 하시는 분이 왜 마스크를 안 쓰신댜. 테레비도 안 봐유? 할마씨, 막 무서워서 벌벌 떠는 거 안 보여요? 아저씨 침방울만 쳐다본다고요.

2014.2.

유수와 같은 세월이 달려요. 무엇을 하고 살았는지 울고 싶어요. 늘어만 가는 병, 이제는 백내장이래요. 몹시 불편해요. 수술해야 되는데 할 수가 없지요. 소화도 안 되고 위내시경까지 했어요. 식도에 염증, 위에 출혈이 있다는군요. 아무리 모진 운명을 타고났다지만 이건 너무하지요. 살아보려고 노력하지만 온몸에 정상인 곳이 없는 사람, 살고 있는 게 죄인입니다.

전우치부부는 성묘 때마다 들렀다. 우치씨와 남편은 죽마고우였다. 불알친구 남정네끼리는 살가운 대화만 오갔는지 모르겠지만, 기분은 우치댁만 만나면 울가망했다. 기분보다 댓 살 연하 우치댁은 화려한 입성으로 아직 창창한 티를 과시하며 '그새 또 더 늙으셨다'고 속 긁는 소리를 해댔다.

2014.2.4.

명절 쇠고 자식들이 가고 뒷정리를 하고 며칠이 흘렀다. 작은아들이 이사가는 날이다. 날씨는 최고 추운 듯하다. 컨테이너에 있던 짐, 처가댁에 맡겨놓았던 짐을 가져간 것으로 모자랐는지 가구며 전자제품을 새로 사들였다. 새로 지은 30평 아파트가 정말 좋은 듯하다. 부디 건강하고 행복하게 살길 빌어봅니다.

전우치씨 부고를 받았다.

작년에는 통 안 오고, 남편 장례 때도 안 오고, 자식도 안 보내고 서운했었다. 근데 그이도 남편처럼 어딘가 아팠나.

참 부지런히들 간다.

2015.2.4.

봄이 시작된다는 입춘이다. 오서암에 가서 시주를 올리고 열심히 기도했다. 부디 자식들 건강하게 해주시라고. 나는 죽어도 괜찮다고. 굽어살피시라고. 집에 와서는 술도 병에 담고 콩도 고르고 그런 하루가 지나갔다. 돌아오는 금요일 큰아들 검사 결과가 잘 나왔으면 원이 없겠다.

전우치씨는 딸 셋에 아들 하나. 그 아들이 속 어지간히 썩였다. 이 동네 50년 살면서 도둑질하다가 지서 끌려가고 그러는 애는 개밖에 못 봤다. 아들 장가를 못 보내 답답해하더니만, 작은애가 휴대폰으로 보여주는 부고장엔 배우자가 있다. 결혼식에 못 간 게 미안해진다. 알려주지도 않았지만.

아들 결혼식에 못 간 거랑 남편 장례식장에 안 온 거랑 쌤쌤으로 치면 되겠다.

그럼 전우치씨네 저 밭은 어떻게 되나. 하도 오래 지어 먹어 텃밭 같지만 고추 심어 먹는 저 밭이 기분네 밭이 아니다. 은행나무마당과 깨·콩밭·축사 사이에 남의 밭이 끼어 있으니, 개갈 안 난다.

남편이 그 밭을 사려고 했었다. 우치씨는 "우리 엄니가 평생 일군 밭인디 팔고 싶지는 않고 그냥 지어 먹어. 도지 같은 거 하나도 안 줘도 되니께." 한사코 팔지 않았다.

해마다 고추 10근씩 주면서 텃밭처럼 지어 먹은 게 어언 30년이다. 우치씨가 언제라도 팔겠다고 하면 사려고, 그래야 자식들이 편하다고, 남편은 3천만 원을 마련해두었다. 그러니까 작년 여름에 박카스 박스에 숨겨져 있던 그 돈이 실은 밭 사려고 했던 돈이었다. 아무리 시골 땅값이 똥값이라지만 이제 3천만 원으로는 그 밭 못 산다.

그 밭이 작물이 잘되기는 한다. 다른 밭에서는 고추도 안 되고 마늘도 안 되는데 그 밭에서는 축사 오줌통에서 스며 나온 오줌 덕분인지 크게 망친 적이 없다. 올해도 다른 것은 몰라도 고추는 해야지 하다가도 심고 밭 맬 일이 아득하니 '에라 관두자, 뭐 미치겠다고 그 고생을 하냐, 남는 것도 없는데' 소리가 절로 나왔다.

장례식장이 군포란다. 수원 사는 큰애가 가보겠단다. 부조를 얼마나 해야 할지 고민이라기에, 5만 원만 해도 뒤집어쓴다(충분하다)고 훈수했다. 전우치씨네 선산이 이 동네에 있으니 발인은 여기서 하겠지. 내일 가보면 되겠지. 부고장을 자세히 본즉 홍성에서 화장을 한단다. 납골당에 모신다는 뜻인가. 선산에 안 모시고?

우치댁은 남편 갔어도 씩씩하게 잘 살 거다.

저녁에 딸네가 왔다. 사위는 어항에서 회를 떠 왔다. 변함없이 살뜰하다. 사위가 박사조카를 청했다. 여남은 날 만에 보는 조카, 몹시 반갑다.

"나는 조카가 삐쳐서 안 오는 줄 알았어. 저번에 부조 봉투 일로."

"그게 뭐 삐치고 그럴 일유. 바빠서 못 왔슈. 회관서 노느라고."

자연스럽게 오늘 죽은 전우치씨 얘기가 나왔다.

"밭, 논 다 팔았대유. 전우치씨가 암이었대유. 병원비가 모자랐던 건지 죽기 전에 나눠주고 간 건지 모르겠지만 싹 팔았대유. 선산은 애저녁에 팔았고 백골 부모도 벌써 꺼내 갔쥬. 그 아들녀석이 어렸을 때부터 사고뭉치더니 커서도 철이 안 들은 규. 의당 30년이나 밭 지어 먹은 사람한테 먼저 살 거냐고 물어보는 게 도리인디. 법적으로도 그류. 작은어머니가 법적으로 나서면 그 밭 함부로 못 팔어유. 매물로 나오면 경작자 우선

278

이니께."

"어휴, 법은 무슨 법이여. 근디 난감하기는 하네. 그 밭농사
를 딴 사람이 지으면 골치가 아플 텐데. 애 아버지 그 밭 사고
야 말겠다고 노래를 부르고 돈까지 다 모아놨는디 팔라고 해
도 안 팔고 이 지경이 되었구만."

사위가 마구마구 욕했다. 경우 없다고.

"오늘 초상 치르지 않나. 그만허게."

우치댁이 살짝 얄밉다. 팔기만 한다면, 의외로 신포농협 직
원인 작은며느리가 사겠다고 했었다. 우치댁이 아들에게 '김
동창 어르신한테 사실 의향이 있는지 없는지 여쭈거라!' 그랬
어야 하잖아. 아버지 지기에 동네 사람에 지어 먹는 사람한테
팔면 많이 못 받을 것 같아 딴 사람한테 판 것일까.

어쨌거나 지난가을에 심은 마늘은 거두게 해주겠지.

"어머니, 딴 사람한테 지라고 하면요, 여기로 못 들어오게
막아버려요. 아뉴, 제가 와서 처리할게요. 우리 어머니 속상하
게만 해봐. 내가 가만 안 둘 겨." 장모 대신 성질 내주는 사위가
은근히 든든했다.

텔레비전 없었으면 어쩔 뻔했나. 혼자 사는 할망구에겐 테
레비가 남편이고 친구고 자식이다. 그치만 틀기만 하면 전염
병 얘기니 화난다. 코로나! 한 며칠 덜 나오더니 갑자기 하루
에 백 명씩 나온다.

중국에서나 사람이 죽는 줄 알았는데, 우리나라에서도 사람이 죽기까지 했다. 대구에 신천지라나 구천지라나 무슨 교회 갔던 사람들이 줄줄이 걸렸다. 대구! 큰애가 대구 무슨 대학교에 강의 나간댔다.

"가지 마라."

"그렇지 않아도 개강 연기됐어요. 2주 후부터 오래요."

"2주 가지고 되겠냐? 아예 가지 마."

"안 가면, 손가락 빨고 살아요?"

"되도록 나가지 말고 마스크 꼭 하고!"

"어머니두요."

"다 늙은 사람이 뭐가 문제냐."

"어머니두 가급적 나가지 마시라고요. 병원도 나중에 가시고."

저런 데를 왜 다닐까? 하기는 절 다니는 거나 뭐가 다를까. 부처님이든 예수님이든 열심히 믿어도 재수없으면 걸리는 거다.

사람병이든 짐승병이든 전염병 돌면 자식들 보기가 어려워진다. 자식들도 알아서 안 내려오지만 부모 처지에서도 내려오라는 말을 못한다. 먹고사는 걱정만 없으면 아무 걱정도 없는 시대가 될 줄 알았는데, 전염병 걱정으로 해가 뜨고 지는 시대라니. 살 만큼 산 사람들이야 뭐가 걱정인가. 더 살아야 할 젊은이들이 안타깝다.

2015.2.20.

설을 지낸 자식들이 모두 자기집으로 가고 우리 두 늙은이만 남았다. 큰아들은 몸이 야위었다. 작은아들은 병원에서 비만이라고 했단다. 큰며느리는 몸이 아픈 곳이 많단다. 걱정 안 되는 자식이 없다. 딸은 손마디가 아픈 게 장모 닮았다고 사위가 말한다. 키가 작은 것도 내 탓, 아픈 것도 내 탓. 부족한 엄마는 원망투성이다. 나도 이렇게 살고 싶은 게 아닌데, 나도 하고 싶은 일, 꿈이 있던 젊음이 있었다. 늙고 병들고 망가진 모습, 나 자신도 싫다.

삼사월 코로나

배추밭, 짐승 발자국과 파헤친 흔적이 낭자했다. 틀림없이 멧돼지다. 밤새 지랄용천했군. 기어이 여기까지 왔나. 티브이로는 원 없이 보고 넘치게 들었는데, 멧돼지 실물은 본 적이 없다. 안 보는 게 좋겠지만. 멧돼지 소문이 좀 흉흉한가.

참말이지 동물의 왕국이 따로 없다. 고라니고 멧돼지고 다 어디에 살아 있던 걸까? 고라니까지는 어찌어찌 숨어 자손을 이어왔다고 쳐, 멧돼지는 어떻게 버텨 내려왔는지.

나무 때던 시절엔 멧돼지 얘기도 못 들었다. 멧돼지가 있었다면 산에 나무하러 갈 엄두도 못 냈을 거다. 아니, 있었다면 남정네들이 술안주로 다 잡아먹었지. 요새야 먹을 게 넘쳐나니 멧돼지고기 줘도 질기고 냄새난다고 안 먹는다지만 못 먹던 시절에야 그게 뭐든 없어 못 먹었다.

작은애가 덜컥 샀다는 개집과 쇠울타리가 왔다. 배달원이 조립, 설치까지 해줬다. 작은애가 개집 바닥에 헌 이불을 깔아준다. 좁은 쇠창살에 갇혀 살다가 마당까지 갖춘 저택에 살게 되었으니, 개가 좋다고 펄펄 뛸 만했다.

개 팔자도 제각각이다. 수컷은 느닷없이 보신탕이 되었는데, 암컷은 갑자기 새집 독채를 가졌다.

작은애가 원래의 개집, 쇠창살을 낑낑 들어냈다. 한 20년 바닥에 쌓이고 쌓인 개똥더미. 냄새가 말도 못하게 독하다. 작은애가 씩씩대며 개똥산을 푼다. 다섯 리어카는 나올 듯. 35년 동안 날마다 소똥 치웠던 남편, '개똥도 약에 쓰려면 없다'는 속담이 무색하게 개똥은 퇴비로도 쓸모가 없으니* 개똥은 칠 일이 없었다.

작은애가 방아를 찧는다. 딸애가 작은애한테 쌀 없다는 전화를 했다고.

큰애도 쌀 떨어졌을 텐데. 전화해봤더니 역시 일찌감치 떨어지고 사 먹나보다. 어머니는 찧을 줄 모르니 부탁할 수 없고 아우한테도 부탁말 하기가 저어됐겠지.

---

* 개똥은 거름(비료)으로 잘 쓰이지 않았다. 분해 시간이 오래 걸리고, 단백질 함량이 높아 땅이 산성화되고 식물에게도 좋지 않다.

작은애네와 딸애는 자기 차로 가져가면 되는데 큰애네는 택배로 보내주어야 했다. 쌀만 보내기가 아쉬웠다.

코로나 터지고 처음 시내에 나갔다. 종점에서 서점까지 가는 동안 마스크 안 쓴 사람은 셋밖에 못 봤다. 저 할망구 마스크도 안 했어? 막 째려보는 거 같다. 귀에 안 걸려 마스크를 쓸 수가 없다고 이마에 써 붙이고 다닐 수도 없고. 하기는 쉬이 믿어줄 핑계도 아니다. 『엄마의 봄날』은 큰애가 인터넷으로 사서 보내줬다.

"〈좋은생각〉 있어요?"

"할머니가 보시게요?"

"그럼유. 내가 보지 누가 봐유."

"대단하시네요, 큰글씨로 드릴까요?"

큰글씨책, 작은글씨책이 따로 있고, 천 원 차이란다. 작은글씨로 샀다. 천 원이라도 아껴야지.

목욕탕은 갈 엄두도 못 내겠다. 어물전으로 향했다.

비가 자주, 심하게 온다. 작은애가 집 떠내려갈지 모르니 자기 집에 와 있으란다.

손자들이 학교에 못 가니, 낮에는 사부인이 와 있단다. 작은애도 참. 낮엔 사부인 눈치를 보고 저녁엔 며느리 눈치보라는 겨? 며느리가 얼마나 불편하겠어. 혼자 사는 거에 익숙해져야 한다. 아니, 충분히 익숙해졌다.

책도 읽고 아무거라도 써보고 가계부도 적고 텔레비전도 보고.

딸이 〈내일은 미스트롯〉이 재밌다고 추천했다. 볼만했다.

빈 감귤 박스에 고등어 한 손, 조기 손질한 거 스무 마리, 생 굴무침—사돈네서 굴을 보내왔는데 집 고추장 넣고 버무렸다—단지를 넣었다. 코로나 정국이라도 택배는 부르니까 얼른 달려왔다.

"우리는 코로나 땜에 바빠 죽어요."

택배기사가 좋다는 건지 나쁘다는 건지 히죽 웃었다. 웃음이 끝 모르게 지쳐 보였다.

2013.3.

요새는 우울한 날의 연속이다. 종일 소주에 목을 매고 사는 남편, 저녁을 안 먹고 잔다. 인상을 잔뜩 찌푸리고 반찬을 뒤적이는 남편. 나는 아예 쳐다보지도 않고 밥을 먹는다. 내 속이 타는지도 모르는 영감. 100만 원 준 생활비가 두 달 만에 바닥이 나고 빈 통장이다. 생활비가 없다고 몇 번을 말했는데도 못 들은 척한다. 더이상은 자존심이 상해서 말하기 싫다. 주는 사람도 힘이 들 테고 나도 불편하다. 평생 타서 쓰는 돈. 어차피 자기가 주어야 하는 돈, 알아서 주면 어떤가.

갑갑해 미치겠다. 시내 목욕탕이라도 다녀왔으면 좋겠는데.

목욕탕 못 가는 게 이렇게 괴로울 줄 몰랐다.

남편을 보러 갔다. 어머나, 풀이 엄청나다. 벌써 봄이었다. 코로나 때문인지는 몰라도 춘삼월인 것도 깜박했다. 겨울 날씨가 추웠던 것도 아니고 성질 급한 풀들이 막 솟아날 만하다. 풀을 뽑는다.

보름 전부터 목도 아프고 배도 아팠다. 안 아플 때 안 아픈 데가 없다. 애들 전화 왔을 때 내색하지 않았다. 애들도 목소리만 듣고 감잡을 나이는 되었다. 어디 아픈 거 아니냐고 다그쳤다. 한사코 아니라고, 안 아프다고 했다. 아픈 거 알아봤자 저희 마음만 고생하지 무슨 수가 있나.

표정을 속일 수는 없다. 작은애한테 이실직고하고 말았다. 당장 병원 실려가 종합검진 받았다.

검진 결과가 나왔다고 해서 버스를 탔다. 시골 버스도 마스크 안 쓰면 못 탄다. 작은애가 구해다 준 줄인지 끈인지도 모자라 옷핀까지 사용하여 마스크를 쓸 수 있었다.

초조했다. 벌벌 떨었다. 남편도 별거 아니려니 했는데 덜컥 암 판정받았다. 코로나가 병 가진 노인네들한테는 치명적이란다. 기저질환이라나. 이다지도 하 수상한 시절에 암이라도 걸리면 항암치료고 뭐고 끝장이다.

"아무것도 없어요, 없어." 의사가 고개를 저어댔다.

"아무것도 없는디 왜 아플까요?"

"아무거라도 있으면 당장 큰 병원에 가보라고 하죠. 시방이 어떤 세상인데. 진짜 아무것도 없어요."

"그럼 왜 아프냐고요?"

"할머니도 참, 뻔한 거지. 신경성이지. 신경 하도 쓰셔서 목구멍도 아픈 거예요."

역류성식도염약 보름 치를 처방받았다.

아침에 일어났더니 귀에 벌레가 든 것 같았다. 큰일났다 싶어 이비인후과에 갔다. 마스크가 있으니 무서운 게 없다. 창피하게도 귓밥이 고막에 떨어졌다지 뭔가. 가지가지 한다. 귓밥 하나가 그렇게 괴성을 낼 수 있다니 신기하다. 이 나이에도 신기한 게 끝없다.

한약 주문하러 갔다. 큰애가 두 번이나 무릎에서 물을 뺐다. 딸애도 저번주에 냉이 캐다 와서는 무릎 아파 죽는다고 난리였다. 작은애는 허리가 고질적으로 아프다. 애들이 하나같이 부실하다.

남편이 외친다. 너 닮아서 그렇지.

알아요, 알아.

코로나가 끔찍하기 전 회관서 무슨 잔치할 때 기분은 우슬 뿌리를 캤다. 두충나무밭에 지천이었다. 잘 씻어 말려놓았다. 남편이 재작년에 벗겨놓은 두충나무 껍질, 깨끗이 씻었다. 챙겨 간 우슬 뿌리와 두충나무 껍질에 허리, 무릎에 좋다는 약재들 듬뿍 넣어 세 박스 만들어달라고 했다. 집에 배달까지 해주겠단다. 이거 먹고 애들이 나아야 할 텐데.

맞어, 지난가을에도 한 박스씩 보냈었잖아. 그것도 다 안 먹었을 텐데! 어쩔 수 없다. 이미 저지른 일이다.

이왕 보낼 택배, 약 박스만 보낼 수 있나. 생선도 사고 이것저것 샀다. 힘들어 택시 탔다. 택시기사가 고마워했다. 손님이씨가 말랐다고.

택시가 얼마 가다가 다른 기사를 불렀다. 택시에서 이상한 소리가 난다고. 이왕이면 자기가 아는 동생한테 손님을 넘겨줘야 면이 선단다. 살다 살다 이런 경우는 또 처음이네. 하기는 함부로 택시 타고 다닌 게 몇 년 안 된다.

배가 무지하게 고픈데 밥이 없다. 이런 정신머리 보세. 밥을 안 해놨군. 떡국을 끓일까 하는데 박사조카가 왔다.

주민등록증하고 인감도장을 달랬다. 쌀 직불금을 타려면 소유자 인이 찍힌 서류가 필요하단다.

시내 사는 친구가 그랬다. "으이구, 부자구나. 요새 농사는 기계가 다 짓는데 대충 짓고 직불금이나 타먹지 그걸 남한테 주냐."

아무리 대충 지어도 애들이—특히 작은애가—신경쓰고 틈틈이 돌봐야 할 것인데, 지켜보기 안쓰러워서 아예 지을 염도 안 내련다. 직불금 그거 얼마나 된다고 그거 없어도 산다.

말은 시원히 했지만, 괜한 아쉬움까지 떨칠 수는 없었다. 남편 생전엔 내조했으니 돈 같이 벌었다고 우길 수 있었다. 돈 거의 못 버는 사람이 되니 돈에 더욱 군색했다.

요양병원 다섯째동서가 모처럼 찾아왔다. 까마득한 옛날얘기를 했다.

동서, 순지 년이 사라졌네. 어이구, 억울해라. 남의 새끼 여섯을 키워주다가 내 새끼를 잃었네.

전처 자식들을 내 새끼처럼 키웠다고는 말 못하겠네. 옛날 이야기에 나오는 계모처럼 악독하지는 않았어. 먹을 거 없는데 음식 투정해서, 돈 없는데 돈 달라고 해서, 손에 잡히는 대로 붙잡아서 패댄 적 숱하네. 내 신세가 하도 서러워서 술 처마시고 애들한테 패악부린 적 쌨네. 허나 애들 입히고 먹였어.

지들 아비가 완전 한량 아니었나. 돈 떨어지기 전엔 일도 안 다녔어. 같은 배에서 나왔는데 사람이 그리 다르냐. 막내서방님은 그렇게 위인이 똑바른데 형이란 작자는 왜 허랑방탕할까. 탄광 다니면서도 벌어 오는 돈보다 외상 긋고 오는 돈이 더 많았네. 밖에서 딴 여자랑 놀아나고 집에 와서는 나 패는 게 일이었네. 내가 얻어맞다가 자네 집으로 도망간 게 몇 번인가?

살러 들어왔던 여자들이 도망 안 가고 못 배기지. 나니까 산 거야. 억울해 죽겠네. 나도 도망갔어야 했는데, 순지 그 핏덩이를 놔두고 어딜 간단 말인가. 내 배로 난 새끼 하나 안 굶겨 죽이려고 그 끔찍한 세월을 견뎠네.

자네랑 막내서방님 아니었으면 난 진짜 못 살았을 거네. 형님들 나한테 되게 모질었네. 만날 구박이나 하고 부려먹고. 시숙들도 마찬가지지. 어쩌면 그렇게 사람을 수세미 취급한단 말인가. 자네가 나를 형님 대접해주고 내 신세한탄 들어주고 성질 피워도 다 받아주고 그랬으니 내가 산 거네. 막내서방님 나한테 불만 많은 거 알아. 그래도 항상 내 편을 들어줬잖아.

애들이 착해서 다행이었네. 늙어서는 악다구니 치는 사이지만 어릴 때는 참 애들이 선량했어. 지 아비한테 내가 처맞을 때 걔들이 안 말려주었으면 서러웠을 거네. 걔들이 아버지 팔다리 한 짝씩 붙잡고 늘어지지 않았으면 나 죽어도 백번은 죽었을 거네. 계모 못 잡아 안달하는 전처 자식들도 쌨다는데 그 정도면 착한 애들이지. 의붓아들도 덧정이 없어서 그렇지 나를 엄마 대접해줬어. 걔들이 순지한테도 잘해주었지.

불안불안했네. 순지가 좀 반반하게 생겼나. 게다가 공부도 잘했지. 순지가 인문계는 바라지도 않는다고 제발 상고만 보내달라고 졸랐네. 그 양반이 순지를 차별한 게 아니어서 나도 은근히 기대했네. 욕심이었지. 자기 딸들은 다 중졸로 마쳤는데 남의 자식을 고등학교에 보내? 산업체 보내준 것만도 감지덕지할 판이지.

순지는 완전히 생채기 받은 거야. 산업체 가서 공부는 때려치우고 공장에서도 쫓겨나고 버스안내양을 했어. 어떤 미친놈이 술집에서 봤다기에 쫓아 올라갔더니 없어. 자취방인가에서 열흘을 지켰는데 안 들어와.

동서, 애가 진짜 죽었나벼. 15년째 소식 한 글자가 없네. 진짜 어떤 나쁜 놈들한테 죽어서 산속에 파묻혀 있는 거 아닌가. 죽은 사람 뼈 발견됐다는 뉴스 볼 때마다 가슴뼈가 내려앉네. 죽지 않고서야 소식 한 자가 없나. 제발, 살아만 있어다오, 날마다 빌고 비네.

의붓아들이 순지 찾겠다고 노력 많이 하네. 관광버스 하니 전국을 돌아다니잖나. 가는 데마다 걔 찾는 전단지 붙이고 나눠주고 그랬대. 콤퓨타로도 뒤져보고. 근데도 깜깜무소식이니, 큰일나도 벌써 난 거 아닌가.

그려, 천수암 천수스님도 살아 있다고 했어. 어딘가에서 잘사니 속 썩지 말라고 했어. 나는 기다릴 거구만. 언젠가는 올겨. 내 눈에 흙이 들어가기 전에 꼭 돌아올 겨.

펑펑 울던 형님이 돌연 활짝 웃는 얼굴로 소리쳤다.

동서, 순지가 돌아왔네. 진짜네, 진짜! 꿈인가 생시인가. 20년 만에 나타났어! 이제 원이 없네, 원이 없어.

또 금방 장면이 바뀌었다. 아이구, 반가워라 남편도 보인다. 형님이 칠렐레팔렐레 떠든다.

순지 신랑이 초청장을 보내왔어요. 자기 마누라 키워준 부모 일본여행 한번 시켜준다고. 순지가 우리 부모님 말고 더 친부모 같은 분들이 있다고 그분들도 모셔야 한다고 우겼대죠. 누구긴 누구예요. 막내서방님하고 동서지. 갑시다, 일본 구경 한번 해봅시다. 다 공짭니다. 4박 5일인데 비행깃삯, 호텔값, 음식값 1원도 필요 없어요. 순지 신랑이 다 책임진대요. 효도 관광이라니까요.

남편이 시큰둥하니 대답했다. 못 갑니다. 순지한테 감사하다고 전해주시고, 형님 형수님 잘 다녀오세요.

아니, 막내서방님, 왜 못 가요?

소 밥 줘야죠.

소 밥이야 누구한테 부탁하면 되죠.

소똥 치워야 합니다.

소똥 며칠 안 친다고 소가 죽어요? 그러고 아들들 뒀다 뭐해. 불러다 소 밥 주고 소똥 치우라고 하면 되지.

걔들이 할 줄 아나요.

서방님, 비행기 한 번도 못 타봤잖아요? 한번 타봐야죠. 동서는 비행기 타봤어? 아, 맞어! 환갑 때 중국여행 갔었지. 동서 동창회는 중국도 가는데 서방님 동창회는 만날 한국만 돌아다닌대요? 이런 기회 다시 안 와요. 공짜라니까, 공짜.

비행기 타봤습니다. 마흔세 살 때, 동창회 부부 동반으로 제주도 갔을 때.

남편이 입술에 침도 안 바르고 거짓말을 했다. 제주도에 배타고 갔었다.

서방님, 고집 부리지 말고 갑시다.

신세 지는 거 싫어요.

신세 지는 거라니! 순지 클 때 서방님이 찔러준 용돈만 해도 비행깃값은 되고도 남겠구만.

일이십만 원도 아니고 수백만 원 들 텐데, 그런 빚 지고 못 삽니다.

참나, 서방님도 어지간하셔! 그럼 동서라도 보내줘요. 동서는 갈 수 있지?

그래, 자기라도 다녀와.

기분은 잠꼬대했다. "혼자 워칙히 가유."

형님이 기막혀했다. 아이참, 왜들 그래!

남편은 선견지명이 있었다. 순지는 일본여행시켜주고 부모에게 목돈을 빌렸는데(뜯어갔는데), 남편도 다녀왔다면 얼마라도 빌려주지(뜯기지) 않고는 못 배겼을 테다.

형님이 초주검 낯빛으로 나타났다.

순지가 또 연락이 안 되네! 환장허겠네. 즈이 서방이 사업 어렵다 하도 울어대서, 애 아버지가 그래 내 자식들 키워준 값으로 네 어미에게 줄 걸 너한테 주는 셈 친다면서 돈 3천만 원 해줬는데, 그거 받은 뒤로는 전화도 안 받아. 의붓아들이 일본까지 가봤는데 싹 사라졌대. 내 속을 파먹으려고 태어난 게 틀림없구먼.

이렇게 긴 꿈은 오래간만이다. 꿈에서 깬 줄 알았는데, 남편이 또 보이니 여전히 꿈속인 듯.

동서가 남편에게 묻는다.

순지 고년이 간신히 연락이 닿았는데 아버지 장례식에 못 와서 미안하다고 펑펑 울데요. 뭘 하고 살았는지 얘기해주간. 다른 것 모르겠고 혼자 몸 된 거 확실하더라고. 죽지 않고 살아 있는 것만도 고맙지. 근데 막내서방님! 제사를 어찌할까요?

큰형님(둘째형님) 돌아가시고, 큰형님 네 아들이 다 예수쟁이 돼서 제사를 못 모시겠다고 하데요. 먼저 돌아가신 셋째형님, 넷째형님 자식들에게 떠맡길 수도 없고, 막내형님이야 워낙 한량이니까 지가 모시려고 각오했었지요. 근데 형님이 그게 말이 되는 소리냐, 내가 있는데 네가 왜 나서냐, 하셔서 형님집에서 모시게 된 것인데요, 인제 와서 큰형님네 조카들이 모시겠다고 나설 리는 만무하고, 관광조카(다섯째시숙의 외아들, 다섯째동서의 의붓아들)가 모시거나 내가 모시거나 할 수밖에요.

막내서방님이 모시면, 막내서방님 돌아가신 다음에는 누가 모시나요?

나 죽으면 제사 없애고 절에다 모시라고 할 겁니다.

하기는 제사가 문제가 아니죠. 잘난 김씨 집안 제사 말아먹든 팔아먹든 내 알 바 아니라고. 의붓자식들이 나를 편안히 살게 해줄라나. 고것들이 나를 쫓아내는 것 아닌가. 의붓아들이 지 키워준 정을 싹 잊어뿔고 나를 푸대접하지 않을까. 겁나서 잠도 못 잔당께. 동서, 그럴 리가 없겠지? 그지, 갸가 얼마나 착한 앤데. 그럴 리가 없을 겨.

잠에서 깼다.

코로나19 때문에 요양병원에 계시는 분들이 괴롭게 되었다는 얘기, 창문의 노인네들과 울타리의 자식들이 애타게 울부짖는 모습, 그런 뉴스를 줄곧 봤다. 요양병원 8개월째인 다섯째형님. 뉴스대로라면 사는 게 사는 게 아닐 테다. 작년에 겨우 한 번 다녀오고 쭉 못 가봤는데, 아예 문병 갈 수도 없다니.

형님, 꿈에서라도 뵈니 좋네요. 무사하시기를 비손합니다.

코로나 시절에도 밭은 봄맞이가 한창이다. 온갖 싹이 트고, 쑥쑥 자란다. 자식들은 벌써 풀을 매냐고 농사꾼 자식 같지 않은 소리를 해대지만, 저 풀을 매줘야 밭을 간다. 풀밭 돼도 어떻게든 가는 수가 있지만, 보기가 괴롭다. 종일 텔레비전 지킴이 할 수도 없고, 틈틈이 호미질하러 나갔다.

트랙터로 전우치씨네 논 갈던 길동씨가 잠시 쉰다. 참, 이제 전우치씨네 논이 아니지!

"논 임자한테 허락을 받은 거래유?"

"아줌씨도 아무 연락 못 받았나보네유. 저도 못 받았어유."

"대체 누가 샀대유?"

"저도 정확히는 몰라유. 코로나 땜이 그런가 와보지도 않고, 전화로 계속 지라거나 내놓으라나 말도 없고, 그냥 지을라구요. 언젠가 오겠죠."

"나도 그냥 지어야겄네."

"그러슈. 답답하면 오겠죠. 저는 고민여유, 그만 지라고 하면 섭섭할 거고, 되사라고 하면 살 돈이 없잖유. 아줌씨는 그께 것 사버리면 되겠네."

"택도 없이 비싸게 부르면 워쩐대유?"

딸네가 왔다. 사위가 답답하단다.

"즈이 어머니는 너무 끌탕을 안 하셔서 문제인디, 장모님은 너무 끌탕하셔서 탈여유. 오든지 말든지 뭐 신경을 쓰신대유."

지방 건설회사 영업과장인 사위가 또 무슨 큰 공사를 땄단다. 사위의 주요 거래자 중에 얄궂게도 관광조카 전 아내가 있다. 사위랑 전 조카며느리랑 한 달에 두어 번씩 등산 가고 절 간다. 영업차 만나는 거고 영업하다보면 등산도 가고 절도 가야 한다는 거 알지만, 영 거식하다.

전 조카며느리는 팔자를 제대로 고쳤다. 안녕시에서 세금 많이 내기로 열 손가락 안에 든다는 늙은 회장 회사에 취직했다가 10년 만에 회장 마누라 됐으니.

예쁘고 참하고 싹싹하고 친딸처럼 여겼던 조카며느리였다. 관광조카는 다섯째시숙을 하나도 닮지 않아 술도 못 마셨고 여자는커녕 파리도 못 때리는 애였다. 이혼할 만하니까 했겠지만, 시경리 사람들이 다 알도록 지독하게 연애해서 결혼하고 애 셋씩이나 낳으며 알콩달콩 20년이나 살았던 애들이 그처럼 쉬이 갈라지다니. 드라마로나 봤지 이혼을 곁에서 본 건 처음이었다.

이혼당할 만한 잘못을 하나도 안 저지른 것 같은 관광조카도 이혼당하는 마당에, 이혼당해도 싼 결점투성이인 큰애를 어찌할꼬. 앞으로도 쭉, 큰며느리가 부처님 손가락 같기를 바랄 따름이다.

회장 마누라(전 조카며느리)랑 사위가 사뭇 가깝게 지내는 거 아닌가 싶다. 정작 딸은 아무렇지 않은 기색인데, 엄마가 헛걱정이라니 코미디다. 바람피우는 거라면 저렇게 광고하듯 피우겠나. 별게 다 기우였다. 큰 보너스 받게 됐다니 축하하고 기뻐하면 될 일을. 사위 일이 잘 풀리니 좋네, 좋아.

큰애는 도통 못 온다. 오기를 바라지도 않는다. 저도 오기가 쉽지 않겠지. 전화할 때마다 대구에 가지 말라고 신신당부한다. 3월은 컴퓨터로 강의한다니 한시름 놓았지만, 4월부터는 어떻게 하나.

"절대 가면 안 된다. 애 대학 등록금 모자라면 내가 내줄 테니 아무 강의도 가지 마."

코로나 덕에 큰면질부 덜 보고 산다.

큰면질부가 저번에 박사조카한테 심하게 말해 싸움날 뻔했단다. 박사조카가 제사지내러 서울 간다니까, 글쎄, 큰면질부가 마귀한테 뭐하러 제사를 지내냐고 했다. 돌아가신 작은어머니를 마귀라고 한 거잖아. 아마 작은아버지(기분의 남편)도 마귀라고 하겠지.

박사조카는 꾹 참느라고 소주 한 병을 세 모금에 다 마셨다. 끝내 견딜 수가 없어 애꿎은 큰면조카한테 성질냈고, 큰면조카는 모처럼 아내에게 간청했다. 여보, 제발 마귀 소리 좀 하지 마. 전도도 그만 좀 하고. 당신만 조용히 믿으면 되지, 왜 그런 말을 해? 그런 말 듣고 가만있을 질부인가. 엄청난 부부싸움이 있었다고.

살다보니 교회 다니는 사람이 전국민적으로 핀잔 듣는 꼴을 다 본다. 세상 사람들이 뭔 소리를 하든 코로나에 걸리든 말든 용감무쌍하게 신앙생활을 유지하는 것 보면, 역시 믿음이 제일 무섭다.

안녕장례식장에도 신천지 사람 하나가 다녀갔단다. 문상 갔던 사람 다 검사받느라 온 고장이 시끌벅적하다.

고3 손자는 집에서 공부하느라 힘들고, 중학교 입학식도 못 치른 외손자, 학교 개학 연기된 초5 외손녀, 초2 손자는 종일 게임하느라 바쁘고, 유치원 손녀는 유치원 가고 싶다고 난리란다.

기분은 절로 한숨이 나왔다. 아이구, 손자손녀들이 학교에 가야 내 자식들이 덜 힘든데.

2016.4.5.

모처럼 영감은 1박 2일 관광을 가셨다. 날씨가 추워 걱정이

다. 잘 다녀오세요. 세월아, 왜 달려가냐고 무엇이 바쁘냐고
물어보고 싶다. 70이라니. 무정한 세월.

진달래가 피고 이어서 매화가 봉오리를 터뜨릴 준비를 하네
요. 하늘 높고 맑음. 따스한 봄날에 어디로 여행을 가고 싶다.
한 2박 3일쯤.

그대가 있어 봄인가요. 꽃향기가 향기로워 봄인가요. 각각
다른 모습과 색깔로 서로를 즐겁게 하는 네가 있기에 봄은 참
싱그러운 계절이군요.

누워 있는데 누가 왔다. 전 조합장 아들이다. 두어 주 전에
왔던 노인돌보미. 그동안 코로나 때문에 못 왔다고. 그럼 계속
오지 말아야지 왜 왔나 모르겠다. 노인네가 잘 있나 보러 온 사
람이라는데 문전박대할 수 있나. 들어오라고 했다.

목소리 크고 침방울 잘 날리는 아저씨였다. 보면 볼수록 사
위랑 쌍벽이다. 마스크나 쓰고 얘기하면 모르겠다. 쓰고 얘기
하라고 하고 싶은데 끝내 못했다. 자기라도 쓰고 싶은데 면전
에서 마스크 쓰기가 저어됐다.

엉덩이도 무거운, 그 고마운 사람 돌아간 다음부터 머리가
아프다. 머리 아플 까닭도 없는데 머리가 아프니, 이거 혹시 코
로나? 노인돌보미씨가 만약 코로나 확진자라면 영락없이 딱
옮는 거다. 날아오는 침방울 다 맞았으니.

두통이 덜해져서 코로나 아닌갑다, 안심했는데 이게 뭔가.

드디어 안녕시에도 확진자가 나왔단다. 시청 공무원이란다! 전 조합장 아들도 시청 들락대는 사람인데. 당장 수원 며느리한테 전화 걸어 절대로 시골 내려오지 말라고 했다. 으슬으슬 겁나고 떨린다.

2016.4.16.
경로당에서 점심을 준비하는 날이다. 아홉시 반에 출근해 청소하고 식사 준비를 기억댁과 함께 했다. 다들 맛있게 드셔주어 고마웠다.
날씨는 청명하고 봄바람은 상큼하다. 집 앞 매화꽃이 흐드러지게 핀다. 개나리는 진다. 왠지 아쉬움을 남긴 채.

어제부터 바람이 사납다. 작은애가 모시러 오겠다는 걸 못 오게 했다. 바람 불 때마다 피신 가면 어찌 살겠나. 저놈의 대문짝 징그럽게 시끄럽다.
"느이 아버지는 참 거시기하셨다. 저 대문 하나를 안 고쳐놓고 가셨냐."
"대문이 갈 때가 돼서 그런 걸 왜 아버지 탓을 한대유."
작은애가 무덤 속 남편 역성을 든다. 작은애는 아흔아홉 가지가 흡족한데, 생전에도 사후에도 웬만하면 제 아버지 편인 거 딱 한 가지가 섭섭했다.
쇠토막 걸어놓았는데 감당을 못하는 듯. 다시 단속하러 갈 엄두가 안 난다.

큰애한테 말실수를 해버렸다.

"돈이 없어서 그냥 놔두는 게 아니다. 날 잡아서 대문도 새로 하고 그럴라고 했는데, 그러면 안 좋댜. 올해 재수가 많이 안 좋댜. 몸조심 잘해야 넘길 거랴. 재수없는 해에는 암것도 고치지 않는 법이니, 그냥 놔둬야지 어쩌겠냐."

"누가 그런 말을 해요? 오서할머니가요?"

"아녀, 아녀. 누가 그랬어."

"누가요? 누가 그런 재수없는 말을 했어요?"

"누가 한 게 중요허냐. 매사에 조심하면 되지."

그런 재수없는 말 들으면 당사자만 신경쓰나. 자식들이 당연히 신경쓰이지. 괜히 자식 신경쓰게 만들었다. 이러니 말 한마디를 조심해야 한다. 큰애가 고문하다시피 했지만, 끝내 누구한테 들었는지 말하지 않았다.

2016.4.22.

못자리를 하는 날이다. 비가 온다는 일기예보 덕분에 서둘러했다. 점심을 준비했는데 시간이 일러서 조금씩만 드시고 갔다. 반찬과 밥이 남았다.

못자리들 하는 걸 보니, 눈물이 난다. 박사조카가 동에 번쩍 서에 번쩍 한다. 못자리 철에 아무것도 하지 않고 구경이나 하

다니. 남편이 도저히 혼자 못하는 일만 거드는 수준이었는데
도 덩달아 농사꾼으로 으스대고 살았다.

은퇴한 건가, 은퇴당한 건가. 밭농사가 무슨 농사인가. 논농
사를 지어야 진짜 농민이지. 나는 더이상 농민이 아니다. 남편
이 없으니 농민의 아내도 아니다.

작은애가 주말마다 얼굴 안 비치면 작히나 섭섭할까.

작은애가 두더지 못 오게 하는 나무라면서 남편 묘 양쪽에
무슨 나무를 심었다. 나무에서 두더지 싫어하는 향기라도 나
나? 남편도 작은애를 주말마다 보니 좋겠지?

묵정밭에는 밤나무 여섯 그루를 심었다.

큰애는 오려고 했는데 '방송에서 하도 조져대서' 못 온단다.
국무총리라는 사람이 대놓고 보름간 나가지도 말고 만나지도
말라니. 아닌 게 아니라 범골 자식들이 거의 안 온다. 어느 집
이고 주말에 자식 하나쯤은 왔는데.

이장사네도 자식들 못 오게 했단다. 이장사는 이 시국에도
아침 7시 30분, 저녁 5시에 정확히 운동을 간다. 만덕댁도 시
내 사는 둘째만 왔다갔다하고 나머지 자식들은 발길이 끊겼
다. 구제역 때보다 훨씬 심하다. 역시 소보다 사람이다.

풀밭 천지다. 큰애가 뿌려놓은 거름 덕분인지 온 밭에 사태
났다. 박사조카가 약 사다 뿌리란다.

"뿌리까지 죽이는 약은 안듀. 그 약이 독혀갖고 나중에 심는

작물도 죽여유. 대가리 나온 거만 죽이는 약이 있슈. 풀 죽으면 그때 와서 갈아드릴 테니까."

작은애한테 그 말 전했더니 당장 약 사러 가겠단다.

농협조합원 배당금으로 받은 농산상품권 5만 원짜리를 주며 아예 한 박스 사 오라고 했다.

작은애가 달랑 두 병만 사 왔다. "한 박스에 12만 원이래요."

"니잉? 왜 그렇게 비싸다나?"

"일단 3만 8천 원에 두 병만 갖고 왔슈. 필요하면 또 사죠."

2016. 4. 23.

아침부터 비가 많이 온다. 마을 회관에서 점심을 먹는 날이다. 총무댁이 준비하셨다. 반찬도 넉넉히 해 오셔서 면직원 분들도 드시고 가셨다.

이가 아파 며칠 먹지 못했다. 씹지를 못하니 작은애가 사다 놓은 호박죽, 전복죽이나 간신히 삼켰다. 너무 배가 고파 눈물이 다 난다. 아무리 방송에서 나돌아다니지 말라고 해도 더는 안 되겠다.

치과에는 사람이 붐볐다. 아무렴, 코로나라도 먹고는 살아야지. 다 참아도 이 아픈 거는 못 참는 게 사람이지.

"틀니 바꿀 때가 됐어요. 근디 시국이 이래가지고. 바로 하자고 말씀드리기가 그러네요. 보험 되고 그래서 돈이 문제가 아닌데. 어쩌실래요? 병 가고 하실래요, 지금 하실래요?"

코로나가 물러가면 하기로 하고, 임시변통으로 때우고 왔다. 씹지는 못해도 대충 깨물어 먹는 것만으로도 살 것 같다.

만덕댁한테 전화가 왔다. "며칠 안 보이다가 택시 타고 들어와서 놀랬슈. 뭔 일 있슈?"

음지뜸에서는 기분네 집이 훤히 보였다. 옷 색깔까지 다 보이니 말 다 했지.

큰애한테 택배를 부쳤다. 열무김치랑 이것저것. 큰며느리가 주말에 올 것처럼 말해서 실어 보내려고 준비했는데 며느리가 못(안) 왔다. 세상에 종이 박스가 없지 뭔가. 저번에 고물장수가 가져간 뒤에도 다시 생긴 게 잔뜩이지만 맞춤한 박스가 없다. 운동 삼아 농협에 다녀왔다. 하다 하다 박스까지 산다.

작은애가 빨간 관리기로 밭을 갈아보겠다고 애썼다. 영 안되었다. 작은애는 속이 터지는지 새 관리기를 사겠단다.

"밭농사를 얼마나 지어 먹을라고 그걸 또 사냐. 너 자꾸 그런 거 사다가 집사람한테 말 듣고 싸우고 그러면 어쩔라고 그러냐."

만날 허리 아프다고 야단인 작은애. 조금 편하게 사용할 수 있는 기계를 산다는데 야박했다. 어차피 웬만한 일은 작은애가 다 하는데.

"그래라. 기계 사라. 돈은 내가 낼 테니께."

"그걸 왜 엄니가 사요?"

당장 사 올 것처럼 말했지만, 그 기계가 6월에나 나온단다. 역시 코로나 때문.

마침 박사조카가 들렀다가 경운기 대가리를 끌고 왔다. 박사조카가 배추밭, 감자밭을 갈아주었다. 깨밭은 풀이 다 죽으면 갈아주겠단다. 농약 먹은 풀이 아직 다 안 죽었다.

땅을 갈았으니 심어야지. 감자 놓을 때다. 괭이로 이랑을 일구었다.

내려 뵈는 이장사네 밭은 방바닥처럼 깨끗하다. 이장사는 귀찮다고 아무것도 심지 않으면서 풀 한 포기라도 뵈는 게 싫다고 날마다 맨다.

그나마 쉬운 농사가 감자 농사 아닐까. 고추, 깨, 무, 배추처럼 모종 때문에 골치 아플 일이 없다. 씨감자를 두서너 조각으로 잘라 (예전에는 재에 버무렸었지만 요새는) 살균액에 담그면 채비 다 한 거다. 심을 때도 그 어떤 작물보다 수월하다.

호미로 듬성듬성 골을 타고 씨감자를 넣고 흙을 쓱 덮어주면 끝이다. 한 달 후 싹이 올라와 잎이 벌어지면 두세 줄기만 남기고 솎아줘야 하고, 꽃 필 무렵에 북주기도 해야 하지만 다른 채소들에 견주면 신선놀음이다.

그럼 왜 감자를 왕창 심지 않느냐. 캘 때가 부산하다. 싸서 돈이 안 된다. 애들, 형님네와 나눠 먹을 만큼만 심었다.

어제 또 시내 병원에 다녀왔다. 이번엔 허리가 매우 아파서.

허리에 주사 함부로 놓는 거 아니란다. 근육 뭉친 거 풀어준다는 링거액을 놔주었다. 마취제라나. 그 마취 힘으로 감자 심은 거다.

"그새 다 심었네유? 겁나게 빠르셔. 엄니는 기다리는 게 그렇게 안 되슈?"

자기집에 다녀온 작은애가 혀를 끌끌 찼다.

잠깐 쉬려고 들어왔는데, 서울 친구—전 조합장 동생—한테 전화가 왔다. 수다쟁이 같으니라고 한 시간 넘게 저 혼자 떠든다. 휴대폰 들고 있는 것만으로도 지친다.

큰애에게 전화했다.

집이냐? 자랑할라고 전화했다. 수도 고쳤다야. 싹 뜯어고쳤어. 수돗가도 완전 새로 했어. 웬만하면 그냥 살라고 했는데 그냥 살 수가 있어야지. 열흘 전부터 지하수가 아예 안 나오는 겨. 물도 못 먹고 살기는. 먹을 물은 이장사네 가서 길어 오고, 쓸 물은 축사 수도에서 받아 왔지. 화장실도 못 쓰고. 도저히 안 되겠어 사람 불렀다. 이장사네 수도 한 안녕건설이라나. 그 안녕건설이 이 근방 수도는 다 했댜.

사람이 보러 왔는데 이빨이 밖으로 튀어나와 침이 질질 흐르는데 마스크도 안 했더라.

"영감님은 어디 계셔유?"

"먼저 가셨슈. 수도 안 고쳐놓고 가서 제가 고치는 규."

그 사람은 견적만 내는 사람인가보지, 일하는 사람 셋이 왔더라. 하나는 쉰다섯인데 지 어머니가 여든다섯으로 요양병원에 있댜. 또 한 사람은 마흔다섯짜리고, 잔심부름하는 사람은 한 서른 넘었는데 손 한쪽도 없고 말도 못하고. 지들끼리 일하면서 하는 얘기를 들으니께 셋 다 홀애비여.

박사조카가 일 감찰해주려고 왔다. 박사조카가 수도공사를 3년 따라다녀서 자기도 웬만한 것은 안다고 말하니까, 쉰다섯이 "지우, 3년유? 30년이나 되면 모르겠네!" 퉁바리를 준 겨. 박사조카, 열받아서 가버렸어.

남자 셋이 와서 일하는 거 지켜보는 것만으로도 정신 사나운데 이장사 노인네가 왔다갔다하는 겨. 뭐라고 자꾸 해쌌는데 들리기나 하냐. 무시만 할 수가 없어 몇 마디 대꾸하다가 속 터지는 줄 알았다. 이장사 보청기 낀 귓속에다 입 바짝 대고 말해야 하는데, 뭐하는 짓이냐 말여.

마흔다섯이 절레절레하더라. "저 아저씨, 자기집 할 때는 한마디도 못하고 아줌마한테 혼나기만 하더니, 남의 집에 와서 큰소리네요."

내 말이 그 말 아니냐. 자기 마누라한테는 고양이 앞의 쥐 같은 사람이 왜 나한테는 선생질인지.

어제로 일이 다 안 끝났다. 하루 가지고는 될 일이 아니지. 오늘 또 와서 했지. 부부가 쌍으로 괴롭힌다. 오늘은 공주댁이 와서 신칙하는 겨. 안산 간다더니 하루 만에 내려왔더라. 코로나 때문에 애들 집에 하룻밤에 못 있었댜. 와서는 즈이 남편보다 더 신칙하는 겨. 아줌마가 쫓아다니면서 감독하고 그래야 사람들이 일을 잘 하는디 멀뚱히 쳐다보기만 한댜. 뭐 해달라고 자꾸 얘기하랴. 공주댁, 이웃으로 50년 살면서 고마울 때도 많지만 거시기할 때도 많다. 해튼 남의 집 일에 감 놔라 배 놔라 하는 사람들 당최 이해가 안 뎌.

일 마무리하고 공구리가 조금 남았는데 어디다 해주냐고 묻더라. 고추건조기 든 헛간에 부려달라고 했지. 공주댁이 대문 앞 깨진 데다 해야지 뭐 그런 데다 하냐고 또 뭐라는 겨. 왜들 그런다니.

화장실 가는 문턱도 높이 맞춰줬어. 아주 깨끗하게 됐어. 물이 시원시원하게 잘 나오니까 살겠다. 오늘은 작은애네 집에 가서 자려고. 화장실에 공구리가 덜 말라서 다닐 수가 없으니게.

아버지 묘 가서 풀 좀 뽑고 왔더니 공구리에 고양이 발자국이 찍혔구나. 어쩔 수 없지. 벽화인 셈 쳐야지.

참 전기도 고치기로 했다. 올해 집 고치면 내 건강이 안 좋다고 해서 그냥 놔두려고 했는데, 전기가 나갔다 들어왔다 하고 코드 꽂을 때마다 번쩍대니 겁나 살 수가 있냐. 만덕댁도 그러다가 불났다는 겨. 작은애한테 얘기했더니 그럼 전기만 고치쟤. 토요일에 하기로 했다.

작은애도 큰일이다. 애들 때문이지. 장모님이 애들 보기 무척 힘들어하신댜. 그럴 만도 하지, 팔팔 뛰어다니는 애 둘 보는 게 좀 어렵겠냐. 이놈의 코로나 때문에 여러 늙은이 죽어난다. 코로나 걸려도 죽고 집에 갇혀 있다가 죽고 애기 보다 죽고.

얼마나 들었냐고? 그건 알아서 뭐해. 안 알려줄란다. 천만 원? 그렇게 많이는 안 나와. 작은애가 낸다는 걸 내 돈으로 내라고 했어. 아휴, 네 아버지가 쓰지도 못하고 모으기만 한 돈 내가 팍팍 다 쓰는구나.

며칠 전에 네가 전화했을 때 수도 한다는 얘기 일부러 안 했었다. 돈 달라고 하는 것 같아서. 저 위 두 노인네는 자식한테 노상 뭐하고 싶다, 뭐가 필요하다 그런다. 그래서 며느리가 안 올라고 한댜. 너한테 돈 달라고 전화 건 거 아니니까 몰라도 뎌.

너 나중에 보고 몰랐다고 섭섭해할 것 같아 알려주는 겨. 돈 줄 궁리 절대 마라. 나중에 필요하면 달라고 할 테니까.

전기공사 하느라고 정신이 없다. 세 사람이 아홉시부터 쉬지도 않고 부지런 떨었다. 수도공사·전기공사로도 집 짓는 것 같은데, 진짜 집은 절대로 못 짓겠다. 코로나로 난리인데 이렇게 여러 사람이 왔다갔다해도 되나 모르겠다.

"아주머니, 큰일날 뻔했어요. 집 지은 지 한 30년 되셨어요?"

"안채는 50년 되고, 주방채는 40년 되었슈. 헛간 이런 데는 30년 된 것 같고."

"질 때 빼고는 한 번도 안 건드리셨겠네요."

"그렇쥬."

"불나기 직전이었어요. 그나저나 형광등을 어쩌나?"

기왕 하는 전기공사인데, 싹 다 바꿔달라고 했다. 집채 둘, 화장실채, 광 두 채, 컨테이너까지 온갖 군데 콘센트 전깃줄 전등 다 갈아달라고 했다. 수도공사에 210만 원 들었는데 이건 얼마나 나올까.

정신없는데, 박사조카가 깨밭 갈아주러 왔다. 참 고마운 조카다. 조카가 의지가지다. 말이 조카지 지기나 다름없다. 그나마 나이라도 두어 살 더 위니 덜 민망하지.

큰며느리까지 들이닥쳤다. 혼자 왔다. 소고기, 오리고기 몇 팩 사들고. 반가우면서도 아들이랑 손자는 없으니 허전했다. 큰애는 어제도 서울 촬영강의 다녀왔단다. 지하철 타서 못 왔단다. 맞다. 허전한 게 문제가 아니다. 서울에 걸린 사람 많고 애들 사는 수원도 확진자 40명은 된다.

큰며느리는 자기도 혹시 코로나 잠복기일지도 모른다고 마스크도 안 벗는다. 큰며느리가 큰애한테 영상통화를 걸었다. 전화기 속 큰아들 머리가 지저분하다. 큰며느리가 전화로 수도공사가 된 바닥, 전기공사중인 난장판 집 꼴을 보여준다. 개집 보여줄 때는 "호텔이야, 호텔!"이란다.

20분도 안 됐는데, 며느리가 가겠단다. 금방 올 거면 뭣 하러 왔다니.

겁나기도 하지만, 이건 아닌데.

해 안에 다 못했다. 침실 콘센트는 부속이 오래된 거라 새로 가져와야 한단다. 얼마 드리냐고 했더니 공사도 아직 안 끝났는데 무슨 돈을 받냐고 가버린다.

백내장 수술 한 게 괜찮은지 진찰이 예약된 날이다. 작은애가 월차를 내고 데리러 왔다. 원광대, 남편 항암치료 받았던 곳이다. 항암치료 2차 때는 나란히 타고 갔었다. 남편은 암병동, 기분은 안과. 그게 꼭 1년 전이다.

의사에게 칭찬받았다. "이 정도면 괜찮습니다. 할머니 나이에 수술받고 이 정도면 최선이에요. 더도 말고 덜도 말고 이 정도만 유지하면 되는 거죠."

큰며느리한테 전화가 왔다. 지난번에 왔을 때 쌀을 못 챙겨준 게 찜찜하던 차였다.

"쌀 떨어지지 않았니?"

"떨어졌어요. 밥을 열심히 먹어서 금방 다 먹었어요. 현이도 집밥만 먹더니 배가 나왔어요."

"말도 마라. 여기 애들도 확 쪘어."

쌀만 보낼 수 있나. 마늘 깐 거랑 된장이랑 꽃게 세 마리도 넣었다. 마늘은 몇 날 며칠 깐 거고, 꽃게는 작은애 사돈집에서 보내온 거다. 작은애 장인 여동생이 어부였다.

어제 무리했나보다. 허리가 지독히 아팠다. 도저히 참을 수가 없다. 침 맞으러 가야겠다. 9시 15분 버스를 탔다. 택시 함부로 못 탄다. 돈도 돈이지만, 택시만 탔다 하면 여기저기서 전화가 왔다. 어디 아프냐고. 박사조카는 직접 달려오기까지 했다. 그래도 올 때는 택시 타야지. 침 맞으면 어지러워서 버스 못 타니까.

고추밭, 아직 깊이갈이를 안 했다니까, 사위가 박사조카에게 전화를 걸었나보다.

"비가 덜 와서 아직 못 갈어야."

"처남 혼자 하면 힘들어서 온 김에 같이 할라고 그류. 워칙히든 좀 갈어주슈."

운좋게 토요일에 비가 조금 내렸다. 박사조카가 갈아주고, 작은애랑 사위랑 두둑 만들고 비닐 씌웠다. 비닐 없이 심었을 때는 김매다가 초주검이 되었다. 비닐 신세를 진 다음에야 여름도 조금은 한가해졌다.

작은애는 처가 사촌네 예식장에 갔다가 밥도 못 먹고 왔단다. 부조금을 받느라. 요새도 결혼식을 다 하네. 혼주 부부도 신랑신부 절 받을 때만 잠깐 마스크 벗더란다.

기분이 박사조카에게 밭 간 품값을 줬지만, 사위가 따로 소주 한 박스를 사다 줬단다. 닦달한 게 송구하다고.

고추 모종은 열부씨한테 부탁한 꼴이 돼버렸다. 원래는 박사조카한테 맡겼다. 박사조카가 16만 원어치 고추씨를 심었다는데 다 죽고 600개 겨우 건졌다. 그거 자기네 비닐하우스 밭에 다 심고 남은 게 없단다.

"어쩔 수 없이 작은엄니네 건 열부한테 맡겼슈."

열부네에서 고추모를 가져가라고 야단이었다. 박사조카한테 300포기만 부탁했었는데, 박사조카는 열부씨에게 500포기나 얘기해두었단다.

바람 심하게 분다. 가져올 대책도 없지만 가져와도 심을 수가 없잖아. 혼자서는 못 심는다. 비닐하우스라도 있으면 어떻게든 가져다놓고 물 주겠지만 어쩌란 말인가. 가져다놓 데도 없다. 열부네도 물 주기 귀찮아 그러겠지.

2013.4.27.

생사, 마음대로 되지 않는 일. 나중에 우리가 오래 살아서 자식들 짐이 될까 걱정이네요. 어느새 세월이 흘러 죽을 걱정하는 나이가 됐을까. 허망하기도 하고요. 너무 많이 살지 말고 죽을 때 고생도 하지 말고 그냥 소리 없이 죽었으면 좋겠어요.

7년 전 그렇게 끌탕했지만 어쨌든 7년이나 더 살았고 73세를 살고 있다. 남편 먼저 보내고 잘살고 있다.

코로나고 뭐고 목욕탕에 다녀왔다. 얼마 만의 목욕인지 아주 시원했다. 날아갈 듯 살 것 같았다.

오월, 풀도 살아보겠다고

부처님 오신 날. 남편도 없는 여자가 더 빌 게 뭐 있다고 가나. 안 갈까도 해봤지만, 작은애가 왔기에 결국은 오서암에 갔다. 하기는 남편보다 자식을 위해 더 비손했다. 자식들이 더 비손할 일 없게 살지 못하니 계속 비손할 수밖에.

오서성님은 기력도 있어 뵈고 거동도 양호했지만, 귀는 아예 못 듣게 된 듯했다. 잠깐 얘기했는데도 답답해 복장 터지는 줄 알았다. 나도 나중에 저렇게 귀먹으면, 아, 무섭다.

딸네는 사위가 장모보다 절을 더 좋아하니 알아서 했을 테다. 큰애네, 작은애네 등불 하나씩 켜놓았다.

남편 무덤에 풀이 사태 났다. 이래서 산소는 가까이 두는 게 아니라고 했구나. 안 보이기나 하면 몰라. 훤히 보이니 모른 체

할 수가 없다.

달력상 무덤의 풀을 뽑아도 괜찮은 날이다. 뫼에 풀 매는 것
도 날 봐가면서 하냐고 우습게 여기는 이들이 있지만, 챙겨서
나쁠 게 없다.

생전 처음 보는 풀이 지천이었다. 이놈의 풀도 중국서 들어
왔나. 코로나처럼. 뭔 풀이 길고 질기고 뿌리깊다. 뽑고 뽑아도
한없다. 아는 욕을 다 해가며 맸다.

기분의 노년 기록—일기라고 하기엔 민망할 만큼 간간이
썼다—은 2010년 1월에 비롯한다. 처음엔 일기 쓰기 대회에
참가한 사람처럼 열심히 썼다. 1, 2월에만 스무날 넘게 썼다.
초등학생 그림일기 쓰듯 몇 줄 적바림한 게 아니었다. 평균 10
행을 또박또박 적었고 수필 푼수로 쓴 날도 있었다.

3월부터는 일기라기보다 월기였다. 한 달에 한두 번씩.

9월 막바지부터 다음해(2011년) 1월까지 무려 40여 회나
썼다. 일주일, 보름 간격으로 쓰기도 하고, 정초처럼 하루, 이
틀 간격으로 쓰기도 했다.

이후로 2년간 쓰지 않았다. 정신없던 때이기는 했다. 으뜸
중대사로 학수고대하던 작은애 장가를 보냈다.

2013년에도 꽤 썼다. 6월 25일 글이 유독 길었다.

막내딸.

엄마 때문에 마음 편할 날이 없는 우리 막내딸이 벌써 사십 고개에 와 있구나. 부탁하건대 엄마처럼 살지 말고 활발하고 건강하게 살려무나. 엄마는 이제는 병과 싸우며 사는 게 힘이 든다. 시간밥 하는 일도 내 마음대로 살지 못하는 일도 아프게 걸어가는 일도 다 내려놓고 편히 쉬고 싶다.

자식들에게 아무것도 해줄 수 없게, 다 내 병 치다꺼리로 재산을 없애버린 죄 많은 엄마는 미안하고 또 미안하다. 사랑해.

작은아들.

너무도 해준 게 없는데 받기만 하는 엄마야. 부족한 엄마. 항상 서글서글한 목소리로 엄마를 많이도 챙기는 작은아들. 다른 집 아들 셋도 부럽지 않은 아들이지. 네가 성실하고 착한 성품을 가졌기에 아내를 잘 만났지. 엄마가 신경 쓰기 전에 손주도 안겨주고, 이 세상 무엇과도 바꿀 수 없는 내 아들. 이제는 한 여인의 남편이라는 말이 맞겠구나.

그동안 엄마한테 해준 게 너무 많으니 조금도 서운해하지 말고 아내를 사랑하고 자식들 잘 키우며 행복하게 살거라. 건강 잘 챙기고, 소중한 내 아들. 항상 행복하길 빈다. 사랑한다.

큰아들.

아범. 불러보기만 해도 가슴이 벅찬 아들. 소설쟁이로 살아

가느라 머리가 많이 빠진 아들. 부모한테 물려받은 것도 없이
사느라 고생한다. 다 엄마 때문이야. 아버지가 열심히 벌어
들이신 돈, 엄마가 다 썼거든. 열심히 살아오신 아버지를 원
망 마라.

아범 부탁할 게 있어.

이다음 내가 죽거든 화장해서 물에 띄워주렴. 답답하고 숨막
힐 것 같은 삶이 싫었어.

죽어서도 묘 속에 갇혀 또 답답하게 하지 말고 부탁 들어다
오. 그리고 셋밖에 안 되는 형제간 우애 좋게 지내고 부부간
에 서로 아끼고 위해주며, 현이 훌륭한 자식으로 잘 가르쳐
라. 고생하면서 살아도 자식 키운 보람 많이 있으니, 몸 상하
지 않게 조심하고. 행복해. 사랑한다.

어디 죽으러 가는 사람이 써놓은 글 같지 않나. 유서를 썼던
것이다. 기분은 네번째, 아니 몇번째인지 모를 자살을 꿈꿨던
거다. 다리가 걸을 수 없을 정도로 아프고, 백내장으로 눈도 잘
안 보일 때였다. 그 밖에도 죽어야 할 까닭이 한아름인 때였다.

2013.7.2.

누가 이런 말을 하네요. 욕심내지 말고 긍정적으로 살으라
고. 현실에 불평하지 말고 지금 내 현실에 감사하라고. 글쎄
요. 열심히 살았는데 온 뼈 마디마디마다 구부러지고, 다리

병신, 허리병신이 되기까지. 더이상 보기 싫은 몸, 망가진 꼴이 되기까지 일을 했는데, 지금 내가 살고 있는 현실에 무슨 복이 있나요.

아침부터 오만상을 찌푸리고 욕하면서 인상을 우그리고 다니는 남편. 무슨 말이 필요할까요. 둘이서 웃으며 이야기한 지가 언제인지 생각도 안 나네요. 아무리 활발하게 살려고 해도 무서운 남편 때문에 움츠려지네요. 숨이 막힐 것 같애요.

기분은 삶의 의욕을 되찾았다. '남편 때문에' '숨이 막힐 것 같'았지만 '욕심내지 말고 긍정적으로' '현실에 불평하지 말고 지금 내 현실에 감사하'며 살기로 작정했다.

일기도 열심히 썼다. 일기는 삶의 의욕이 있을 때 쓸 수 있는 것인가. 7월부터 연말까지 드문드문하나마 꾸준히 썼다.

후로는 일기는커녕 월기도 못 되고, '년'기에 가까웠다. 삶의 의욕이 도무지 없었다. 2016년, 날짜가 적혀 있지 않은 어느 날엔 이렇게 썼을 정도였다.

무엇을 하며 살았느냐고 물으면 어떻게 할까. 열심히 일했다고, 아니면 평생 절로 병원으로 뛰어다니면서 살았다고 말할까. 진정 억울하다. 내 살아온 세월이. 무서운 남편을 만나 큰소리 한번 못하고 절절매면서 전전긍긍 살았는데 보기 싫게 망가진 내 모습. 절에 가서 기도하는 일도 이제는 싫다.

2017년엔 아예 한 번도 안 썼다.

2018년엔 12월 28일에 한 번 썼다.

> 올 한 해도 다 가네요. 무엇을 했는지. 병원에 다닌 일만 생각
> 이 나네요. 올 한 해는 너무도 많이 아팠거든요.
> 남들은 잘 입고 다니는데, 우리 큰며느리 쓸 만한 옷 한 벌 없
> 지요. 안쓰러워서 내가 해주고 싶어요. 여유가 없어서 못 해
> 주었는데 내가 안 입고 해주어야 편할 것 같아요. 그래야 안
> 타까운 생각이 덜 들 거예요.

작년(2019년)을 나흘 앞두고 쓴 일기였다. 남편이 식도에
뭐가 걸려 있다고 칭얼거리던 때였다. 암 판정받기 전이었다.
그때로 돌아갈 수만 있다면.

사월과 오뉴월에 쓴 일기는 별로 없다. 당연하다. 농가에서
는 4·5·6월이 가장 바쁘기 때문. 한가하게 공책에다가 몇 줄
이나마 정성스럽게 적어놓을 겨를 따위가 없었다.

기계가 농사 다 짓는 시절이 되었다지만, 노인네들 손발을
써야 하는 일이 4·5·6월 몰려 있었다. 4월은 논밭 갈고 파종
하는 계절이었고, 오뉴월은 모종하고 모 심고 봄작물 수확하
는 계절이었다.

옛날 농사는 음력에 맞췄다지만 현대 농사는 양력에 맞출

수밖에 없다. 과학적인 근거 같은 건 모르겠고, 신풍속과 관계 깊다.

명절 말고 부모와 자식들이 자연스레 상봉할 수 있는 날들이 생겼고 고정되었다. 못자리하는 날, 고추 심는 날, 모내기하는 날, 마늘 캐는 날, 탈곡하는 날. 여전히 사람 손이 매우 필요한 날이었다. 일도 일이지만 부모는 자식을 부르고 자식은 부모를 찾을 명분이 되었다.

그중에서도 고추 모종이 으뜸이었다. 보탬손이 많을수록 좋았다. 농가월령가나 과학이 뭐라든 간에 자식들 사정을 감안하면 무조건 양력 5월 초순이 최적기였다.

도시 자식들이 공휴일과 연휴를 적절히 조절하여 어린이날과 어버이날을 동시에 해결하는 행사로 고추 심기만한 게 없었다. 어린이에게는 농촌체험, 어버이에게는 효도봉사였다. 이를 잘 아는 농촌 어버이들이 어찌 다른 때 고추를 심을 수 있을까. 자식들이 제일 많이 올 수 있는 날이 고추 심는 날이었다.

2016.5.5.

신록의 계절 오월. 가정의 달 오월. 큰아들네 식구가 고추 모종과 어버이날을 겸사겸사해서 왔다. 다 같이 고추를 심었다. 어렵게 번 돈을 아버지와 엄마한테 주고 갔다.

큰애가 고추는 언제 심고 마늘은 언제 캘 예정이냔다.

"코로나 때문에 오겠냐. 마늘 캘 때는 멀었고, 아버지 제사 때나 와라. 고추는 어린이날에 심으라고 해. 최서방이 시간 된대. 작은애랑 셋이 하면 되겠지."

"저도 가려고요. 그런데 코로나 때문에 어쩔지 헷갈려요."

"아무리 코로나라도 아버지 제사 때는 내려와야지. 고추야, 우리끼리 충분히 심는다."

제사가 이렇게 슬픈 단어였나. 기분은 흥건한 눈가를 휴지로 찍었다.

세상에 쉬운 말이 '고추 심기'다. 작년엔 아홉 이랑을 심었는데, 올핸 관리할 엄마 벅차고, 농약 치고 딸 사람(작은애) 힘들다고 다섯 이랑만 작정했다.

미리 비닐 씌워 놓은 두둑에, 사위가 팔뚝 간격으로 구멍을 뚫고, 구멍에 비료(용성인비)를 넣어준다.

어머니는 들어가 계시라고 한사코 성화를 했지만, 지들끼리 언제 심나.

딸애는 고추모를 구멍에 꽂아둔다.

중학생이 되었지만 아직 중학교에 못 가 본 외손자도 한몫 거든다. 조리개를 들고 다니며 구멍에 물을 준다.

작은애와 기분은 고추모를 세우고 북주기했다.

기분이 돌연 주저앉는다.

"엄니, 왜 그러셔요?"

기분이 밭둑머리를 호미로 가리키며 울먹였다. "작년에 느이 아버지가 저기서 옥수수 심었잖냐. 어이구, 기막힌 양반. 항암주사에 방사선 쐬고 와서 식은 죽도 못 삼키는 사람이 뭔 기력으로 땅을 파. 그러니……"

'죽었지'라는 말은 삼켰다. 아무리 죽은 사람이라지만 그런 말을 하면 안 될 듯했다. 억분하다. 작년 이맘때까지 살아 있던 사람이 무덤에 누워 있고 곧 제사라니.

고추를 다 심었다고 끝이 아니다.

딸애와 외손자는 쇠막대를 밭으로 나른다. 사위는 쇠막대를 (세 구멍 간격으로) 구멍과 구멍 사이에 꽂는다. 지주대를 세우자는 것. 작은애는 (사위가 꽂아놓은) 쇠막대 머리를 쇠절구로 세 번 내리친다. 세 번에 충분하게 쑥 들어간다. 누가 만들었나 절구 잘 만들었다. 저거 없을 때는 남편이 해머질 하느라 파김치가 되었다.

여전히 끝이 아니다. 하얀 줄을 처음 쇠막대부터 저 끝 마지막 쇠막대까지 한 바퀴 두른다. 그럼 고추모를 안은 두 긴 줄이 생긴다.

도막 내어 짧은 줄을 잔뜩 만든다. 짧은 줄로 쇠막대 가까이에서 긴 줄을 매듭처럼 묶어준다. 고추모 크는 것에 따라 줄도 같이 높여주기 위해서다. 고추모가 더 자라면 새로운 줄을 둘러주고 똑같이 매듭을 묶어줘야 한다. 보통 다섯 번쯤 두른다.

아직도 끝이 아니다. 이번엔 비닐로 덮이지 않은 고랑을 부직포로 덮어줘야 한다. 흙바닥으로 놔두면 어떻게 되냐고? 풀밭 된다. 그거 맬 사람 이제 없다. 부직포를 깐 다음엔 고정할 철심을 박아준다.

비로소 끝났다.

2015.5.7.

우리 막내딸.

맏며느리의 역할도 잘하고 아이들도 잘 키우고 알뜰하게 살림도 잘하고 음식도 잘 해먹고 부모한테는 효녀인 우리 딸 장하고 대견하다. 최서방 성격도 만만치 않은데 엄마 속상할까봐 불평도 못하고 잘살아줘 고맙다. 하지만 속상한 일이 있으면 속에 담아두지 말고 풀고 살렴. 엄마처럼 화병 들면 어쩌지. 엄마는 딸이 나처럼 사는 건 싫어. 절대로 안 돼. 엄마처럼 참지 말고 활발하고 당당하게 몸을 아끼고 자신을 소중히 생각했으면 좋겠구나. 몸 망가지면 남편도 싫어하더라. 엄마 70이 넘고 보니 후회가 된다.

여장부 큰시누이형님이 찾아왔다.

동상, 이럴 수가 있나? 이럴 수가 있냐고? 맞네, 나 울고 있네. 한 번도 울어본 적이 없는 내가 울고 있네.

장녀로 태어나, 돌팔이 의원 주제에 인심만 좋은 아버지, 약빠르지 못하고 심신 약한 어머니를 대신하여 동상들을 내가

328

다 키웠네. 허구한 날 배고프다고 징징거리고 툭하면 사고 쳐서 동네방네 시끄럽게 하는 것들 건사하느라고 내 몸이 백 개라도 모자랐네. 그치만 힘든 내색 한 번 내비친 적 없네.

남편이라고 자네 서방보다 열 배는 성미 고약한 작자를 만나 얻어터지면서 마소처럼 일할 때도, 남편 왜소한 등짝 하나 바라보고 30년 정든 고향을 떠날 때도, 말이 서울이지 서울 사람이 그지 사는 동네라고 부르는 동네서 하루 스무 시간씩 공장 청년들 빨래해주고 살 때도, 개 백 마리씩 키울 때 개새끼한테 물려도, 눈물바람 해본 적 없네.

눈물 흘릴 짬도 없었어. 고급공무원 하던 3대독자 아들놈이 계 하다가 집안 작살낸 마누라 감옥 안 보내려고 20년 모은 것 한 방에 날려먹었을 때도 나는 울지 않았네.

그치만 안 울 수가 없네. 안 울 수가 없어. 셋째가 뇌종양이라네. 죽을 날 받아놨어. 불쌍한 것, 그 고생을 다 하고 자식들 다 시집장가보내고 이젠 편안한 노후만 보내면 되는데, 이 무슨 날벼락이란 말인가.

기분은 잠꼬대했다. "형님, 그거 십몇 년 전 일이잖아요. 허긴 자기보다 먼저 간 자식을 어떻게 잊어요."

2013.5.17.

어느덧 5월 달도 중순에 접어들었군요. 글쎄요. 내 나이가 지금 예순여섯이지요. 이 나이에도 어버이날이면 엄마 생각이

나는군요. 오래 사시지 못하고 돌아가신 우리 엄마. 저를 이 큰딸을 많이도 걱정하셨지요.

자식들이 용돈과 선물을 주고 갔어요. 저희들 살기도 빠듯할 텐데 받기는 했지만 불안해요.

큰시누이가 또 왔다.

자네 건강하지? 아무렴, 그래야지. 자네는 나보다 오래 살아야 해.

자네 서방도 무탈하지? 내가 늘 고마워하네. 우리 막내가 자네 아니면 어찌 살았겠나.

"형님, 제 서방 작년에 가셨잖아요. 며칠 있다 제사라고요."

자네 자식들 하는 일 잘되지? 안 아프고 지들 스스로 밥 먹고 살면 됐지 더 뭘 바라나.

넷째올케는 여태 요양원에 있는가? 나랑 동갑이지. 나보다 훨씬 오래 건강할 줄 알았는데 나보다 먼저 가려나보네. 살 만큼 살았지. 나도 얼른 가야 하는데, 쓸데없이 건강해서. 나도 내 몸이 이해가 안 돼. 평생 그 많은 일을 했는데 왜 이렇게 건강한 거야. 다리 말짱해. 구순 노인네가 다리 수술 해서 나처럼 잘된 경우가 없다고 의사가 놀래. 나도 요양원 죽어도 가기 싫어. 어느 날 갑자기 자는 듯이 죽는 게 내 마지막 소원이야.

"넷째형님도 작년에 돌아가셨잖아요."

다섯째올케는 성질 좀 죽었나? 말썽꾸러기야, 말썽꾸러기.

살날도 많이 남은 사람이 그따위로 살면 어찌 살아. 지가 잘해야 자식 챙겨주지. 친자식도 아니고 의붓자식이 그 정도 하면 효자 중의 효자지. 친자식도 그 정도는 못할걸. 뭐가 못마땅해서 고약스럽게 구는지 원.

"요양원에서 고생고생하고 계셔요. 불쌍해요."

조카들은 소 잘 키우고 돼지 잘 키우는가? 그려, 갸들이야 똑똑이들이지. 큰일 하겠다고 설치지만 않으면 만사 오케이지. 갸들 마누라들은 별로 안 궁금하네. 먼저 간 올케들 불쌍해서 아직도 복장이 터져.

사는 게 참 무서운 일이네. 자식 앞세웠을 때 나도 금방 따라 죽을 줄 알았네. 근데 죽는 게 사는 것보다 어려운 일이야. 속으로야 안 끓는 날이 없었지만 겉으로는 아무 표시 안 나게 잘만 살았지.

서방 죽으면 외로워서 못 살 줄 알았네. 웬걸, 혼자 사는 게 좋기만 하네. 새벽밥 안 해도 되고, 손 하나 까딱 않고 시키기만 하는 사람 수발 안 들어도 되고, 툭하면 삐쳐 애들하고 을갱이하는 꼴 안 봐도 되고, 대책 없는 양반 놔두고 나 먼저 갈까 떨 일도 없고. 저세상서 딸애랑 오붓하겠지.

자네나 나나 오늘 또 하루를 살았구먼. 살아야지, 악착같이 살아야지, 달리 어쩌겠나.

간밤 꿈속에서 뵈었던 서울 상계동 큰시누이가 별세했다.

이로써 남편 형제 6남 2녀가 모두 저세상 사람이 되었다. 6남 2녀의 배우자 중에서도 살아 있는 사람은 요양병원 형님과 기분뿐이었다.

기분은 남편을 찾아가 부고를 알렸다.

당신 큰누님마저 돌아가셨답니다. 수원 큰애네 부부가 마스크 쓰고 문상 다녀왔어요. 작은애랑 사위는 여기 장지로 오실 때 간대요. 저는, 안 갈래요.

혼자 도저히 외로워서 살 수가 없던 거지요. 그래도 장녀가 제일 오래 살았네요. 코로나 때문에 돌아가신 거 아니고요. 언제 돌아가셔도 이상 없을 만큼 여기저기 편찮으셨대요. 이번에도 병원에 있다가 조금 괜찮아지셔 퇴원했대요. 아침에 택시조카랑 진지 들다가 갑자기 돌아가셨대요.

끌탕 말아요. 나는 사는 날까지 열심히 살겠습니다.

당신 제사 때 다 오냐고요? 다 못 와요. 장손이 못 와요. 코로나도 코로나지만 고3이잖아요. 당신이 마련해두고 간 대학 등록금 멋지게 쓰려면 공부해야지요.

저놈의 풀!

기분은 또 남편 무덤의 풀을 뽑아댔다. 풀들도 살아보겠다고 저리 악착을 떠는데 산 사람이 못 살겠나. 살 것이다. 힘껏 살 것이다.

작가의 말

어느 분이 나를 이렇게 평했다. "꾸준히 쓰기는 했는데, 한 방이 없었다." 나는 '한 방'을 쓸 만한 재간이 없다. 패관처럼 (소설을 쓴다기보다는) 이야기를 채집해왔을 따름이다.

텔레비전의 시골은 '연출된(왜곡하고 조작한)' 시골이다. 나는 고대로의 시골을 이야기에 담고팠다. 물론 내 이야기는 편협하고 지엽적이고 모자라다. 하지만 시골 자체를 쓰는 소수 정예 작가들의 기록 곳간에 보태지기를 바란다. 시골에 대한 '소수 의견'도 뭉치면 '소중한, 진실에 가까운 이야기, 즉 실록' 이 될 수 있지 않을까.

부득이 여러 부분을 단편소설로 발표할 수밖에 없었지만,

시골장편소설 시리즈 '면민 실록'의 첫걸음이다. 시골(충남 안녕시 육경면 역경리) 토박이 여인(1948년생)이 2010~2013년에 썼던 일기와, 상부(喪夫)하고 2019~2020년을 살아가는 이야기가 바탕이다. 소박하게나마 21세기 '농가월령가'를 꾀했다.

'한 방 없는' 소설을 또 출판해준 교유서가 여러분께 감사하고 송구하다. 갚을 수 없는 덕분이다. 어머니는 일기에 이런 문장을 썼다. '많은 반응이 있어야 작가도 출판사도 살 수 있는데 책을 읽어주는 사람이 많아졌으면 좋겠습니다.' 어머니의 바람이 성취되기를. 이 책을 읽어주실 독자께도 깊이깊이 감사드린다.

김종광

1971년 충남 보령에서 태어나고 자랐다. 중앙대학교 문예창작학과에서 공부했다. 1998년 〈계간 문학동네〉 여름호로 데뷔했다. 2000년 〈중앙일보〉 신춘문예에 희곡 「해로가」가 당선되었다. 소설집 『경찰서여, 안녕』『모내기 블루스』『낙서문학사』『처음의 아해들』『놀러 가자고요』『성공한 사람』, 중편소설 『71년생 다인이』『죽음의 한일전』, 청소년소설 『처음 연애』『착한 대화』『조선의 나그네 소년 장복이』, 장편소설 『야살쟁이록』『율려낙원국』『군대 이야기』『첫경험』『똥개 행진곡』『왕자 이우』『별의별』『조선통신사』, 산문집 『사람을 공부하고 너를 생각한다』『웃어라, 내 얼굴』, 기타 『광장시장 이야기』『따져 읽는 호랑이 이야기』 등이 있다.

산 사람은 살지

초판 1쇄 인쇄 2021년 11월 19일
초판 1쇄 발행 2021년 11월 29일

지은이 김종광

편집 정소리 이희연 | 디자인 윤종윤 이주영 | 마케팅 정민호 김경환
홍보 김희숙 함유지 이소정 이미희 | 저작권 박지영 이영은 김하림
제작 강신은 김동욱 임현식 | 제작처 영신사

펴낸곳 (주)교유당 | 펴낸이 신정민
출판등록 2019년 5월 24일 제406-2019-000052호

주소 10881 경기도 파주시 회동길 210
전화 031.955.8891(마케팅) | 031.955.2692(편집) | 031.955.8855(팩스)
전자우편 gyoyudang@munhak.com

인스타그램 @gyoyu_books | 트위터 @gyoyu_books | 페이스북 @gyoyubooks

ISBN 979-11-91278-87-3 03810

이 책은 경기도, 경기문화재단의 지원으로 발간되었습니다.